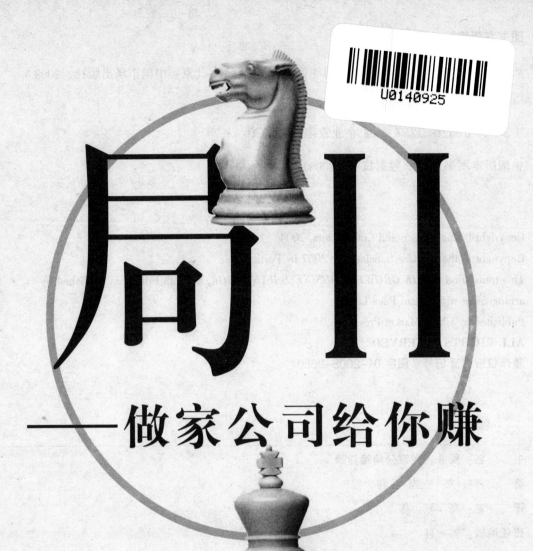

局II

——做家公司给你赚

The Growing Business Handbook

亚当·乔利 等著　高核 等译

中国市场出版社
China Market Press

图书在版编目（CIP）数据

局Ⅱ：做家公司给你赚/(英) 乔利等著；高核等译. —北京：中国市场出版社，2008.3
ISBN 978-7-5092-0304-0

Ⅰ.局... Ⅱ.①乔...②高... Ⅲ.企业管理 Ⅳ.F270

中国版本图书馆 CIP 数据核字（2008）第 009946 号

书　　名：	局Ⅱ：做家公司给你赚
著　　者：	[英]亚当·乔利　等
译　　者：	高　核　等
责任编辑：	郭　佳
出版发行：	中国市场出版社
地　　址：	北京市西城区月坛北小街 2 号院 3 号楼 （100837）
电　　话：	编辑部 （010）68033692　　读者服务部 （010）68022950
	发行部 （010）68021338　　68020340　　68053489
	68024335　　68033577　　68033539
经　　销：	新华书店
印　　刷：	三河市华晨印务有限公司
开　　本：	787×1092 毫米　1/16　　22 印张　　300 千字
版　　次：	2008 年 3 月第 1 版
印　　次：	2008 年 3 月第 1 次印刷
书　　号：	ISBN 978-7-5092-0304-0
定　　价：	68.00 元

做家公司给你赚

做公司能赚钱吗?

全面经历一次企业成长的完整周期是一件令人激动的事情。它不但需要勇气和谋略，还需要坚韧和智慧。这本书是为那些中小企业的高级管理人员编写的，目的是为他们在公司建立和发展时期所面临的决策问题提供实战指导和支持。书中的主要观点是，如果你能够把自己的创新思想与坚韧不拔的意志及团队合作的精神结合起来，那么即使是在如今这样变化莫测且竞争日益激烈的市场上，仍然拥有开拓新的市场和开发优势产品的潜力和机会。

然而赢得良好的经营业绩却是一件复杂、变幻莫测且令人难以琢磨的事情。企业的成长会带来矛盾冲突和其他问题，并最终导致对公司的损害；经营成本可能会持续上升而失去控制，造成流动资金的短缺；而且面临的问题也许远远超出财务方面，企业成长问题会给几乎所有中小企业组织及其管理层带来巨大的压力和挑战。

企业成长的管理并非所谓的科学或艺术，依靠的是人们日益不断的勤奋努力，并没有什么防护网或安全带可以依赖。企业家们实际上是在抚育企业的成长，所采用的这种非常简单的方法也许就是你在今天获得商业成功的秘诀。

紧紧围绕增加市场份额这个中心问题，搞清楚你现在、过去和未来顾客的真正需求，缩短产品走向市场的时间周期并抓好管理和激励员工的工作，这就是你首先要做好的几件事。

毕马威（英国）公司合伙人

保尔·约翰逊 (Paul Johnson)

局 II

做家公司给你赚

1

做公司要懂得把握时机

经济态势

经济学教科书明确无误地告诉我们，从经济泡沫中走出来而实现经济复苏的唯一途径是，债务被逐步消除，错误的机制被纠正，人们吸取了经验教训并且经济运行机制重新归于平衡的轨道。通过维持低利率的政策把贷款发放到那些确实需要的地方，布朗先生使英国避免了泡沫破灭所带来的痛苦。在美国经济步履维艰、欧洲大陆的经济也停滞不前的情况下，英国由于维持高额政府支出，以及民间对住房价格上升的良好预期，消费者信心高涨，零售消费品销售旺盛，经济维持稳步运行。尽管经济增长有所回落，但是泡沫之后并没有出现严重后果。

之所以如此，有两个原因：第一，英国民众对房屋总是情有独钟。在证券市场上的投资损失使在房产上的投资更有吸引力；充分就业所带来的家庭财政安全感和低廉的利率使人们没有理由存钱，因此他们大幅度地借钱买房子，买过以后还要装修布置，让房子变得舒适，适宜居住。正是这种自己动手的潮流折射出英国人强大的商品购买力。第二，尽管布朗制订的消费计划既偶然又单调，但它来的正是时候，恰恰在需要大规模经济刺激来弥补制造业的裁员和金融领域的收缩时，结果是资金流入英国国民健康保险金和其他的用来提供就业和持续保障的公共事业部门，以此来确保公众信心。这些因素反过来又推动了房地产的继续繁荣，而房地产的增值又使得个人消费者敢在住房抵押贷款之外借贷消费贷款，这就确保了商品零售的大规模循环。

这就是英国面对给大多数欧洲国家带来灾难的经济不景气时所采用的方法。但是我们没有理由感到沾沾自喜，现实情况是，英国以外的其他地方在 2004 年的经济状况也有了明显改善。经济态势转变了，成长的预期被提高了。制造业的调查报告表明，接到的订单是十年来最多的，即使是最严谨的机构——国际货币基金组织也预测未来几年的经济增长率将高达 3.5%，这个速度对一个步入中年而负担稍重的经济而言，仍然属于明智可取的速度。

事实上，即使你不是一个专业人员或悲观主义者，你也能够意识到，目前的情况对经济复苏来讲不是一种正常的基础，因为这是建立在理论上无法持续下去的两个因素之上的：第一，消费市场的持续繁荣需要人们每年都不断增加借贷，但是，很显然这种情况不能永远持续下去；同样，维持公共产品的消费扩张也需要政府每年都增加征税和政府支出，这种情况也不能永远持续下去。因此，目前的经济已经到了需要转型进入持续性行为模式的发展时期。这也许很艰难，某种程度上就如同让一个吸毒的瘾君子在其日常生活中戒除毒瘾一样。

也许你可以通过转向某些危害性较小的替代性药品来治疗自己对毒品的依赖，对解决目前的经济问题来说也是同样的道理，也就是说要想办法吸引其他国家的消费者。

因此，解决问题的关键因素是要获得外部需求的推动力量，也就是说，整个世界经济形势能够提供恰当的机会让国内经济有充分时间来降低对贷款的依赖。令人感到欣慰的是，相关统计数据表明，在过去几年中，伴随着出口的增长，这种来自外部需求的推动力量已经显现出来。然而不幸的是，要实现这种转型并不是一件容易的事情，因为英国经济的预期增长速度需要远远大于曾经创造过的纪录，而且也没有考虑到英镑升值所带来的英国产品竞争力下降和利润减少的因素；另外，也没有任何迹象表明，英国的产品和服务突然就变得更有吸引力。而且我们还应当注意到这个世界上正在崛起的另外一股外部力量——中国，它确实是当前世界经济竞争中的一个主要力量，它对原材料的巨大需求为澳大利亚这样的原料生产国带来了繁荣；对资本产品的需求则带动了日本的经济，而在欧洲，它的极其便宜的制造产品为欧洲创造生机。它已经占有世界经济增长的三分之一份额，消费了世界 36% 的钢材和 55% 的水泥。中国政府声称其经济增长速度已经超过 8%，这意味着中国将取代英国成为世界上第四大经济体。

但话又说回来，这里面也存在不确定性。中国作为世界上蒸汽机车的最后使用者，实际上也扮演了带动世界经济走出不景气的火车头角色，这真是一个绝妙的巧合。但实际上没有一个国家的经济能够以如此之高速度年复一年地增长，几乎可以肯定在某种情况下它会不可避免地遇到问题。近代的历史经验告诉我们，亚洲国家的经济总是能从衰退中更快复苏，但我们也不应该忘记，当它们遇到麻烦时，受到的打击和痛苦也要大得多。目前似乎没有一个人知道，如果世界经济的火车头出问题的话，会给英国经济带来什么样的影响。

乐观主义者提出的对策是改变贸易结构。按照他们的观点，英国在贸易中处于有利地位，是因为它在撒切尔夫人时代就已经摆脱了制造廉价产品的负担，因此中国在这个方面对英国没有什么威胁。实际上英国已经发展成为高附加值的法律、会计和金融服务的提供者，而这些服务都是目前世界上需求愿意支付高价来购买的东西。用行话来说，英国可以通过改变自己的贸易结构而受益，它所需要购买的东西的价格都在下跌，而它所出售的东西则变得越来越值钱。真正的好消息是，正是由于改进贸易结构的努力，而不是依靠大量的商品交易，英国的对外贸易正在繁荣起来。因此，困扰我们的那些不确定性问题最终得到解决是完全可能的。

快速成长

当爱德默里尔保险公司于 1993 年 1 月 2 日上午 9 点开始经营汽车保险直销业务的时候，它仅有 57 名员工，没有任何客户和品牌，今天，它已经有了 42500 万英镑的销售收入和 80 万客户。公司首席执行官亨利·英格尔哈特曾说："成长真是棒极了，它给人以无穷的力量。""每个人都渴望工作，你只有不断地跑才能跟得上。"这个如今 46 岁并已经在南威尔士永久居住下来的芝加哥人，一心期望把明年的销售收入提高到 52500 万英镑，客户突破 100 万人。

绝妙的策划

设立爱德默里尔保险公司的主意最初是由劳埃德财团下属的布莱克本银行 (Brockbank) 提出来的。它的意图是通过保险公司获得现金流以弥补在其他方面的支出。英格尔哈特被招聘进来负责筹备。英格尔哈特以前是一个管理咨询顾问，后来加入丘吉尔公司，进入了汽车保险行当，并成为该公司的一名营销主管。出乎他意料的是，他发现这个行当是"英国的一个正在处于变革潮流中的奇妙市场"。

当他开始在爱德默里尔保险公司工作的时候，他发现所有保险公司都在争夺"好司机"市场，他意识到想和它们正面竞争是很困难的，而集中于高价格市场以获得高回报的做法似乎更有吸引力。当时，除了爱德默里尔保险公司之外，没有一家保险公司愿意给 35 岁以下、住在城区、开车速度很快或车型很大的司机提供直接保险。当然，在实际操作中爱德默里尔保险公司也不太愿意给那些居住在伦敦中心、喜欢飙车的 20 岁左右的年轻人投保，公司有自己明确的市场定位和清晰的商业策略。

公司通过做广告而不是依靠代理人的方式来吸引目标顾客，实际上降低了销售成本。这就使得英格尔哈特面对风险更要注意选择。"因为我们获得客户的成本很低，我们能够支付得起。当你的经营成本的大部分都用于理赔时，你就要更加小心地选择客户，你也就能得到更好的结果。"

自己做品牌

为了面向不同的目标市场，英格尔哈特采取的是一种多品牌战略。"爱德默里尔"保留作为面向年轻司机的标志品牌。1997 年，公司又推出了面向女性客户的"钻石"品牌和面向信用卡用户的"贝尔"品牌。2000 年推出的面向互联网用户的"大象"品牌更为成功，它现在每年带来将近 300 万次询价，销售额比"爱德默里尔"品牌少不了多少。此外，公司还推出了面向小型商务车的"角斗士"品牌，而且推出了名为 confused.com 的电子商务网站，只要你在上面留下详细联系方式，就会收到 20 种报价。

尽管上述这些市场划分并不算很细，仅覆盖了一半市场和 1000 万~1200 万名司机，但英格尔哈特认为，人们会对强有力的品牌推广有所反应，因为他们感觉到，购买品牌产品会更好地照顾到自己的利益。

所有的这些市场营销活动都是在内部完成的。英格尔哈特认为"还有谁能比我们自己更了解我们的业务"？他强调"我们自己做电视广告，我们自己编写台词，自己挑选演员。这确实是个枯燥烦人的工作，但它却是有效的。我们所需要的就是大量这样低成本的东西"。

开心的工作环境

从企业文化方面讲，爱德默里尔也是一个与众不同的公司，英格尔哈特介绍道："我们对屋子做了装饰，但是我们没有挂任何标语。我们有一个开心的工作环境，如果员工喜欢自己所做的工作，他们将会做得更好。如果大家都做得更好，我们公司的成就就会变得更好。因此我们总是尽自己所能使员工快乐。每当公司有新员工到来时，我都要跟他面谈，介绍公司的企业文化和经营理念"。

在爱德默里尔公司的 15 个高层管理人员中，有 11 位从公司创办时就在位了。英格尔哈特认为："公司管理层的连贯性和稳定性很重要，怎么强调也不算过分。如果哪个地方总有管理者离职或者变动，这将会影响到公司和员工。我们总是合作得很好，因为我们有同样的信念和追求。"

保持密切联系

公司的每一个品牌都作为一个独立的经营单位运作，而诸如信息技术、计划和财务这些职能部门则作为公共资源为各个经营单位服务。"当我们公司刚成立的时候，对于如何设立部门可以有两种不同的做法：一种是让所有品牌业务都在一起做，因此打进来的业务电话，一个来电可能是属于'爱德默里尔'品牌的业务，而下一个可能是'钻石'品牌的业务。这就需要一大屋子人来应答针对所有品牌的电话。另一种是把所有业务按品牌划分成不同的经营单位，我们认为这样更有效，员工的工作效率和积极性更高。因为没有人愿意感觉自己像林子里的一棵草一样无足轻重。"

爱德默里尔公司最初是以卡地夫为大本营建立起来的。英格尔哈特很快就意识到，公司还需要一个新的办公地点，以处理信息和吸引新的人力资源。"关键的决策在于，这个地点是选在遥远的英格兰北部地区呢，还是选在离卡地夫 60 分钟车程之内的地方，距离近的好处是能够让培训师和经理们很方便地往来。"

在解释为什么在斯旺瑟设立办公地点的决策时，英格尔哈特指出："沟通对于企业经营非常重要。我在生意上碰到过的难题几乎都与沟通上出现的问题有关。应该及时告诉大家有关信息，并让他们知道接下来怎么做，这一点很重要。但即使只有两个不同的地点，信息沟通都会变得困难起来。也许你听说过，那些有很多办公地点的公司，如果要开个会都可能要花上两天时间，那真是令人沮丧。"

作为一个主要依靠电话处理业务的公司，尽管就近设立办公地点的好处抵消了把业务外包给当地公司所带来的成本支出，但爱德默里尔公司还是在印度设立了办事机构，主要是为了解决办公时间的时差所带来的问题。过去爱德默里尔公司一直开到晚上 10 点钟，周末也不休息，而威尔士的员工们，即使是给他们双倍的工资，他们也不喜欢这样的工作时间安排。因此在最近的三年半时间里，爱德默里尔公司已经在印度开设了办事处，目前正在筹备南非的爱德默里尔公司办事处。

英格尔哈特认为，这不仅仅是一个随便参与一下的措施。印度正在变成一个竞争激烈的市场，因此我们除了技术问题之外，也面临员工经常被挖走流失的问题。总之，爱德默里尔公司的 1650 名雇员中，已经有数百名在海外工作的雇员了。

敏捷应对价格变化

英格尔哈特总是通过日报告、周报告和月报告掌控公司的经营动态，随时了解爱德默里尔公司在市场上的相对竞争地位。"所有的直接保险业务员都会收到昨天的经营详情介绍：我们提供了 10000 次报价，卖出了 1000 份保单。如果我们没有采取任何措施，但是报价和卖出的比率却发生了变化，那我就知道我们的竞争对手提高或者降低了保险费率。"

英格尔哈特喜欢立刻搞清楚数据的变化后面意味着什么。"如果我们的报价和卖出的比率是 50%，就说明我们的保险单卖得太便宜了，也意味着市场有问题，我们必须要时刻注意其变化。或者我们会意识到自己落伍了，需要及时改变保险费率以跟上变化。"

更重要的是收集大量的信息并深入地进行分析。比如说，分析保险单上的第二投保人是谁。"如果是一个有五年以上驾龄的女士，这份保险单的风险就比较小，如果是一个只有两年驾龄的男士，也许就需要提高保险费率。所有的费率都是根据统计分析结果确定的，通常都可以摸得很准。"

在这种形式的定价博弈中，业务规模通常是一个必须考虑的因素。但英格尔哈特认为，从历史上看，实际情况并非如此："最后的结论更多地取决于信息的搜集和应用，我们也会关注诸如信用记录之类的其他信息，而这些信息是保险经纪人不可能得到的。"

相对而言，英格尔哈特对公司的老客户流失并不特别在意。他认为："年轻客户都比较难以留住，而吸引新客户可以使我们有机会改善客户组合结构。要保持客户数量并不意味着不允许客户流失，为什么要抱着老皇历不放呢？"

保险业仍然是一个变化很快的周期性行业，因此它对价格变化很敏感。英格尔哈特可不想让爱德默里尔公司在价格竞争中落伍。"我们签下保单，但我们会将风险转嫁给再保险公司，这样的话，如果市场确实发生了变化，我们也不会被市场抛弃。"爱德默里尔公司也会代理销售一些只提取代理费的保险相关产品。英格尔哈特估计，公司总的风险水平仅为销售收入的25%。

避免超人情结

尽管爱德默里尔公司最初的经营规划是放眼世界、雄心勃勃的，但是到目前为止，它的主要业务还只是涉足一个国家和一个主要产品。英格尔哈特就此解释说："我们一直在关注各种机会，但我们认为自己最大的优势就是对那些机会说不。我们在汽车保险市场做得很好，我们就要牢牢抓住它，而不是去搞什么多元化。"

"我们知道，我们在汽车保险业务上做得很成功，但并不意味着我们在其他方面也能成功。每个市场都有它自身的特点和微妙之处。我们曾经有一个在意大利拓展业务的规划，但是由于它看起来有些问题，最后我们把它否决了。对于拓展业务我们总是持谨慎态度，这是我们管理团队的一个优点。某些人似乎有一种超人情结：'我们在这里能做得好，所以在任何地方都能做得好。'但我们意识到这实际上是不可能的，每个市场都有自己的实际情况。无论如何，目前英国的保险市场还有足够的蛋糕可吃，我们现在的市场份额是4%，因此还有96%的市场份额需要去争取。"

"如今，互联网确实是名副其实的互联网络，正在迅速发展。在这方面，我们绝对是走在前列的，我们的"大象"品牌已经成为英国最著名的网络品牌之一，而且它还有走出国门的潜力。我相信目前那些热中于上网的 15 岁青少年，在他们 25 岁的时候必然会用这个品牌去购买汽车保险。这是一种潮流，在英国，这种潮流即将到来，而在欧洲其他地方，潮流也来得很近了。"

将来会怎样

爱德默里尔公司最初的投资者，布莱克本银行在 20 世纪 90 年代曾经两次被出售。最终，一个在百慕大注册的再保险公司成为爱德默里尔公司的最大股东，这家公司对个人保险业务没有兴趣。因此，在一家名为巴克利私人投资公司的支持下，英格尔哈特和他的管理团队于 1999 年收购了爱德默里尔公司，目前巴克利私人投资公司是公司的最大股东。

放眼未来，英格尔哈特认为公司有可能被转卖，"我们公司的股份已经被一个风险投资公司持有四年半了，公司的所有权迟早要发生变更。因此我首先要做的事情就是让公司的管理层和员工明确自己的股权，但是不能破坏我们在南威尔士已经确立的那些东西。所以我反对把公司卖给一个混业经营的集团，因为它可能会打乱公司原来的经营，随便安排到集团的其他经营领域去。"

企业家的关键素质

罗伯特·怀特已经有两次经营企业的完整经历，一次是建立一家地方航空公司，最后又把它卖掉，如今他又成为是一家风险投资基金的主席，同时也是 3i 公司的独立董事之一。

当他于 1982 年进入克兰菲尔德商学院攻读 MBA 的时候，他是一个 30 岁出头、对前途感到茫然和悲观的民航飞行员，试图跳出当时仍然属于政府所有的航空行业。他感到自己难以应付职业方面的挑战，直到有一天他发现学习 MBA 就像进飞行学校一样，"在你走向社会之前，你必须搞清楚自己打算要做什么。"

作为学习内容的一部分，他为一家地区航空公司编制了一份商业计划书，为此赢得了英国企业家协会的奖励。毕业以后，他花了 18 个月筹集到 20 万英镑，将他的想法付诸实施。

他从苏格兰地方政府部门拿到了一条从盖特威克到安特卫普的中断航线的飞行权，预计每年能承运 9000 名旅客。他建立了自己的名为"欧洲航空"的航空公司，用一架 18 座的飞机，一年承运旅客 3 万人。另外，他还从 TNT 公司拿到了一份布鲁塞尔和卢顿之间的货运合同，这就意味着每天晚上都要拆掉坐椅运货，并且在午夜才能返回盖特威克。

到 1988 年，他的公司已经发展到一定规模，ILG 欧洲公司出价 650 万英镑收购了这个公司。到三年后第一次海湾战争结束时，他又将公司买回来。在 90 年代，他都是以城市航空快递的品牌经营他的业务。到 1998 年，公司的价值已经超过了 12000 万英镑，拥有 20 架飞机和 900 名员工。英国航空公司又以 7500 万英镑的价格收购了这个公司，并把公司的业务整合到自己的运营体系之中。在两次经历了创办公司的完整过程之后，怀特加入了 3i 公司的独立董事会，同时还成为一家公共汽车公司、一家医院和一家健美公司的董事。去年，他接受了克兰菲尔德商学院的邀请，成为该学院的企业家兼职教授。

他的任务就是听取学生的创业意愿并辅导他们。"这就像一个产前的角色，我潜心于开发他们自己的商业点子。"他总是让学生自己首先取得灵感，搞清楚他们是否有必要的决心、足够的注意力和解决方案。他介绍说："对任何一个回答你都不能否定，但是你也要学会倾听，迈进商业领域的最大困难，就是要从受到的强烈敲打和拒绝中学到东西。"而且你必须竭尽全力。他总是尽可能地劝那些已经打算找工作的学生退出辅导，他认为："如果你自己的公司打算开张，你必须 100% 地关注和投入。"

然后，他开始检查学生创业的各项基础条件，"这种想法可行吗？你知不知道如何去规划？你评估过自己的优势和劣势没有？你是否意识到自己一个人不能完成的事情，必须要一个团队一起完成？你知不知道一个雄心勃勃的想法所需要的资源比你能够得到的更多？"

他发现，真正的企业家似乎是那些思想几乎还没有固化成型的人。他知道自己的角色就是要发掘他们的潜能，同时在不伤害他们任何感受的前提下，指出他们的局限性。他认为，MBA 可以教你如何运作一个企业，但并不意味着你已经羽翼丰满了。"你首先是一个学徒，羽翼丰满还要一段时间。"

在克兰菲尔德商学院，每个年级的 50 个学生中间，总有一半学生想和怀特讨论关于创办公司的事情。也许总有一些人打算将这个想法付诸实施。如果坚忍不拔称得上是对他们的一种素质要求的话，把握时机就是另外一个要求。"在经济环境的变化当中，有时候你可以有很好的机会，而有时候你根本就不可能筹到资金。我个人感觉到经济环境正在发生变化。自从 2000 年末那个死气沉沉的时期开始后，从去年 11 月开始，桌子上的三部电话又开始响起来了，一连串的点子也开始从脑海里冒出来了，随着现在的价格回归合理，有些创业点子完全可能得到资助。"

怀特总是小心翼翼地避开那些认为自己能够单打独斗创办企业的人。他认为，"任何人都可能在某个阶段碰到问题，没人能仅依靠自己解决融资问题。弗雷德·莱克(Fred Laker) 是一个单人乐队，但它最终还是要依赖伴奏和其他支持。如果没有恰当的团队协作，任何一个公司都不可能正常发展。在企业创立早期，有一个拥有强大领导力和先见之明的领导者也许就足够了，在此之后，毅力和耐心就将成为公司不断发展的持续动力。"

"如果你有一个精英团队的话，公司的起步阶段就会变得很容易。这也许有心理上的原因，但是要让公司能够生存下来所需要的技能也是多方面的。在一个人身上，你不可能找到所有的这些技能。典型的划分就是把策划工作和捣弄数字的工作分开。"

要找到志向相同并且技能互补的合作伙伴，关键是在开始阶段不断地去尝试。怀特就是通过每日电讯报的广告认识了他创办"欧洲航空"的合伙人。"重要的是你要及早开始尝试，因为在不同阶段的压力下，你和他的关系自然会紧密起来。"

随着公司的发展，当技术变得和团队协作同样重要的时候，工作重点就要开始转向技术了。怀特认为："你必须认识到公司需要什么样的技术，并在你的新计划中把这种需要反映出来。开始的时候，你主要是让工作去适应员工的技能。一旦走入正轨，就应该首先明确需要哪些技术，然后再去找到那些掌握技术的人。最后你会明白，往往那些圈子外面的人是促进公司成长的真正人才。"

作为 3i 公司的独立董事，怀特也在努力履行自己的职责，他总是致力于促进经营目标的实现，并且特别关注公司的利润水平。他认为，公司董事会成员不能只盯着自己所负责的那部分业务而忽视了整个公司的总体战略。

在评估市场机会的时候，他特别注意这种机会是不是"有潜力的"。要搞清楚"这个生意将来是否能做到全国去，甚至做到国外去？它所产生的现金流能否对将来的并购者有吸引力，或者能够取得上市资格"？

他也特别强调，一个企业家在自己梦想成真的时候要保持清醒的头脑。"他们应该比任何其他人所能想象到的还要谦虚，否则就可能迷失方向。因此，企业家在这个时候要么意识到自己的局限性，领导企业继续前进；要么就真的掉入陷阱之中，不得不出局了。"

怀特现在又打算像其他企业家那样去发挥自己的能量和热情了。他目前正准备开始自己在航空业中的第三次创业，担任一家新创立并打算开拓欧洲航空市场的航空公司的主席。

关键业绩指标

关键业绩指标（KPIs）不仅仅是统计学意义上的衡量指标。如果指标选择合适的话，它们会成为反映业务情况的至关重要的指标，会在早期给出公司业务发生变化或出现问题的早期预警。指标的变化会反映出公司在快速成长中的潜在问题或逐步显露出来的劣势。一般来说，这些关键业绩指标对于有效管理公司并作出均衡合理的运营决策是非常有帮助的。但是在这个不断变化的时代，你也许有必要对用来考核企业经营业绩的那些关键业绩指标重新审视一番，以确保股东的利益能尽可能得到关注和保护（请记住：在这里股东可能是指第三方投资者、企业经营者或一个持股人群体）。在这样一个变化的时代，有必要在传统的关键业绩指标之外，再增加一两个反映外部环境变化对公司内部主要投资项目影响的指标，这样做无疑是明智的。

但是这样做并不意味着你需要彻底改变自己的会计制度或程序，或者增加会计部门提交报告的工作负担，也不意味着你需要停止使用甚至放弃你目前已经采用的关键业绩指标。你所要做的是进一步找到那些更容易观察、更直接反映出影响股东利益的趋势或问题的简单指标。例如，红利水平、销售对成本比率、工资对利润比率等，对这些指标如果长期定时检测，就会反映出经营情况变化的方向和趋势。

对许多管理工作侧重于运营管理的中小企业来讲，管理的领域很少涉及财务方面。生产线的变更、原料供应的瓶颈、增加回报的要求、库存管理的缺陷、交货时间的延长和送货的差错，等等，这些都是管理方面遇到的问题。这些问题总是在公司的发展过程中不断表现出来，从而成为管理上压力的根源。通常，你接到的订单多少和员工数量将会告诉你发生了什么事情，从而告诉你下一步应该采取什么样的行动。虽然这种管理方式也是可行的，但通常它却不能给企业家提供经营企业所需要的各种直接信息。如果企业家需要了解这些信息，就必须与各个具体工作环节上的负责人定期沟通，以获得他们提供的第一手直接信息。

一旦确立了反映这些工作环节的关键业绩指标，管理方面的判断和决策就开始就规范起来了，换句话说，只有到了这个阶段，管理上的各种问题才会具体明确起来。而解决问题所采取的行动，无论是从对策的角度还是需要的角度考虑，都不可避免地会直接涉及员工数量的调整，从而导致成本的增加。从削减员工人数的角度讲，需要支付一笔可观的裁员费和法律方面规定的其他费用；从增加员工的角度讲，招聘费用和增加的人工费用会给现在和将来的现金流造成很大负担。无论是减少或增加员工，都有必要把相关成本通过关键业绩指标反映出来，并分摊到每一笔订单上去，以明确这些成本对未来经营的实际影响。只有这样，才可能制定出符合实际情况的正确决策。在很多情况下，当你作为决策者感到需要增加员工时，必然会考虑需要招聘一个业务经理以加强运营管理，业务经理的恰当监督指导会提高生产率或降低成本，甚至在两方面都会起到作用。此时，关键业绩指标同样是非常有用的，因为它会告诉你应该怎样去做，同时也会告诉你，你的决策是否正确。

为了有效地利用关键业绩指标所提供的信息来作出正确的决策，你必须强制自己挤出时间来认真地阅读和分析实际的关键业绩指标所反映出来的情况。你有任何想法都是可以的，通常也不会受到董事会或股东的限制，尽管在某些人看来你的有些想法显得有点夸张。

真正明智的企业总是认真地记录和保存自己的关键业绩指标，并把这些指标与报告期内实际发生的情况联系起来进行分析。这种做法的一个好处就是有利于将来的快速决策，特别是当将来出现与报告期类似的问题，需要采取类似的措施或对策的时候更是如此。下一步需要做的是为你的每一个下属部门设置关键业绩指标，以支撑和补充你们企业的总体关键业绩指标。如果你打算这样做，那么请记住，不能把部门或岗位的关键业绩指标当作企业总体的关键业绩指标。特别要注意的是，部门或岗位的关键业绩指标实际上是企业总体关键业绩指标的条件或"输入"，因此要选择部门或岗位的"输出"即成果性指标，而不是"输入"即任务性指标，作为部门或岗位的关键业绩指标。

当一个企业确实打算建立起一套围绕关键业绩指标的管理制度时，很有必要去收集有关人员关于额外的管理工作负担的意见或抱怨。有关建立这套制度的必要性的解释和交换意见通常对解决矛盾会有所帮助，随着认识的逐步统一，下一步就很容易把关键业绩指标的考核与部门甚至岗位的报酬联系起来。如果关键业绩指标也涉及一些具体的岗位，那么要注意到，员工所要求的是能够反映他们所做的工作成果、而不会大大增加其工作负担的具体指标。总的来讲，推行关键业绩指标管理的最佳做法是，把企业总体和部门的关键业绩指标考核结果公布给大家，让大家都清楚明白。但是，把涉及个人的岗位关键业绩指标也公布出来似乎是不明智的，尽管有些企业正在打算这么做。

最后要注意，不要设置太多的关键业绩指标让大家去应付，使得这种方法成为大家的负担。对于企业总体上来讲，五个或六个指标就足够了，对于岗位或个人，也差不多是这个数。如果再有更多指标，有关指标考核和报告的文件和会议就会把大家吓跑，甚至使大家都失去留在公司继续工作下去的兴趣。

优秀业绩

在企业经营过程中，所谓业绩是指"做事的成果"。尽管政府一直采用"生产率"这样一个经济学家所定义的术语来表示同样的意思，但大多数企业家认识到，企业经营的成就不能简单地用"生产率是投入的劳动力、资本和技术的函数"之类的公式来表达。业绩一词更能说明事情的本质。

但我们的目的并不是要解释什么是业绩，而是要说清楚什么是"优秀业绩"，什么是"优秀业绩"的条件。在这里有必要从语言上分析一下，如果所谓"业绩"是一种艺术的说法，增加"优秀"这个前缀词，就显得很"现代"，似乎更适用于汽车杂志而不是古典艺术的评论。

但是要说清楚企业优秀业绩具体包括哪些方面，实际上更类似于把握基洛夫的《天鹅湖》的高雅品质，而不是品味克拉克森的新车评论。一辆"卓越表现"的汽车就是跑得快，而一台"卓越表现"的芭蕾舞，就有优美的舞蹈编排、动听的管弦音乐、丰富的情感倾诉、心理上的震撼力和华丽的布景，等等。更重要的是，整个节目的总体效果就是这非常出色的各个方面的总和。

当然，经营企业与编排芭蕾舞有所不同，需要有一些硬指标，比如说利润、股票价格之类。但如果仅仅根据这些指标数字来评价企业的经营业绩，就如同仅仅根据剧院的上座率来评价一台芭蕾舞一样荒唐。因此优秀的业绩不应该仅仅是表格上的枯燥数字，企业应该去"追求"而不是"表现"出优秀业绩，这是几个复杂而又难以准确把握的任务，既是一门科学也是一门艺术。

一个有趣的矛盾现象是，如果一个企业仅仅关心速度，比如说每小时跑多少公里，它往往也就不能进一步提高速度了。反而是那些具有更为深远的追求，而不仅仅关心财务目标的企业挣了最多的钱。正如约翰·凯恩教授所指出的那样，那些在经营上很成功的企业的领导人所追求的东西，从根本上讲并不是更多的钱。他们所追求的是建立一个伟大的企业或者生产最先进的产品，比如说比尔·盖茨或诺曼·洛克菲勒就是典型的例子。

企业在财务上的成功往往是关注和追求其他一些目标所间接带来的，而不是某些挣钱手段的直接结果。哲学家依莱斯特曾经说过，对某些特定生活状态，比如说快乐、虔诚或者睡眠的直接企求，是"一种愿望但不能成为目的"。因此，利润是企业追求的一个方面，但不应该简单地把它当作唯一目的，而应该把它看做是关注其他目标的后续成果。

尽管按照同样的道理，我们知道某些活动或选择确实能取得令人欣慰的成果，但种种明确的迹象表明，无论怎么去做，要得到比较好的结果需要具备一些前提条件。

首先要说明的是，列出一些关键的前提条件因素并不意味着任何一项因素单独能起什么作用。因此我们所需要考虑的，不是哪些手段能够导致更好的结果，而是哪些因素的相互组合和相互作用，才能得到我们所希望的结果。毕竟只有鸡蛋没有面粉是做不出蛋糕来的。

因此，如果有某个人声称他有一套可以帮助你获得更好业绩的"解决方案"或者改进效果的"金点子"（很可能仅仅是在改进某种技术方面大量投资），这显然是不可取的，完全可以扔到一边去。

那么你应该怎么做呢？我们认为，要获得实际工作的优秀业绩，至少必须具备四个关键因素条件。第一，正如前面所提到的，不以挣钱作为核心目标的企业往往有可能挣更多的钱。如果微软公司所追求的是成为全世界最大和最赢利的高技术公司，而不是致力于生产最伟大的软件，否则它不可能取得现在这样的成就。

第二，尽管简捷明确而又一贯坚持的工作流程和秩序是必要的，但仅有这些是不够的。行为、情感和激励这些因素也非常重要。举例来说，一家大公司的战略水平如何，对于该公司的竞争优势没有太大影响。这种说法听起来有些违背常识，但实际上，如果迪罗依特公司与 KPMG 公司处于同一个市场，获得类似的市场信息，员工素质也大致相同，要说迪罗依特公司的战略比 KPMG 公司的高明许多是不太可能的。当然，如果它们之中的哪一家制定了一个糟糕的战略，其结果必然也是很糟糕的，不过这种情况也是不大可能出现的。

假定两家公司都制定了恰当的战略，那么两家公司的业绩差别就可能来自于战略的实施方面，这正是某些公司获得较大竞争优势的原因所在。但有许多公司的老总花费很多时间躲在豪华酒店里完善他们的战略，而不是采取措施让每一个人都做好自己的本职工作。事实上，战略本身如同治理公司一样，只能要求满意，而不是完美。

第三个因素是多样化。所谓多样化不是把企业打扮得多姿多彩，而是指员工构成的多样化。企业拥有各种不同背景员工的好处就体现在它可以得到各种不同的看法和意见——总是有人从不同角度对同样的问题提出不同的看法。一些创新性的解决方案往往来源于不同观点和意见的争执碰撞。当然，从企业伦理的方面讲，也有足够的理由要求保证妇女和少数民族员工的平等就业和升迁机会，但我们这里所提倡的多样化，不仅是指看起来不一样的员工，更强调的是持有不同观点和想法的员工。

成功的第四个因素是沟通。人力资源固然很重要，但杰出的企业并不仅仅依靠杰出的人，而是依赖于杰出的人际关系。由于技术的发展，沟通交流已经变得简单方便。但真正的沟通——顺畅、平等和坦诚的沟通却由于各种各样的理由而变得越来越少了。但实际上，企业内部的大多数重要工作，都是通过企业组织的神经末梢即普通员工之间的沟通协调完成的。

因此，沟通绝不仅仅是信息的交流，尽管交流也很重要，但沟通从本质上讲是建设性的，它总是在表达一种想法，也吸收另外的想法，最终综合形成第三种想法。

正如泽尔丁所指出的："真正的沟通总是能抓住思想的火花，而绝不仅仅是发送和接收信息，沟通不是简单地转达信息，而是要产生新的信息。" [1]

最近发布的"欧洲信息和咨询指导规范"将首先影响到员工人数在150人以上的中小企业，对它们来讲，这个规范既有利也有弊。有利的一面在于，规范的发布预示着将从立法上对企业内部沟通的真实可靠性作出规定；而不利之处在于，通过立法对沟通作出规定，要求管理层与员工之间的任何形式的沟通都要以书面正式沟通的方式进行，很容易形成一种命令服从式的沟通文化，其效果可能适得其反。

综上所述，优秀业绩的要素可以归纳为以下几点：

- 不要把挣钱作为核心目标；

- 更多地注重行为而不是流程；

- 容纳不同的观点和意见；

- 重视沟通艺术。

也许谦虚谨慎也应该算一条，只是我们目前还没有把它列上去，明年我们或许会把这一条及其他的方面列上去。英国劳动协会的职业与企业委员会也公布了自己的"优秀业绩指标"，包括以下五个方面：

---

[1] Zeldin, Theodore (2000) Comversation–How Talk can Change Our Lives, Hiddenspring, Mahwah, NJ

- 客户和市场；

- 股东和治理结构（包括投资和融资）；

- 利益相关者（供应商、顾客和员工，也包括社区和公共关系方面）；

- 人力资源管理；

- 创造性和创新管理。

这套指标可以说是面面俱到，但问题是我们必须要说明，企业经营的核心问题应该是哪些方面。

在这方面的绝大多数研究似乎都停留在一般层面，确实也没有什么神奇的诀窍能够说清楚优秀业绩企业背后的秘密。成功往往是技能、机遇、远见、策划、激情、和谐甚至运气等一系列因素综合的结果。那些能恰当把握这些因素的人就属于幸运的成功者。世界上确实没有取得优秀业绩的专门学问，优秀业绩只能是主观奋斗和努力的方向，但如何去努力是一种值得探讨的艺术。

技术促进发展

近年来，英国的企业已经从因特网及信息技术的运用中学到了很多东西。我们开始认识到，技术进步必须包括对人员、业务流程、组织结构、企业文化和技术的深层次理解，以及如何把这些因素有效地组合在一起。

今天的技术进步绝不仅仅是简单地建立网站或在线交易平台，而是意味着对传统经营模式根本性地思考和变革。这种变革的成功成为企业成长和竞争战略的核心组成部分。

英国的中小企业正在迅速地接纳和采用新技术，而且在这些新技术的运用方面也变得越来越熟练。这种趋势已经由 DTI 在 2003 年进行的国际比较研究所证实，DTI 的调查发现，英国公司总体上变得越来越关注技术的综合应用。实际上，在所调查的所有公司中，英国（包括瑞典）的公司拥有书面信息化战略的比例是最高的。而在所有

允许顾客在线订购商品或服务的公司当中，英国和加拿大的公司是把订单系统与内部经营系统联系起来的领先企业。

所有这些成就表明，英国在电子商务方面处于领先地位。过去十年的经历很清晰地表明，中小企业运用互联网和信息技术实现成长的道路越来越成熟了。中小企业借助技术手段获得了巨大的市场份额，使企业变得更加灵活，改进了企业采购措施和内部业务流程，降低了成本，密切了与员工、供应商及顾客的关系。所有这些都可以从DTI 因特论坛共同举办的电子商务年度大奖的候选项目中反映出来。

如今企业成长的挑战已经超出了是否需要技术进步的争议，英国企业是全球范围内最了解技术进步所带来好处的企业。近年来，它们已经克服了安全性、交易信用、缺乏技术及交易规则不明确等许多的传统障碍。

在当今环境下，有很多的技术可供选择。但我们面临的挑战是如何有效地选择和实施恰当的技术，以实现整个企业范围内的技术集成。那些成功实现了这一目标的优秀企业的成就值得宣传，经验也值得借鉴，而且这些宣传和借鉴对于企业持续不断地提升技术水平是至关重要的。

电子商务大奖的获奖者就是各行各业取得技术进步成功的典范，这些行业遍及方方面面，从建筑业到制造业，从农业到零售业，也包括个人电脑及外围设备行业等。这些各行各业的成功企业的共同特征就是，在认识上把技术进步战略与企业的经营目标联系起来，相互促进。

实时信息

1990 年在博尔顿成立的 Dabs.com 公司最初是一个以个人计算机及外围设备的电话邮购直销业务为主的商务公司。电子商务被看做是推进公司成长和顾客服务的主要模式，而且被看做是相对于同一市场上其他企业的竞争优势。

如今，公司网站上的所有信息都可以实时显示，这是因为网站已经与公司的产品管理数据库（价格信息）和供应商数据库（库存信息）之间实现了实时电子数据交换（EDI），因此顾客就可以在了解存货和配送信息的基础上放心地订购商品。

目前公司正在实施一项提高顾客忠诚度的计划，让网上购买的顾客可以根据促销产品的购买数量获得类似航空里程累计的消费积分。公司还为老顾客提供财务上的便利，例如提供"现在购买，12个月内分期付款"的信用付款方式。

尤其是最近以来，公司为了刺激销售，更进一步加强了依靠技术推进的促销措施，比如说增加了产品销售的补充配套手段。公司的网站上最近又增加了一个名为 Dabs.tv 的视频展示频道，在那里顾客可以看到事先录制的所选中产品的高品质活动影像片段。这种对技术的创新性应用，使 Dabs.com 公司实现了相对于竞争对手的竞争优势。

自从赢得2003年度电子商务大奖赛的电子贸易类奖以后，该公司一直致力于持续提高自己在技术方面的竞争优势，目前的年销售额最高已达到15000万英镑。今年公司将通过法文版网站，把自己的产品推广到更加广阔的欧洲市场上去。

网络化生存

电子商务大奖赛的获奖者中，也不乏把诸如宽带网、移动通信和供应链应用软件之类的新技术集成起来，从而完全改变了企业经营模式的典型。实际上在某些情况下，这种经营模式的改变成了公司生存下去的关键因素。

例如，成立于2001年的潘托克网络公司（Pantalk Network）就是直接针对当时要求给本地的农民提供免费的电脑和使用培训，以帮助他们学会使用电脑，并改进农场经营模式的议案要求而成立的。来自政府教育部的资助使得潘托克网络公司能够设立一个网络服务社区，为坎贝利亚地区的农民提供了克服缺乏通信、交通不便的困难学习电脑知识的有效手段。

潘托克网络公司为自己的网络服务设定了两个目标，这两个目标都令人难以置信地成功实现了。该公司的第一个目标是解决由于交通和通信不便给农民带来的与外界隔离的问题。通过把电子邮件介绍给农民，使他们不用付高额的电话账单，而通过电子邮件相互沟通。第二个目标是及时响应农民应用计算机管理自己的农场的过程中所提出的各种问题和要求，而不仅仅是把软硬件交给他们了事。

在两年内，潘托克网络公司的服务网络就吸引了会员 1700 人，帮助了远到像津巴布韦和福克兰群岛这样地方的农民。安妮·里斯曼 (Anne Risman) 是潘托克网络公司的创始人，也是 2003 年度电子商务大奖赛志愿者和社区服务类奖的获得者，她曾经这样指出："我真挚地建议人们逛商店买软件时不必犹豫，如今好的程序能够以很便宜的价格买到。企业的生存往往取决于这些花费并不甚大的管理软件。

交互式购买

同样，技术进步能够把一个传统的企业转变成为与以前完全不同的新型企业，真正地把它带入到 21 世纪。

5 年前，卡德威斯 (Caldwells) 是一个给制造业供应手工工具、螺母和螺钉的商店。该商店的老板本·卡德威尔 (Ben Caldwell) 认识到，由于制造业的萧条，公司确实有多元化经营的必要，因此决定建立一个集成供应系统，它能为公司代理商网络中的工程材料部门提供一个完全外包供应的解决方案，这在当时的英国是独一无二的外包服务。

卡德威斯当时在技术应用方面已经处于领先地位，尤其是在物资供应这样一个变化通常是很缓慢的行业中。通过应用宽带和触摸屏技术，卡德威斯建立了第一个实时交互式订购网站，目前正在投资建立一个多种语言、多种货币结算的 SAP 系统，计划明年向整个欧洲市场推出。

本·卡德威尔解释说："5 年前，这个行业几乎没有多少人会打开计算机。但是知道如何去做总比总在想应该怎么做要好得多。大家都不应该害怕在自己的企业里运用技术并陷入其中。如果技术在我们的行业有用，它就应该让大家都受益，一旦你掌握了这个系统，你就会发现它是如此简单，能够节约大量的时间和金钱，使你走在竞争者的前面。"

有效的管理控制

这里还有一些其他的经验和体会。DTI 与因特论坛的电子商务大奖赛的所有获奖者都真实地反映了它们企业的真正能力。它们一般都是在开始的时候就提出了比较高的目标，因此就为未来的发展奠定了坚实的基础，然后通过分阶段的技术集成和业务发展来逐步实现自己的目标。

里斯彭斯建筑维修服务公司 (Response Maintance and Building Supplies) 是其由董事长安德鲁·科那比 (Andrew Crnaby) 于 1994 年创立的。科那比以前是一个木匠，他所创立的公司的主要业务是提供 24 小时全天候的房产维修服务。由于公司成立之初的半年时间里业务需求很大，公司的规模迅速扩张，在过去的 9 年时间里，这种趋势一直持续下来。

实际上，公司成长得如此迅速，公司管理层很快就遭遇到了缺乏有效信息和管理上失去控制的头痛问题。材料的采购通常是由现场工程师从不同的供应商那里直接采购的，而现场工程师通常又处于一个与公司相对独立的环境里。为了解决诸如此类的问题，公司投资建立了一个在线后台服务系统，为工程师配备了个人数字助理 (PDA) 设备，公司现在能够从总体上掌控材料的采购，并通过统一采购获得了更多的采购折扣。同时，这套系统还能够管理存货和材料，从而降低了损失和失窃。此外，公司通过此系统也能够更好地监督员工工作情况，减少非生产性的时间浪费，并加强针对个人业绩的考核。

里斯彭斯建筑维修服务公司作为去年的电子商务大赛的国家级奖获得者，运用技术的结果是利润率和营业收入不断提高，时间利用效率不断提高，客户关系不断改善。

科那比的体会是："我已经了解了信息技术作为一个整体的绝对力量和无限价值。一旦你把它完全地应用到你的公司里面，它将会为你节省数目可观的金钱，使我们可以为管理者和员工们的更好前景进行再投资。我在这里建议各家公司都要对自己的判断有信心，认真所取所有提供给你的信息。"

依靠技术成长的要点

1. 研究你的潜在市场、成长领域和你的竞争对手的技术进步战略。

2. 了解你的顾客和供应商是如何应用互联网和信息技术的，搞清楚你能够提供哪些服务以改善你和他们的关系。

3. 认真思考你的企业里的哪个领域能够最大、最快地从技术进步中受益，不要想得太多，以免超出自己的能力。

4. 起步规模要小，要根据员工的实际能力去投资，因为员工往往是决定技术进步方面投资成败的关键因素。

5. 经常不断地评估你的技术进步战略，不断寻找企业成长的新机会和领域。

6. 如果你不知道从哪里开始，可以寻求专业指导。从自己发展迅速的同行、会计师或本地的业务伙伴当中寻找指导者。但最重要的是，现在就开始投资。

创新战略

成功企业的领导者们意识到，创新是他们企业成功的关键，在某些情况下甚至是关乎生死存亡的大事。他们认为，正是创新促进了公司在复杂多变和日益竞争激烈的市场上实现成长，在这样的市场环境下，企业普遍面临着不断创新和发明新产品、新服务、新的经营模式甚至是开拓新市场的压力。因此，企业必须要搞清楚如何应对这些挑战并有效地实施创新管理，这对公司的生存发展是至关重要的。

企业通常倾向于围绕持续而稳定的变革思路来构造它们的创新体系，这种思路从根本上讲是一种比过去有所改进的"改良"做法，从而导致一系列针对产品或业务流程的改进，从本质上讲这是一种渐进式的变革。但是，这种变革式的创新方法很可能会错过由于市场、法规或技术环境突然发生变化所带来的重大机会。从本身的内涵上讲，这里所说的创新是指去做一些全新的事情，因此要求企业的管理者有一套与过去不同的行为规范。这就对今天的企业领导提出了一个问题，就是如何让自己的组织体系既适应渐进式变革的需要，也适应根本性创新的需要。

应该意识到，这里没有普遍适用的一贯做法，因为创新不是一个简单的线性方程。创新是一项系统性工作，需要从企业的各个方面加以整体考虑，形成系统全面和协调一致的运作模式。有效的创新应该是企业内部人员、文化、领导方式、知识、工作实践、工作方法、基础管理和人际关系等因素的综合。

企业领导人首先需要搞清楚的是，如果有效创新是企业未来生存和发展的关键，那么就必须把创新管理搞好。许多企业发现这个工作特别难做，是因为它们的创新管理要求对企业内部各种各样业务活动的各个方面进行系统的管理控制和协调。其他一些企业则采取较为"温和"的做法，仅将创新管理的重点放在一两个它们能够理解的因素方面。然而，真正有效的创新管理是指对所有因素的全面系统管理。

尽管我们说创新管理不存在所谓"唯一正确的道路"，但一些创新管理做得比较成功的企业还是显示出如下的一些共同特征：

明确的创新远景和战略

首先，它们都有一个对创新未来远景的明确表述，用来指导创新战略，并向公司员工和经营环境中的其他相关机构表达公司的创新设想和目标。这里的关键问题是要明确说明，创新是企业战略的核心组成部分。这种明确的意识应该成为公司上下一致认同的经营宗旨、理念、目标和价值观的基础，并促进企业应对创新挑战的一整套组织管理机制的形成和完善。

最高管理层领导创新

创新在企业组织的各个层次上都会发生，但是如果没有高层管理对创新过程的领导，创新取得成就的可能性就会大大降低。高层管理要负责把创新的远景和企业的共同价值观传达给所有员工。与此同时，高层管理成员通常都要分别负责一个特定的职能部门，确保跨部门的工作得到支持和贯彻落实也是他们的职责。越来越多的迹象表明，今天的企业在跨部门协作方面做得好，比在职能方面做得好更加重要。因此，高层管理必须形成一种文化，把创新当作是企业各种业务活动的中心任务，并在创新方面为下属部门树立榜样。

支持创新的文化

最具创新性的企业通常具有一种支持创新的企业文化，这种文化是一种鼓励参与、鼓励沟通和以人为本的文化。因此，创新的计划和决策过程有许多人参与并提出意见；还有大量、持续、公开的沟通和交换意见。高层管理的支持对于创造良好的创新环境非常重要。在这样的创新环境里，具有一定风险的创新会受到鼓励，而不用担心创新失败会受到惩罚；员工会因为他们的贡献而受到公正的奖励。同时，勇于创新的企业应该具有一种不断学习和培训的企业文化。

促进创新的机制和组织结构

创新性企业也要有鼓励创新的机制。这种机制通常包括智囊团、技术展望小组、创新展望小组、跨部门的战略规划小组、定期的部门之间的人员轮换、沟通不同想法和观点的论坛。另外，还应该建立促进创新的组织结构，创新性的组织措施包括：建立情报部门、创新孵化器、全球性的虚拟创新团队、中试实验室、合资企业、战略联盟和派生企业等，不一而足。

跨部门团队决定创新路径

企业通常都在某些特定的职能领域，例如销售、营销、产品开发、制造、技术开发、人力资源等方面具有深厚的专门知识和技能，但是它们不能发挥出跨职能部门和具备多种专业知识的综合团队所能够提供的综合潜力。这种跨职能的综合团队，无论是正式的还是非正式的，都能从更广阔的视野来看待公司的经营环境并对未来的环境变化提出新的设想，并有利于大家对市场变化、法规变化、技术变化和其他可能影响企业经营的因素的变化形成共识。因此，建立这种团队是企业明确创新目标、路径、项目和优先顺序的基础性工作。

授权员工推动创新

从根本上讲，是基层员工和部门在推动具体的创新项目向前推进。因此，企业要能够吸引和留住那些具备高超技能的最有能力和最有才干的员工，这一点是很重要的。应该把这些员工组成专门小组，并授权他们负责推进具体的创新项目。在这种情况下，要尽可能下放权责，实行授权管理；并尽可能减少向上请示的决策层次。官僚体制、拖延时间、对创新项目的关键方面失去控制往往是阻碍创新的主要因素。另外，成功的创新者往往是以目标为导向的。因此，他们不但具备创造力和敏锐的眼光，而且也有能力把这些创造力和眼光转变为企业的切实利益。

广泛的联系网络

知识的产生、获得和管理对于有效的创新是至关重要的。因此，要鼓励大家建立与企业内部人员之间和企业外部相关机构和人员之间的联系网络，这是一项基础性工作。这种网络能向企业的知识体系注入新鲜的血液，并对企业当前的一些想法形成挑战。它扩大了企业扫描当前经营环境的"雷达"的接触范围，提高了企业发现突然性的技术变化或市场变化的能力。应该说明的是，这种网络的建立不仅仅是某个特定部门或个人的事情，而应该在企业内部所有组织层次上提倡。

那些能够持续有效地进行创新的企业总是寻求不断地改变自己以适应环境变化的需要。因此，任何两个企业都不会采用同样的方式来组织和管理创新。但是，我们希望大家都能充分考虑以上所列出的那些创新要素并行动起来，相信越来越多的企业能应对有效创新的挑战。

2

做公司要理解市场份额

定位

"位置，位置，还是位置"，这已经成为房地产经营中的一条永恒的格言。奇怪的是，这也是一条在更广泛的商业活动中非常有效的忠告。当然，在这里我们所说的位置不仅仅是指公司的总部办公室、仓库、商店等经营设施的具体地理位置（尽管这些因素也很重要），而且指公司在主要的股东、客户等相关人士心目中所占据的位置。

就像一座装修很好的房子坐落在城市里的较差地段一样，如果定位错误或是错误地选择了客户对象，即使是最好的产品也会遇到麻烦。相反，即使是很一般的产品，如果能够尽力在有潜力的市场上为自己找到一个合适的定位，同样可以兴旺发达。

在当今这个快速变化的市场上，定位比以前任何时候更重要。因此下面有五点建议，帮助你在正确的时间和正确的地点更好地经营自己成长中的品牌。

大处着眼

有一些公司在定位方面习惯于采取谨小慎微的方式。

它们组织了大量消费者调查来搞清楚自己当前的最终用户需要什么。但它们却很少注意到公司经营的其他一些重要的相关人员，如员工、分销商及媒体记者的真实想法。它们只关注自己产品的功能特征，却忽视了这样一个事实，即大多数人作决定是基于情感基础上的。更糟糕的是，它们以一种狭隘的视野来定义自己的市场，而不考虑来自于自己的传统市场领域之外的竞争者所带来的风险和机遇。

在过去那种一个公司只向单一的目标群体销售单一产品的简单明了的市场上，这种定位方式可能是很有效的。但是在今天，公司有很多利益相关者，产品的分类也日益复杂和多样化，因此公司的定位需要有更广阔的视角。最重要的是，现代品牌需要从更广泛的角度来定义自己的目的是什么，或者换句话说，公司应该少想一些它们的产品"是什么"，而是要更多地思考自己的品牌为什么能在复杂的市场环境下生存。

说明事实

尽管从更广泛的角度思考问题是很重要的，但这并不是要夸大你的品牌在生活中所起的作用。定位应该从大处着眼，但也需要小心从事，不能突破诚信的边界，否则将会面临企业内部和外部的不信任风险。

在这里，就像生活中的其他很多方面一样，说出事实是最好的策略。聪明的经营者会不知疲倦地寻找每一方面的事实，以便能塑造出有效的品牌定位。这些有价值的品牌定位金点子可能来自任何方面：可以来自于生活中的真理，可以来自于产品的分类，可以来自产品本身，可以来自于品牌的传统和文化，来自产品的使用场合，甚至是使用者本身。这些点子并不需要是你的品牌所唯一具备的（事实上，很多好的定位都是表达了整体市场的普遍事实）。在这里，唯一的限制是，不能过分包装，让人们觉得你的品牌不可信，而且也不能让自己的品牌定位与竞争对手的类似。

某些情况下，有些事实是不值得宣扬的，但即使这样，勇敢地去面对也比将它隐藏起来明智得多。正如著名的爱威斯（Avis）宣言所说的那样："因为我们是第二，所以我们更努力。"这样的态度甚至可以创造变被动为主动的机会。

简单明了

虽然定位是一个复杂的过程，但最后的结果要精练，要达到让人一看到就能识别和记住的程度。如果你发现需要 30 秒钟以上的时间来解释自己的新定位（尤其是对那些行业之外的外行），就说明你的定位搞得过于复杂了。

实际上，最好的定位通常都可以用一句话来表达，而且这句话通常是描述了一种特别简单而且特别重要的人类需求。我们可以举一些现实中的例子，如苹果公司的定位以"创新"为主题，大众汽车公司的定位以"可信赖"为主题，而美国奥兰智电信公司的定位以"未来"为主题。当然，这些公司的定位还有比这些主题更丰富的内容。但是最终而言，这些单词是支撑整个品牌的基础。

为了追求品牌定位的简单化，必然要牺牲其他方面的一些好处。企图在各个方面让所有人都满意是不可能的，这实际上只能是痴心妄想。要想成功地做好定位，必须打破思维局限，准确地搞清楚自己想要获得的定位。确定一个清晰的形象定位可能在开始的时候让你很费神，但从长期来看，将会使你的目标更明确，并且有助于消费者很快抓住你的品牌。

贴近生活

无论表达得如何简明，定位仍然是写在纸上的一个词或短语。所以你下面的任务

就是将这些词语转化成更有力量或更有能量的东西，即所谓"创意"。一个创意应该是一种更具体的表达而不是抽象的概念。它不仅仅反映事实，而应该是一种能够改变一个组织并转变组织内的人们的观念的创新性词语形式。最重要的是，它应该是一种能把公司的战略思路转化为激励人心的企业追求和宗旨的、充满想象力的独特语句。

这样的创意通常在广告词中得到最有力的表达。例如：耐克的定位主要是围绕着"尽情地运动"这个主题来展开的，但是更令人感到振奋的是它的广告词"想做就做（just do it）"。当然，一个创意不一定必须是一个口号，而且也不一定必须来自于广告公司。最重要的是，一个创意能够以一种简单易记并且令人信服的方式，把公司的形象定位带进人们的生活。

坚定不移

最后，我给大家的忠告是：任何一个定位或创意都存在这样的风险，即实际发生的现实可能与你的承诺不一致。定位经常被那些"做市场的人"误认为是一种临时应付的纸上谈兵。但如果一个组织也持有这样的想法，那就大错特错了。一个企业要想成功，公司里的每一个人都必须把定位作为不断持续的工作实践的重要部分。

按照这样的想法，你的定位理念必须持续不断地应用到每一次交易、每一个协议、每一个客户，应用到从员工招聘到供应商关系等公司经营的每一方面。它应该塑造你公司的整体形象，为每一个经营活动增添光彩。

往往是在形象定位的实际执行阶段，很多品牌定位的推广会遇到麻烦，引起公司内外的怀疑和议论。然而，只要采取正确做法，你的品牌定位最终将会在受众心目中固定下来。用我们在本文开始时的话来说，这就是如今成长品牌最应该占据的位置。

经销商–供应商关系

经销商和供应商之间的关系正在改善。从传统上来说，经销商判断能否与供应商有效合作的标准很简单，就是看供应商在服务和价格上的表现如何。因此，选择供应商就成了很简单的事情了：它们有没有按时发货？它们的产品合不合格？

这些标准仍然存在，并且对于那些其供应商缺乏一致而且良好表现的零售商来说，这些标准仍然很有效。在这种情况下，当零售商提出一些条件（有时是不合理的）作为和供应商继续合作的回报时，这种关系就倾向于敌对。这更像一种"要么接受、要么放弃"类型的谈判。而且肯定不会考虑到由于零售商的原因所引起的导致供应商出问题的任何因素。

然而，传统的方法现在正越来越多地被一种新型的伙伴关系所代替。在这种新型的关系中，双方都在为降低制造成本和上流供应链过程成本的共同目标而努力。

出现这种情况的原因首先是国际贸易环境的改变；其次是竞争形势较为严峻；最后是新技术的发展使得买方和卖方可以开展更为紧密的相互合作，因为供应链过程中的每一个环节对于双方来讲都可以做到完全透明。

随着获得低成本、高质量的产品和服务的机会的快速增加，将产品引入市场的过程变得更加复杂。现在的经销商不仅有自己的本地供应商（指本国或欧盟范围内），有自己的工厂、仓库及客户群，而且通过现有的供应商、代理商、新的供应商甚至自己的采购部门或所有这些机构的组合，可以从 20 个或更多的国家进行采购。

这种转向海外采购做法可以显著地降低成本，但不一定必然产生明显的竞争优势。原因在于，低成本的生产地对大家都是开放的。因此，现在获取真正的竞争优势的关键在于，通过效率和控制来确保企业正确地利用地理上的优势采购来源，并与企业对质量、成本、创新能力、反应能力的需要结合起来，并通过正确的资源投资来达到此目的。

很多零售商正在借鉴特易购、沃尔玛、耐克斯特公司 (Next) 的做法，通过减少中间环节和建立自己的直接采购能力的方式来控制国内外的关键供应商；有效地利用这种经验，将会比将产品生产大批地转移到中国的做法对企业产生更大的影响。直接和供应商做交易的吸引力很明显：减少成本，增加选择的可控性，在产品的质量和运输方面也有一些优势。

由 KSA 公司进行的调查表明，零售商和供应商之间存在日益趋向合作的倾向。调查结构显示出：像扎拉公司（Zara）、H&M 公司等那些以销售自己品牌的商品为主并能通过控制供应链而取得效率和灵活性优势的纵向一体化的公司，在财务业绩上胜过了那些依靠传统供应链经营的公司。因此，传统供应链结构上的零售商、零售集团、连锁店及其他经营者需要联合起来，共同建立自己的"虚拟"纵向供应链。有迹象表明，一些零售商已经开始与供应商开展实质性合作，共同改进产品制造过程。这种关系似乎是很特殊的，但零售商从这种合作效率中获得了明显的竞争优势，并且因此节省了成本。

因此，我们思考问题的重点也需要从考虑如何成为一个成功的企业转向如何加入一个成功的（合作的）供应链。在这种新的模式中，以牺牲消费者的利益或其他合作伙伴的利益来提高边际收益或市场份额，已经不是一个企业可持续发展的有效战略。在这种新模式下应该形成消费者、供应链，然后才是单个企业的合理层次关系。

在这种模式下，购买者（零售商）及供应商或生产商的角色和职责也会发生一定转变。零售商将会在整个的产品供应过程中发挥更活跃的作用：制订原料计划和确定生产能力，并且从产品成本、技术和服务的角度考虑选择合适的地点生产产品，建立物流和信息系统的基础设施，实现对整个供应链过程的产品管理和跟踪。

在这样的情况下，零售商在处理那些过去属于内部运作的业务时可以从更长远的角度考虑，把那些内部处理起来成本较高的业务交给供应链上游的公司去处理。这样做的结果，如同零售商往往会要求供应商提供"可以直接上架"的商品，比如，要求服装供应商提供的每一件衣服都要包括衣架及销售标签，这样，零售商所需要做的就仅仅是把衣服从包装盒中取出来放到零售货架上就可以了。

更为密切的零售商/供应商合作关系的好处来自于技术和信息沟通方面。现在的企业正从依赖纸和笔并且比较容易出错的管理方式中走出来，向依靠"实时"决策支持工具和强有力的内外沟通的管理方式发展。

通过上下游企业间的合作和信息共享，特别是共享与市场预测和计划相关的数据，可以更有效地做好生产计划和存货管理工作，而且还为供应链上的原料需求管理提供了很好的基础。

目前，零售商与供应商也在应用"无线射频识别标签（RFID）"方面开展合作，这种标签可以贴在货物托盘或包装箱上，以便更好地管理从制造商到商店的物流。一些领先的零售商如特易购、家乐福、麦德龙等，已经在与 G&M 之类的大型供应商的合作中采用了这种技术。

尽管我们已经认识到零售商/供应商关系中合作的重要性，但在实际中也要改变这样一种趋势，即实力强大的零售商把自己的强大品牌强加在那些弱小落后的自主品牌供应商身上。应该逐步转向一种更为平等的合作关系，从而达到双赢的效果。

当然，在与品牌强大的供应商合作时情况又会有所不同。合作中的实力均衡取决于双方的品牌实力，而且往往是品牌强大的供应商居于支配地位。这会使零售商重新审视自己的品牌地位并减少对合作关系的依赖，在一些非食品的产品领域，这种现象更为突出。

在现实的零售市场上，存在着各种各样的零售商/供应商合作关系。尽管从愿望上讲，双方都希望达成最好的效果，但人性的弱点不可避免地决定了双方的合作不可能是一帆风顺的。但至少那些有远见的公司已经意识到，合作比单干的收益更大。

成长目标

企业可以掌握自己的命运。一个企业设置和达到什么样的目标也完全取决于它自己。然而在企业界为大家所普遍接受的一个观点认为：逆水行舟，不进则退。另一方面大家也认为，成长有助于企业扩展自己的财力资源、人力资源等相关资源，对这些观点我们都不必有什么疑问。

实际上，正是企业的成长尤其是充满活力的成长促进了企业的内部协调。营业收入的增长将提升企业的成本管理能力；而且，无论企业的规模有多大，都只需要一个会计部门或市场营销部门。

那么你应该如何去做呢？实现成长的最佳途径是什么呢？在这里我们建议你重点关注企业成长的四个关键因素（参见图 2.1）：

- 赢得新业务；

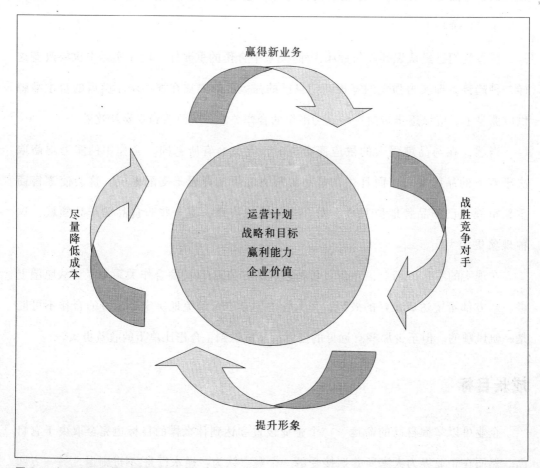

图 2.1 企业成长的四个关键因素

- 战胜竞争对手；

- 恰当地定位；

- 有效控制成本。

赢得新业务

也许你已经听惯了这样一种"神话"：你只需要对自己的产品或服务加价 5 便士或 5 英镑，并把它们全部卖给你的顾客，就可轻而易举地挣得 5 万英镑或者 500 万英镑的财富。尽管你听说过这样的事，尽管你也可能这样想过，但实际上挣钱并不是如此简单的事。

在企业对顾客 (B2C) 或企业对企业 (B2B) 的电子商务环境下，赢得新业务的商业原则大体上来说是一样的（事实上也确实如此）。

最简单的办法就是先估计出市场上有多少新的业务机会，然后估算出你实际上可以指望的有多少。大家通常可能没有意识到的一个问题是，任何新的业务机会都来自于市场，无论谁输谁赢，都会在市场上引起巨大的变化。

几年前五大会计公司之间的竞争就是一个简单的例子。当时百事可乐公司需要一家公司为其提供外部审计服务。假如为百事可乐公司提供审计服务的业务价值 5000 万英镑，这可是众所周知的一块大蛋糕。那么你可以想象一下，赢得这项业务的会计公司的最高收入与失去这项业务的会计公司的最低收入之间的差距就可能达到 1 亿英镑。总之，在市场上是存在这种差距的，因此一个公司要确保自己在获取这种差距带来的好处方面处于有利位置，以获取更大的市场份额。

获得更多业务的主要途径之一，是要有一个强有力的新业务策划，这个策划应该包括以下一些内容：

- 与现有的客户及潜在的客户进行交流；

- 搞清楚他们购买时所考虑的关键因素；

- 维持并加强自己的优势，尽量克服自己的劣势；

- 形成自己的对策，并致力于有效推进。

最后要注意，不能过分强调估计市场上新业务的数量及确定目标市场份额之类的预测分析的重要性。

战胜竞争对手

下一步就是应对竞争的问题。如果一个公司拥有恰当的地位并提供恰当的服务，其客户是不大可能担心产品或服务出问题的。因为消费者拥有选择权，他们可以在一个公司与另外一个公司之间选择，这才是问题的关键所在。

也许我们经常会听到"我们已经超越了竞争"这样的说法，但这并没有什么实际意义。只有消费者的想法和消费者的选择依据才是最重要的。因此要战胜竞争对手就必须确保做到以下几方面：

- 不能让所有的信息仅仅停留在销售员的头脑中；

- 有一个系统的方法去搞清楚消费者对竞争的真实想法，他们依据什么作出选择，以及哪些因素真正影响他们的选择；

- 确保对竞争过程进行全面并且不间断的跟踪，因此要有人与消费者保持直接联系；

- 所收集的竞争情报要精心保存并在企业内部有效交流。

采用这些手段，竞争对手就会受到有效抑制，难以获得应有的市场份额。

恰当定位

很多公司都致力于形成自己的经营特色。但这种恰当的经营定位的前提是，正确地识别自己的目标市场，而且采取有效措施找到这个细分市场的真正价值和需求所在。

这是一个关键问题。举个简单的例子，如果一个律师事务所打算到市场上去营销自己，那么它是以"悠久的历史"形象为基础，还是以"现代创新"形象为基础来宣传自己。显然，要想同时做好两种形象并让目标市场接受是有困难的。

因此，定位就是要搞清楚消费者的需要及其选择标准，并在此基础上形成既能满足消费者需要又能使公司在竞争的主要方面区别于其他竞争者的独特形象。恰当定位的有效方法是：

- 初步拟定公司的形象定位；

- 与目标客户交流并听取他们的意见（他们对定位的认同很重要，而改进意见则更宝贵）；

- 简化把形象定位推向市场的语言表达；

- 就形象推广的渠道和表达方式达成一致意见。

通过执行这些活动，公司将获得一个较好的品牌定位，使市场上的客户得到始终如一而且定位恰当的公司形象信息。

有效控制成本

保持对成本的严格控制是维持和促进企业成长的很重要的一方面。企业不能只是匆忙片面地去追求扩大收入而不考虑利润和成本控制。

如果对成本底线不加以控制，所有提高收入上限的努力都会付诸东流。如果不考虑规模因素，下面这些技术将对企业的成本控制有所帮助：

- 引入一组供应商并建立与它们合作的方案——让供应商了解自己公司的目标，争取得到它们的支持；

- 与所有的供应商签订合作协议——这将会给它们更明确的方向和更大的安全感；

- 从价值角度定义企业需求 ——让供应商能够更好地按照企业需求来供货；

- 精简供应链——减少供应商的数量意味着可以更好地对它们加以监督和控制。

引入这些原则将意味着低成本，也意味着没有降低质量和服务要求。这使公司在竞争新业务时具有更强的适应能力。总之，这是一个有效的途径。

结束语

如果你们公司的追求和使命已经明确，战略和目标也已经制定出来，并且有一个清晰的运营计划，那么你们的发展道路将会顺利得多。祝你们好运！

市场推广

亲爱的读者，我知道你很可能是一个致力于发展自己的企业的管理者。一般情况下，当我需要为某些管理者提供传播方面的帮助或咨询时，我必须较深入地了解他们企业的性质、他们在企业中的角色，以及他们关于沟通方面的知识掌握程度。那么,我应该怎样将这些因素考虑进去，并结合沟通方面的相关知识，在这短短几页纸的文章中表现出来呢？

我的做法是提供一个可以应用于所有企业的基本框架结构。无论是制造业企业还是服务业企业，是消费品企业还是电子商务企业，是大企业还是小企业，这种框架结构都能够适用。这个框架并不是泛泛而谈的简单说教，不是那种老太太教你如何吃鸡蛋之类的玩意（偶然的，你是否遇到一个宣称自己在这一领域是专家的祖母）。

接下来，我将给你提出 10 点建议，这些建议都是我在自己做代理人的职业生涯中总结出来的，相信会对你的企业成长有所帮助。让我们从最重要的一点开始说起。

第 1 点：不要把传播与营销相混淆

很多新的成长企业通常容易犯的一个错误，就是相信（或希望）传播是解决问题的万能药方。那些从事网络电子商务的公司的昙花一现就是这种想法的一个现实例子。我们应该记住："促销（Promotion）"（它似乎包括了传播动机的所有方面）只是市场营销的基本的 4P 原则之一。也许它是最显著的一个，但我们并不能因此就认为，仅仅由于加里·林克（Gary Lineker）的促销，"沃克"牌土豆片就在小食品市场上得到了飞速发展。如果没有一个好的产品（Product）、一个合理的分销渠道（Place），及建立在良好的核算和管理基础上的有竞争力的定价（Pricing）（即另外三个 P），加里·林克也

不能发挥什么作用。但如果把这几个方面组合起来，他就成了最重要的因素。

沟通策划的框架

正如已经说过的，那些崇尚传播的企业已经被各种各样的首字母简略词搞糊涂了，但是到现在为止还没有找到一种完整的表达，因此在这里我就斗胆毛遂自荐，提出自己设计的"有效沟通策划的七点框架"，并把它命名为"RLEAGAS"框架，即：

资源（Resource）、搁置（Laydown）、评价（Evaluation）、活动（Activity）、目标(Goals)、受众（Audience）和历史（Story）

我承认这不是一个很好的字母缩写表达，首先，它不像 AIDA [即 Attention（关注）、Interest（兴趣）、Desire（动机）、Action（行动）] 那样的缩写表达，在顺序上显然是不对的。

事实上，目标（Goals）在顺序上应该是第一位的——你想得到什么是你所有行动的驱动力，这是每一个人都知道的。但为什么有那么多"传播专家"都从提出很多的"行动点子"开始呢？而且总是试图让那些点子来适应目标？或许他们发现这样做是很容易的，因为这样一个点子也许只需要花 10 便士。然而企业也可能犯同样的错误，那就是公司的管理层没有将公司的目标有效地转化为市场营销的目标，而是错误地转化为传播目标。设置诸如增加销量（企业的期望）或市场份额（市场营销的意图）之类的传播目标是不现实的，但却是很普遍的现象。因此，传播目标应该是明确的、可度量的（此时，另外一个字母简写词又出现在我的脑海中），这就是 SMART，即目标应该是明确的（Specific）、可度量的（Measurable）、可操作的（Actionable）、可行的(Realistic)、及时的（Timely）。因此一个好的沟通目标应当表述为"在竞争性产品 Y 的使用者之中，增加我们的产品 X 品牌的知名度，使之在 Z 时间达到 N%"（因此有利于我们具体销售目标及品牌市场份额增加目标的实现）。

那么你怎样去搞清楚，哪些目标是你要追求的，而哪些相关的点子是比 10 便士更不值钱的呢？

第一步也是最重要的一步，是要真正搞清楚你的传播受众（Audience）。在他们之中，一个可怕的词——利益相关者，已经悄悄进入了最近的经营词汇。虽然我也不喜欢这个词，但它给了我一个有益的提示：很多不同的受众与你的企业的成功与否"利益攸关"，因为他们可能是为你提供营业收入的最终用户或经销商，也可能是你的员工、投资者，商业媒体和本地媒体、本地社区机构等也可能成为你的传播对象。

第 2 点：细分你的听众

现在，你要做的最有价值的一件事就是草拟出一份详细的计划，在那些按照不同定义划分的群体中，找出那些会对你的成功有重要影响的传播对象。名符其实地讲，所谓细分听众是建立在这样的基本概念基础之上的，即面向观点相似的群体传播，比一对一的传播或者面向大众的传播这两种极端情况的传播效率要高得多。所谓区分不同的群体，是把那些对你的企业有类似的看法、态度或利益的群体划分出来。一旦你已经制定了这样一个听众群体分组清单（这种分组可以按照你的产品用户/竞争者的产品用户/替代产品的用户来划分，也可以按照区域、社会阶层或心理因素来划分，甚至可以按社会保险号码或购买行为等来划分），你就应该尝试着按照这些不同组别对你公司的潜在影响来排定它们的先后顺序。要做好这件事情，也许你还需要进一步地深入研究，并投入更多的时间和金钱。

资源（Resource）是"RLEAGAS"框架中的第二个要素。在这里，资源是指你所具有的能够促进你与你的听众沟通的所有东西。我们首先来列举一下那些不需要你另外花钱的传播工具，比如说你的工厂、包装、运输工具、文具、工资单和发票等。发票也是传播工具吗？是的，从侧面想想，发票除了说明你收了多少钱之外，为什么不能说明其他的呢？比如说明你给顾客提供了多少价值，你对产品质量和环境保护的关注，等等，为什么它不能成为一个反映公司的特色和个性的工具呢？当然，最重要资

源还是人才和资金。为了各种不同的传播目的你需要准备多少钱是一个复杂而且不好适当概括的话题。在这里是没有任何标准可言的，因为传播的预算在各个行业之间有很大不同，在化妆品行业也许需要占总预算的 20%~30%，而在工业机械行业也许只占总预算的 2%~3%。一般来说，下面四个预算方法是经常采用的：

1. 按照去年实际支付费用适当增加或减少计算；

2. 按照销售收入的一定百分比计算；

3. 按照竞争对手的花费比例计算；

4. 按照达成目标和完成任务的需要计算。

每一种方法都各有优缺点，但最后一种方法是我比较推崇的。因为它强调按照具体目标核算最有效达成目标的成本。在得到总的预算后，就可以根据先前制定的听众群体分组清单按照先后顺序进行分配。简单吗？下面将会出现两个难题，我来帮你解决。首先，一旦你分配完这些预算，你会发现它们加起来会比你想要花费的多。你将会面临各种各样不同的人的游说，他们会从各自不同的需要和动机来说明为什么他们自己的部门、媒体和区域事实上需要的资金会比其他的多。其次，你事先策划的各种的传播项目可能会以一种混乱的场面和浪费的效果收场。为了防止这种情况出现，并在整体上达到策划的效果，经验是不可或缺的，这就是我在下一个要点要讲的东西。

第3点：考虑其他传播要素

如果你与那些专业营销公司的销售人员及采购人员经常交谈，你就会从他们那里学到许多关于哪些传播措施有效以及为什么的知识。同样，通过参加许多当地贸易促进会举办的会展活动，你也可以获得大量的经验。如果你还不是它们的会员，也可以赶快加入本地的市场营销协会。另外，通过访问一些有潜力的广告公司、直销公司、形象设计公司和公共关系代理机构，都可以学到很好的经验。这不是在浪费时间，而是让你能跟上新的趋势和技术。如果你是一位营销主管，也许到此为止我所讲的对你来说没什么新的东西。但如果你是一位总经理，那么你就要对公司所有的传播，不论是对内还是对外的传播负最终责任。也许你会发现这些建议将有助于你在安排传播的优先顺序方面作出决定。当然，如果你有一个总体负责传播的下属或你有一个适当的传播管理部门，你可以跳过这一部分内容。但在这里我还是想多说几句。

如果你受到财力资源和人力资源的制约，不可能同时做好每一件事情，那么计划就意味着合理地安排每一件事情的逻辑顺序，哪些要暂时搁置（Laydown），哪些要做好安排。对那些需要安排好的事，要确定你有足够的时间来评价（Evaluation）活动的效果，提供持续的反馈。无论你的评价是采用定性方法或定量方法，都应该以成本收益评价为基础。但也许你无法忍受的一件事情就是，传播的有效性是很难评价的。

也许活动（Activity）和历史（Story）这两个要素会有助于我们回答传播"是什么、在哪儿和怎么做"的问题。

我更喜欢用"历史"而不愿用"消息"这个词，因为它具有更丰富的内涵和具体内容。而且，如同一个公司或一个品牌一样，历史是多维度和悠久的。如果你用这个词来描述你的公司或品牌，就比较容易找到一个把各种角色（产品范围）和各个章节（分销渠道）串连在一起的总体主题，来表达你的公司独特的个性和形象。而你的表达又将通过一系列的"活动"来表现，例如新产品发布，促销活动、会展活动等。所有这些"历史"或"活动"都要与最初定义的传播"目标"联系起来，都要以自己的特殊方式对传播目标的实现作出贡献，都必须与你所希望建立和维持的公司整体形象保持一致。

最后，在你策划自己的传播计划时，我还有一些具体的建议：

第 4 点：要突出重点

你的传播对象往往会受到数以百万计的各种信息干扰，因此你的每一次传播活动都要集中到一个最有说服力的方面。

第 5 点：搞清楚自己的成长来自哪里

在一个不变的世界里，并非所有的东西都能成长。

第 6 点：兜售利益而不是想法（人们想要的是好处而不是麻烦）

第 7 点：对自己的产品不要太自夸

这不是说让你缺少对它的热情，而是要让你在传播中告诉你的听众，它能够满足哪方面的实际需要。

第 8 点：在变与不变之间寻求平衡

太多的改变是浪费，而太少改变就会导致停滞不前。

第 9 点：价格策略不一定有效

而价值（即所谓性价比）策略却很有效

第 10 点：敢于打破惯例

我想通过一个智力游戏来说明一点：请你尝试着把下面图示的九个点用四条直线画成一个方框，注意在画的过程中笔不能抬起来。

```
•   •   •

•   •   •

•   •   •
```

迷宫游戏就是一种创新训练，而创新则是促进公司成长的有效途径之一。实际上，当你解决了这个迷宫问题后，你会发现，你必须超越方框的边界才能解决这个问题。在传播当中，首先需要界定市场的惯例是什么（即明确方框），然后再确定如果打破这些惯例是否能达到目的并取得更好的效果。

作为一条忠告，建议你不要太迷信那些行业常规，因为它们当中有很多都是相互矛盾的。比如说，在广告中强调个性对沃克公司是有效的，但对辛扎诺公司却是无效的。传播名人大卫·奥格威（David Qgilvy）曾经认定，广告要"避免使用幽默，因为人们不会从小丑那里买东西"。但我并不同意这一看法，实际上麦当劳就是这样做的。你在自己家门口拿到的许多邮递广告看起来都是大同小异，其原因就是这个行当过分强调常规了。解决问题的诀窍在于，你应该看到规则后面的真实原因。否则你的传播将是程序化的老生常谈，其结果也就可想而知了（但不会有出人意料的效果）。

最后，祝你好运，成长顺利。

实现预期销售

在新的网络媒体时代，许多机构都根据一个互联网企业注册用户人数的多少来衡量其价值。这种价值评价模式大大推高了那些网络商务（dot.com）公司的股票价格。其后果就是，这些公司在一段时间内，把主要精力集中在为获得顾客而展开的耗资巨大的广告大战上。

随着这些公司的巨额亏损被不断披露出来，市场最终意识到，那些网络商务公司的股票价格被过分高估了。于是，市场分析专家及时修改了他们的价值评价模型。新的评价模型表明，尽管这些网络商务公司的数据库中有大量的注册者信息（有的公司甚至超过一百万），但其中只有很少的一部分人真正成为公司的顾客，而这些顾客中又仅有很少一部分是回头客。

这个研究结果使得那些网络商务公司重新将注意力从"获得顾客"转向与顾客建立长期关系方面，目的是把那些"网站访问者"转变为"有价值的长期的客户"。

网络商务公司的这一段历史表明：一个企业要真充分重视市场营销并把它看做是企业内部的重要能力，并且要知道如何去培养这种能力。这段历史给许多企业至少两条有价值的经验教训：首先，要在市场上表现自己的存在并引起别人的兴趣，就有必要制订一个市场营销计划；其次，在营销中要明确区分"获得顾客"和"开发顾客"这两个概念。从此以后，许多公司都按照这样的想法相应调整了自己的市场营销部门。

各个行业的企业现在都已经意识到，对任何市场营销方案的目标提出质疑，都意味着必须要搞清楚，营销方案的真正目的是要获得新顾客呢，还是要进一步开发现有顾客。这样，就使得营销工具的选择和营销战略的制定更具有针对性，营销方案取得成效的可能性也就更大。

制定销售战略

"市场营销"这个词的意思就是创造销售机会。它并不是指销售行为,而是为销售提供平台和支持。

每当一个潜在的或现有的顾客开始与公司联系接触时,销售机会就开始出现了。市场营销人员需要搞清楚顾客所有可能联系的接触点,并整理成一张完整的营销结构图。这样,在每一个接触点上,顾客与公司的关系都会得到增强,并且顾客对公司的价值也会不断增加。

任何一个客户关系计划的目标,都是要与顾客逐步建立一种"互惠互利的关系",使顾客乐意选择公司的产品或品牌,而公司所得到的则是营销投入的回报。为了达到这种理想的境界,有必要再次强调这个过程的两个阶段:首先是获得顾客,接下来要积极主动地开发顾客。

尽管市场营销人员也能明白这些道理,但我们的初衷是让那些没有营销经验的企业家能更方便地制定他们的营销战略。在这里我们给出一个示意图(见图2.2)来表示开发客户关系的过程。这个过程表明,手上掌握的顾客信息越多,营销方式就越有针对性,相应地,客户关系带来的好处就越多。

获得客户

我的咨询对象所面临的最大问题,就是很难选择一个合适的营销工具来推动自己的企业向前发展(这也是他们经常打电话来要求我们提供咨询服务的原因)。

我首先想要说的是,在制订营销计划时,要搞清楚两种类型的市场营销方式,一种称为"主动策划"方式,另一种称为"被动应对"(也称为附加手段)方式。"主动策划"方式是要告知顾客公司现有产品或服务的存在,"被动应对"方式则是提供完成销售目标所需要的信息。任何一个营销战略的实施都要很好地平衡这两个方面。

在这里我们需要引入"顾客购买决策过程"这个概念。这个过程是指潜在顾客从发现一个公司的产品到作出购买决策的程序步骤（如下图所示）。为了预测顾客在购买过程中处于哪个阶段，需要提供什么信息，怎样把信息有效地传递给他们，这个过程是必须理解的。

成功的营销活动通常遵循这样的程序步骤，并且非常注意在每一个步骤上用适当的沟通方式提供恰当的信息，引导潜在顾客沿着这个程序步骤达成最终的购买决策。

在这个过程中，经常会犯的一个错误就是急于求成，在过程一开始就给潜在的顾客提供过量的信息，试图通过很多营销资料在第一次沟通时就达成销售。实际上，最初的营销努力应该放在引起消费者的足够兴趣和注意方面。

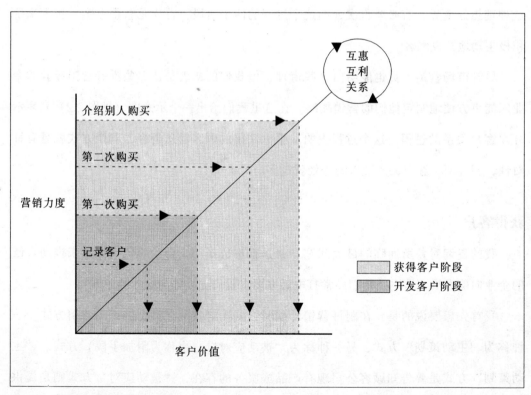

图2.2 持续发展客户关系的过程

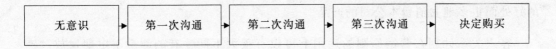

无意识	第一次沟通	第二次沟通	第三次沟通	决定购买

开发客户

正如本文前言部分所指出的，一个公司的最大资产是它的客户群，但这是需要不断开发才能得到的。我们都知道，说服自己的老客户或者现有的客户再次购买，其成本或代价要比获得一个新顾客小得多。然而事实上，许多公司往往并不注意识别自己有价值的老客户并经常与他们保持联系。

要想通过与顾客更有效的沟通来达到让他们重复购买和介绍别人购买的目的，就必须要收集相关的客户数据。举例来说，采取就像那家现在已经很有名的狗舍制造公司类似的措施：搞清楚他们顾客的度假地址，然后以宠物狗的名义给它的主人寄一张明信片，祝福他们有一个好时光。这虽然只是一种很小的接触，但对于公司与客户的关系却是有意义的。这并非什么标新立异之举，重要的是它找到了巩固公司与客户的关系的一种机会，并且收集到了有用的信息来实施自己的营销意图。

打算与所有从你公司购买过产品的顾客保持联系的想法是不太实际的。在这种情况下，识别出那些有价值的顾客并把营销努力集中在他们身上，是获得较好的营销投入回报的关键。当然，你也可以与所有老顾客保持联系，但要对那些明显更有价值的顾客提供不同的特殊待遇。

最近我们分析了一个公司的顾客数据库，发现在其所有的 10 万名顾客中，2000 名最有价值的顾客给公司贡献了接近 98% 的销售收入。由于这些最有价值的顾客可能停止使用本公司的产品而存在"沉淀"下来的风险，这家公司创立了一种"优先邀请贵宾会员"计划，为这些最有价值的顾客提供一系列的额外待遇。其目的是通过采取这种方法来感谢这些顾客对本公司的贡献，并且提高他们对本公司品牌的忠诚度。这个计划也有利于刺激那些在会员资格边缘上的顾客为了获得会员资格的好处而更多地去消费本公司的产品。

客户关系计划在营销原则的运用上可以有很大不同，有的侧重于定期发放"产品宣传册"，而有的则侧重于采取加强客户忠诚度的措施。选择恰当手段的关键是要搞清楚，什么样的信息传播有利于提高客户忠诚度，有利于鼓励客户重复购买，或有利于加强产品的口碑。一旦这个目的和手段搞清楚了，选择恰当的信息传播媒介的问题就迎刃而解了。

结论

无论一个公司是否已经有了实施某项营销策划的具体预算，都应该将自己营销战略的各个方面作为一个整体来考虑。只有这样，才能确定整体计划的具体步骤和实施顺序。

有些营销咨询服务机构提供某些方面的专门技能和服务，而另外一些则擅长提供包括营销服务各个方面的整体解决方案。对于中小企业而言，后者的好处是能够提供对企业发展至关重要的营销目标分析和营销宣传建议。提供整体解决方案的机构一般不会建议用一个措施去替代另外一个。而专门技能性的机构则局限于它们的建议方案，对其他的可行方案则可能不屑一顾。

网络营销

如果你上一次上网是在 6 个月以前，那么你对网络应该有一个新的认识了。它是一个除了停滞不前之外什么事情都可能发生的媒介，它之所以能够成为发展最快的营销渠道的原因在于它所产生的力量和效果。互联网对各行各业各种规模的公司和部门来说都是一个有效的工具，但是有效利用网络并不仅仅意味着只经营你自己的网站。经营自己的网站固然很重要，但是那些精明的决策者已经想到了利用互联网提供的各种手段来接触他们的顾客，从利用网络搜索引擎的广告条或图标广告，到赞助大众媒体或者公益信息来获得商机。

在过去三年中，新出现的数字媒介营销组合工具使得同样的营销预算比利用传统的渠道更起作用。无论营销活动的目的是为了树立品牌或获得直接的市场反馈，越来越多的营销人员开始转向网络，增加网络渠道在其媒介组合中的比重，并且恰当地运用更简单的网络技术手段来准确地追踪网络营销的效果。

利用网络渠道的好处

在过去的几年中，互联网已经成为一种时尚，大多数英国人已经成为网络用户，而且他们花费在网上的时间也在持续增加（见图2.3）。互联网已经成为除了电视、收

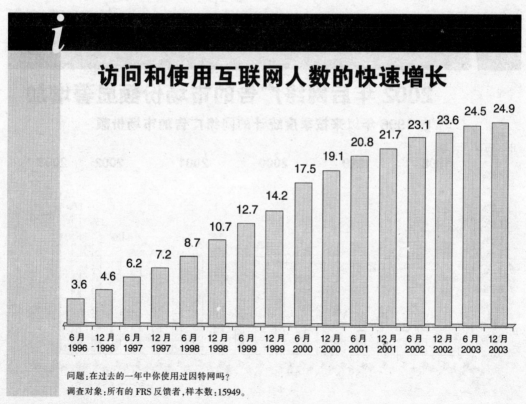

图 2.3　访问和使用互联网的人数的快速增长（1996—2003 年）

资料来源：IAB 的研究成果。

音机之后的第三大媒体渠道。很多民意调查发现，它已经成为人们中不可或缺的工具，从娱乐购物到了解新闻到与朋友聊天，它已经成为人们生活方式的重要组成部分。在英国，人们的日常购物已经有4%是通过网上购物进行的，在诸如旅游之类的行业，这个比例甚至已经超过了两倍。在任何地方，如果没有互联网发挥作用，那是很难想象的一件事情。

那些聪明的营销人员已经意识到，从20世纪90年代末期以来，消费媒体的结构正在发生翻天覆地的变化，并开始把互联网放到它们的营销计划的中心位置（见图2.4）。在这样的营销媒介细分的背景下，网络媒体受众的不断增加一点都不奇怪，反而更能证明网络的吸引力。如果进一步挖掘，会发现更多令人信服的原因：

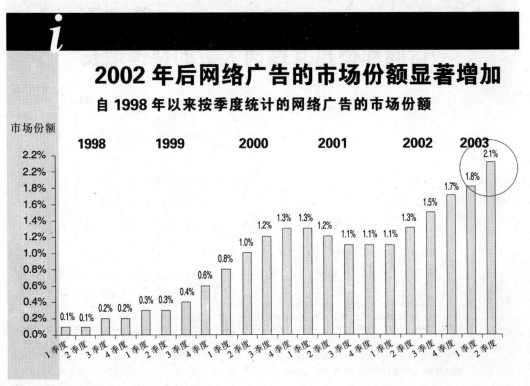

图 2.4　网络广告的增长（1998—2003 年）

资料来源：IAB 研究成果。

- 白天是黄金时段——随着互联网成为商业沟通的主要工具，过去从来没有接触过的受众现在也可以获得和关注相关信息了。

- 网络能填补许多营销空白——网络的四通八达使那些具有特殊生活方式或特殊兴趣的人能成为营销宣传受众，填补了电视和报纸的宣传空白。

- 解决了传统营销宣传不知效果如何的问题——那种从来不能确定广告中的哪些内容被看到或起作用的时代已经过去了，因为在交互式的营销活动中不存在这种浪费。

- 营销人员只需要按照客户浏览广告的次数付费。

而这仅仅是开始。还有很多更深层次的原因解释了为什么网络行业的规模仅两年之内就翻了一番：因为它简化了国际市场营销宣传策划的难度，方便了顾客对在线网络品牌商店的访问，也因为网络宣传所具备的巨大影响力，更因为网络已成为顾客寻找度假地、寻找新车或寻找金融理财服务产品的首选信息来源。

网络营销预算

到 2003 年底，网络广告费用占总的媒体广告费用的比例已经超过了 2%（在英国，这个数字大概是 3 亿英镑）。实际上它在不到两年的时间内就翻了一番，达到广播行业一半的水平，这从一个侧面反映出那些领先的营销人员在观念和行为上的巨大改变。然而这只是问题的一个方面，抓住表面下的东西你就会发现，那些已经学会如何利用互联网做营销的企业与许多刚打算开始应用互联网的企业之间，还是存在巨大差别的。

对于那些刚刚打算开始应用互联网的企业，无论它们的客户对象是企业或是消费者，无论其交易规模是大还是小，也无论其产品是否可以从网上购买，网络都能发挥关键作用。

最新的针对"营销媒体策划"的调查表明：在品牌推广活动中，网络广告要达到最佳效果，其费用至少要占到总的媒体宣传预算的十分之一。如果仅仅是象征性地投入网络广告，则往往无法达到预期目标。营销发展公司的布里格斯就此解释说："即使是像德芙肥皂或麦当劳的热狗这样的次要品牌，其网络广告都需要占到总媒体宣传预算的 10%~15%。"营销发展公司是一家研究怎样使营销者从媒体宣传中获得最大价值的专门机构（见图 2.5）。这个问题显然被许多营销人员忽视了。

网络广告的标准

在过去两年里发生的另外一个变化就是这个行业的快速发展。网络营销的核心产品已经形成，而且不断完善起来，最终在 2003 年底，IAB 与几百个英国网站达成协议，

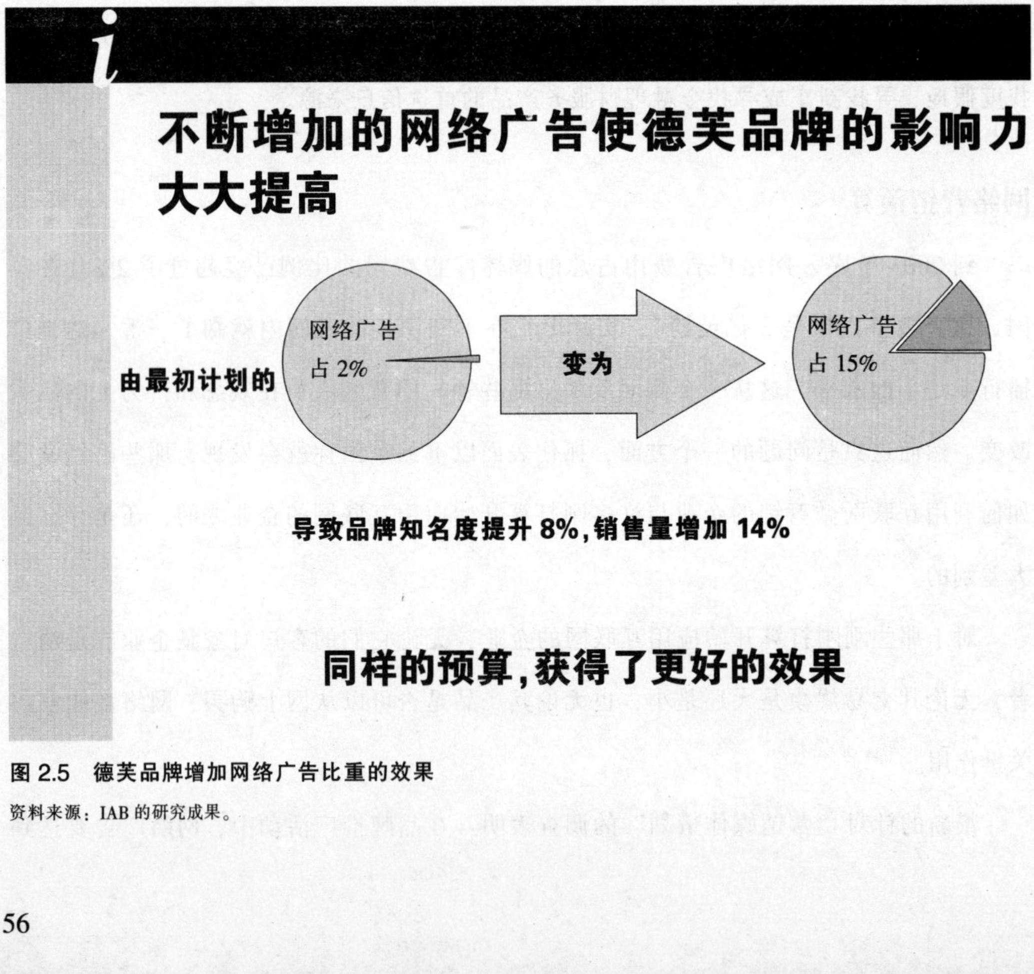

图 2.5　德芙品牌增加网络广告比重的效果

资料来源：IAB 的研究成果。

形成了一组有 4 个基本格式的网络广告核心产品标准。这个标准称为"网络广告通用组合"，它就像传统媒体广告的"半版"或"整版"标准一样，在网络营销中得到了广泛应用。而且由于标准规定的版面可以适应大多数网站，也节省了重新调整版面尺寸的成本。

网络广告的好处

尽管应用于传统媒体的营销模式也被用到了网络营销上，但两者之间仍然存在三个重大区别：首先，网络广告的低成本使得许多公司可以利用网络把它们的品牌与主流报纸或电视媒体的网站联系起来。其次，互联网为企业提供了一种追踪特殊细分顾客群的手段。因为大量的不同网站和大型网站内专门频道使公司很容易找到被它所希望的特殊顾客群看到的广告位置。网络是一个具有成千上万细分市场机会的媒体，每一个品牌都可以找到自己的位置。最后，是价格，在网络上做广告的进入成本相对来讲是很低的，尽管网络广告的受众可能会迅猛增长，但广告制作和发布的成本并不会同步增长。

关键性问题

- 在你的团队里是否有人专门负责开发网络营销业务？

- 你是否有一个有经验的代理机构或网络媒体合作伙伴？

- 你的网络营销是否能与你的传统营销结合起来？

- 你的网络营销活动的目标是否很明确？你是否具有能准确追踪营销效果的有效机制？

- 你知道通过传统渠道的营销投入能为你带来多大回报吗？

- 你是否尝试过利用简单的广告条链接的网络营销方式？

从搜索引擎开始

有许多小公司通常都是在网上通信录上开始做网络广告的。现在大家都已经习惯了通过网络去访问这种在线企业黄页了，但是你的广告一定要找到它在黄页上的恰当位置。在黄页页面底部的黄金位置通常都提供搜索引擎，以及它所提供的付费链接服务——它能保证把你的信息从数千个类似产品的网站中突出显示出来。

搜索引擎能够在顾客对你的产品或服务发生兴趣的时候及时把你的信息传递给顾客。那种直销人员经常采用的根据客户基本信息（需要广泛地掌握潜在客户的个人基本信息）进行推销的老模式已经发生了根本转变。因为顾客利用搜索引擎很容易找到你的产品信息。这对营销人员来说是一场革命，因为这种方式的广告不会带来额外的浪费：只有那些对你的产品感兴趣的客户才会看到相关的销售信息，因此这种营销方式受到小企业的广泛欢迎。这对于企业的财务主管来说也是一场革命，因为他可以按照严格的成本控制核算公司获得每一个顾客的成本费用。毫不奇怪，搜索引擎广告的发展比任何其他形式的营销更快，考虑一下，如果营销活动可以从仅仅花费50英镑开始，并且可以用信用卡来预定，就不难理解为什么会这样了。

启示

现在，在每一个营销策划中，网络都是不可或缺的组成部分。它为整个营销活动增加了巨大的价值，而且其营销效果也可以得到有效监测。正是由于网络的有效性，一些灵敏的公司已经逐步增加了网络营销的费用预算，已经收到了公司快速成长的成效，并获得了超越竞争对手的优势。如果你上次在网上浏览是在6个月之前，那么下次你将会感到很大的惊奇。

免费的相关网络资源

- 如何通过网络广告建立品牌：www.IABuk.net/BrandImpact

- 杰出的网络创新：www.CreativeShowcase.net

- 网络广告术语大全：www.InteractiveJargonGuide.org

- 网络营销新闻：www.IABuk.net

- 网络营销的最新建议：www.AllAboutCookies.org

- IAB 研讨会和学术会议：www.IAB.net/Events

客户服务

你可能会认为，作为客户服务协会（ICS），我们应该最了解情况，但是最近我一个同行主管就听到一个公司（当然不是我们的会员单位）的高级经理抱怨：他们公司存在的问题是，公司的良好服务的名声实际上掌握在那些从事"最不重要工作"的员工手上！

难道他所说的那些都是真的吗？那倒也不一定，但是又有多少人能明确地否认他们从没有这样想过？我们用不着掩耳盗铃。

在过去的 12 个月中，大家似乎更关注那些好的企业与那些不好的企业之间的差别，这肯定是一件好事。尤其令人高兴的是，大家也越来越关注这些企业之间的客户服务差异。当然，好的客户服务是一种情感式的接触感受，它能使顾客和员工双方都感到愉快。但是我们还可以找到企业为什么必须做好客户服务的其他原因。这个原因并非是从"提供良好服务的成本"角度来讲的，而是从"提供良好服务获得的回报"角度来说的。换句话说，客户服务与消减成本无关，而是关系到如何提高利润的问题。

即使有人从成本角度，考虑到经营正常情况下，强调客户服务所带来的返工成本、增加人员的成本、新员工培训的成本及寻找新客户（而不只是关注老客户）的成本等不利因素，但我们更应该注意到强调客户服务所带来的员工努力、客户满意、业绩提高及企业声誉扩大的效果，以及由此带来的财务收益提高的事实。因此对上述观点的任何怀疑都是没有道理的。

所以，我们必须强调客户服务。但相对而言，几乎很少有企业能够真正理解和掌握它。当然，许多企业都会有诸如"员工是我们最重要的资产"，或"顾客是我们的衣食父母"之类的漂亮口号。但它们又如何去向自己证明这一点呢，更重要的是，如何向它们的员工或客户证明这些呢？

在通用电气公司做了 20 年总裁的杰克·韦尔奇曾经说过："如果我只有三个指标来衡量经营公司的效果，那么我会采用的三个指标是：顾客满意度、员工满意度和现金流。"与别人不同的是，他是这么说的，也是这么做的，而且还做得很好：事实上，很多企业在真正感受到必须这样想和这样做的压力之前，对那些基本上不需要付出任何代价就可以从员工或客户那里获得的信息并不真正感兴趣。

但这在某种程度上显然是一种盲目的看法。对于你的员工以及大多数开始真正关注你的顾客而言，他们真正希望你把事情做好而且能不断改进，他们并不会成心给你搞破坏，因为你的成功对他们而言同样是有好处的。员工需要从你这里得到工作和个人发展机会，而顾客也不愿意因为改变消费习惯而给自己带来很多麻烦。然而，尽管他们会提出意见或建议，但他们很少会要求得到有效反馈，实际上他们对此也不抱希望。也许你会说，我们也很重视顾客满意度调查和员工满意度调查。

然而实际上许多企业并不真正重视这些调查，但我们还是要继续往下说。即使你真的做了调查，调查的结果会真正地给你有帮助的反馈吗？或者仅仅是回答了你想要知道的事情？甚至是满足你的自尊心？如果你组织的顾客满意度调查有超过 90% 的人都评价为"良好"或"优秀"，这对你意味着什么呢？随着时间一个月一个月过去，这种评价的意义何在呢？你的顾客一直会认为你是很优秀的吗？我对此表示怀疑。有一家 ICS 的会员企业最近分析了自己的顾客满意度调查数据，过去它把"良好"和"优秀"两个级别的评价都归为满意一类。在那样的情况下，该公司四年内的满意度平均达到 92%~93%。它现在不再把"良好"和"优秀"两个级别的评价都归为一类。而仅仅是将客户满意限定为"优秀"这个级别，顾客满意度就下降到了 42%左右。在这种苛刻的满意度级别要求下，再提升满意度就是一件很困难的事情，但对公司而言却很有意义。公司不得不想尽各种办法来取悦自己的顾客，避免一些小问题引发客户的不满。公司现在已经取得了明显的进展，许多来自于顾客的证据表明，顾客对公司是真正满意的。

对于员工满意度而言，情况也是类似的。并不是通过让员工在满意度调查表的一系列问题后面的框框内打勾选择回答问题，就可以提高员工的满意度和士气。真正的问题是：他们的意见是否得到倾听，他们的想法是否受到关注，他们的意见有没有被接受。最近的一些调查表明：在企业的客户呼叫中心普遍存在一种管理上的担心，即所谓"愤怒的顾客"及由此而来的对客户呼叫中心员工产生的压力影响。通过对员工的调查才了解到，真正的问题是由于 CRM（客户关系管理）系统的软硬件都非常糟糕，不能支持他们为顾客提供好的服务，从而造成了"愤怒的顾客"和"愤怒的员工"的彼此不满。真正的问题在于，员工从本意上是想提供满意服务的，但却没有办法去做好。这或许与我们了解到的一个现象有关，在客户呼叫中心，员工经常用来推脱责任的两句话是"没有人要求我做任何事"或者"没有人告诉我任何事情"。但这些人并非真的不想做好工作。

尽管诸如质量管理环、员工和顾客满意工作小组、合理化建议模式等现代管理思想和方法已经出现几十年了，为什么所有上述这些问题仍然大量存在呢？真正的问题是企业的董事会内部越来越充斥着"短期行为"和"急功近利"的想法，往往把降低成本而不是创造利润作为首要目标。他们当中的大多数人在过去的几年中都已经对诸如全面质量管理及六西格玛之类好的（当然也有不好的）管理工具和方法了如指掌，但他们仍然有许多实际发生问题需要去了解和面对。实际上，在很多情况下，他们并没真正地去了解和处理。其结果是，他们给员工造成这样一种印象：他们所强调的那些长期想法和利益实际上都只是短期现象，如果你低下头一段时间，这些所谓长期想法或利益就会消失。在过去的 12 个月里，我们越来越多地听到许多大型企业强调在进入先进管理领域之前，"返回到基础管理"并且"把基础工作做好"。然而也许有人要问，他们要返回到什么时候的基础管理？要返回到几十年前吗？难道几十年时间还不能把基础管理做好吗？实际上并非如此。那么是因为忙于做其他事情而忽略了基础管理吗？不，实际上也不是这样。根本原因在于这些基础管理的东西往往是在董事会的注意力之外，看起来并不重要，或者是被他们忽视了，从而形成自上而下的一种观念，即这些基础工作肯定还有作用，但并不重要。不是吗？

实际上这些工作也没有受到重视，因为它们被安排给那些"最不重要的人"来承担，这些人可能把事情搞得更乱了。而真正的原因在于，那些企业中关键的人，即那些直接面对顾客的人的岗位，从来就没有被看做是必须摆在第一位的关键岗位，因此他们在实际中也很难介入重要工作。其结果是，对于企业经营的关键成功因素——留住顾客的问题却很少受到关注。

市场上的许多证据表明，留住现有顾客是企业经营成功的捷径。获得一个新客户比留住一个老客户要多花 10 倍的时间和成本，并且忠诚的顾客是你公司最好的倡导者和忠实拥护者。正如一家大型计算机公司的 CEO 最近在一次研讨会上所宣称的那样："顾客的口碑给我们带来的生意比公司的整个营销队伍带来的还多。"然而，每天我们在报纸上读到抵押贷款公司对现有顾客不像对新的顾客一样提供同样的交易，或者是为现有客户提供更多的折扣。我们的企业何时才可以把忠诚的顾客按照潜在的终身顾客来看待呢？

据说有一些超市训练它们的员工在一个大气球上画出顾客的肖像，代表他们对顾客对超市终身价值的估计。大概来讲，他们的估计是一个家庭在 20 年中需要在超市花费20万~30万英镑。然而尽管超市员工都试图估计得准确一些，但这个气球所估计的价值却不大可能实现。难道是员工们估计错了吗？实际上他们并不真正了解自己的顾客。管理思想是不断向前发展的，我们也可以试试其他办法。我们仍然面临的一个基本困惑是，在超市购物的过程中，你花费的越多，你需要排队的时间就越长，但是如果只你买了很小数量的东西，你就可以很快结账走人。难道超市这样的结账方式是为了培养客户的忠诚度吗？

归根结底的问题是我们是否理解了"客户服务"、"客户关怀"、"客户关系管理"等这些术语的真正内涵。所有这些术语都不仅仅是企业的客户服务部门或客户呼叫中心的专用名词，而且也是包括政府部门和私营企业在内的各种组长的一项日常工作。但是他们对此又是如何理解的呢？这些组织的员工、管理者、尤其是董事会是否清晰地知道要采取什么行动来提高客户服务的标准呢？

毫无疑问的一点是，现在的顾客要求越来越高，如果他们得到的产品或服务不能达到他们所期望的标准，他们很可能会公开表达自己的抱怨。专门的客户服务与管理培训咨询机构TMI在2003年6月发表的最新一次国民投诉意愿调查结果表明：如果顾客对得到的产品或服务不满意，会有56%的人选择投诉，这个比例比上年的调查结果有很显著的增加。可以预料，随着人们生活水平、生活方式以及技术的变化，顾客对企业组织及其员工的期望值也在不断提高。

如果以客户经常提出的意见或建议为基础，我们可以发现对每一个企业来说都很重要的一个道理，就是首先要把客户服务方面出现的问题及时解决好，其次再考虑如何通过提高服务水平来吸引客户。换句话说，就是要像本文前面所强调的那样"做好基础工作"。

从根本上讲，优质的客户服务意味着"更容易地做生意"。从顾客的角度来看，它应该包括公司要兑现自己的承诺，提供面对面的服务，而且要更进一步地了解顾客需求并很好地解决他们的问题。优质的顾客服务的声誉对一个公司来说是一笔可观的无形资产，也是竞争优势的重要来源。我们最近组织的调查表明，拥有这种声誉的公司在业绩方面往往比竞争对手表现更好，提高了人均利润水平，并且增加了边际回报率，进而也提高了总资产回报率。

这种声誉的真正来源是公司内部人员的业绩表现。技术手段也是这种声誉的一个重要组成部分，尤其是当它被用来增加服务内容时，但是它必须起作用才行！不起作用的技术会带来很大的负面影响，这种影响将很难消除，并且会导致顾客和员工强烈的不满意。总之，企业不应该将所有的鸡蛋都放在"依靠技术"的篮子里。因为很多顾客在他们如何与公司接触方面都希望有所选择，包括选择为其提供服务的人员。

这些在企业里从事客户服务工作的人员的能力和职业水准都必须达到公司的客户服务战略的要求。因为这些人是直接和顾客打交道的（面对面的、通过电话、通过信件或邮件等），他们的表现直接影响顾客对公司留下好印象或者坏印象，进而影响到顾客是否会成为回头客。尽管技术手段在某些常规的交易领域可能取代人工联系方式，但是很多证据表明，要想满足不断提高的顾客期望值，公司需要雇用一些具有高水平技能的客户服务专家，这将有助于提供更好的服务。

不幸的是，直接面向顾客的工作经常被理解为满足公司内部需要或者以内部工作为主的业务活动或流程。现在这种情况正在改变，越来越多的公司正在按照自己的方式招聘、培训和开发客户服务人员，并要求他们做到：

- 采用成熟的人际沟通技能，为每位顾客提供个性化的服务，并且尽可能地提升服务水平；
- 提高自己恰当地发现和处理客户服务问题的能力，积极主动地为顾客解决问题；
- 通过对"服务典型"的表彰树立榜样，让他们明白自己在服务方面的所作所为对公司来讲意味着什么；
- 尽可能地改进服务体制和服务流程；

- 同事之间相互配合，相互学习并且共享经验；

- 同时要深入、及时地了解自己公司的产品和服务。

在开发客户服务人员方面，培训固然是很重要的，但是要避免把太多的钱浪费在那些"多此一举"的课程上，或浪费在无穷无尽的个人能力测试上。这些内容对于他们的自我思考或给予他们锻炼技能的机会，以及在得到他们的业绩表现如何的目标反馈方面都是失败的。

我们公司的观点是，如果给予从事客户服务的员工培训和发展的机会，客户服务职业化的培训最有可能提高他们的表现和潜能，这将提高他们的"个人效用"。好的客户服务总是来自那些被给予很好的机会去培养自己的自信和自尊，以便更好地处理与客户关系的员工。他们能够灵活地思考所做的事情，在处理满足顾客需求的各方面事情时也更具有远见和整体考虑。而且他们也更容易掌握所使用的高水平技能。如果所有这些要求可以通过给员工提供外部培训和资格认证来达到，其效果会更好。

企业的管理者和经理有责任去创造使上述的一切成为可能的工作环境，他们在这方面应该发挥领导者的关键作用。处于最基层的经理特别需要按照好的业绩表现标准来评价客户服务人员的表现，以确保他们掌握应对所面临挑战的技能，因此他们要在面对成本压力和不断上升的顾客期望的情况下，积极推进企业文化变革和技术进步，同时还要训练和管理好自己的员工。这也许真不是一件容易的事！

如果说优质的客户服务是所有企业及公共服务组织的最重要的问题之一，是它们所面临的最大机会，并且也是它们能够在组织运营的形象或声誉方面树立特色的重要方面，那么它同时也是现代企业经营当中的主要领域之一，随着世人越来越多地认识到这一点，在这个方面的职业发展机会将被越来越多地开发出来。为这些员工寻找一种专业的训练方法，引入正规的职业认证，支持他们成为诸如 ICS 这样的专业协会的会员，并且以这些措施来鼓励他们留下来从事客户服务工作。这对所有企业来讲都不失为一种明智的做法。

我认为一个顾客对待是否满意的态度符合一个老的营销格言：如果你对某件事情感到满意，你可能会告诉你周围的三到四个人，如果你不满意你就会告诉你周围的 12 个人甚至更多。如果你感到不满意，并且正好有机会在交流会或研讨会上发言，或者有机会撰写客户服务方面的文章，那么你就把你的不满意告诉了成百上千人！

最终的结论是，如果你在以上内容中发现了感兴趣和有价值的东西，那么就请你采取行动吧！仅仅读这篇文章并不能产生什么改变。正如客户服务方面的一位著名前辈的格言：人们通常都是说的比做的好。

保护商业点子

要促使自己的企业成长，你需要有切实可行的经营思路，而且这种思路通常应该与竞争对手有所差别。这种经营思路往往以一种独特的产品、服务或商业点子的形式表现出来。如果你希望保持企业强有力的持久发展，就必须不断地创新和改进自己的经营思路和商业点子。

投入的代价

要形成新的或者改进原有的经营思路，需要在时间上财力上付出很大代价，而且还会明显影响到企业现有的业绩。

保护你的工作成果

如果你最终实现了这种新的经营思路或改进了原有的经营思路，显然你不愿意让自己的竞争对手来模仿你，因为他们在硬件投入上、在支出上、在时间上甚至在思路构想的推广应用上都没有付出什么代价。因此企业在创新和改进自己的经营思路的过程中，需要考虑好采用什么手段和如何保护好自己的经营思路和点子的问题。

什么是知识产权

对于企业经营思路和点子这一类的东西提供保护的术语称为知识产权保护，它包括专利、技术设计、版权、商标、品牌和网络域名。正如其名字所表达的，知识产权所包括的是无形资产的内容，这种资产可能以思路、点子、声誉或商誉的形式存在。

在英国和世界上的其他地方，对于知识产权的保护都有一系列完善的体系，尽管各国的知识产权保护法有所不同，但是其基本原则是广泛适用的。

知识产权保护措施

某些知识产权的保护是自动生效的，而某些其他类型的知识产权保护则需要向相关当局提出申请。对于自动生效的保护，需要保存最初的原始文件和记录，以后如果需要的话，这些证据能成为拥有知识产权的证明。

对于需要通过注册来确认知识产权的情况，通常需要在将知识产权发挥实际作用之前，比如说把商业公之于众之前，将注册申请书存档备案，这是很有必要的。如果专利申请书没有按时存档备案，那么知识产权保护可能不能生效。在这种情况下，你的公司的商业点子就会被你的竞争对手利用，即使他们并不需要付出艰苦的努力，也不必要去经历艰辛的创意过程。

知识产权保护案例

下面的一些案例说明，一些企业的经营点子是如何免费地流失到竞争对手那里的，而另外一些企业则通过对经营点子的很好保护，形成自己独特的销售特色，也带来了丰厚的收入。

案例1：如何耙得更多

位于南威斯特的"好钢耙"有限公司生产的产品主要在园艺工具市场上销售。它设计了一种创新性的新型耙子，在耙子上安装了一种简单的机械装置，可以很省

力地把耙子从地里拔出来。同时，在这个创新设计中，还发明了一种新的聚合材料铸模工艺。

寻求专利保护

对于这种耙子创新设计和铸造工艺的正确保护途径就是申请专利保护。因此公司为耙子的设计申请了专利保护，这有助于维持其在欧洲市场的垄断地位，还能确保其在与"DIY 工作室"的合作谈判中争取到合理的价格，这使得公司可以把这种耙的制造专利通过许可证方式授权给一家美国公司生产，以满足北美市场的需要。

额外的收获

聚合材料铸模工艺是"好钢耙"公司主营业务之外的辅助生产技术，因此公司将此技术通过协议方式与一家大型塑料制品公司合作，由它去进一步开发这种技术的运用。这样，通过技术许可证方式将此技术转让给其他公司使用，也可以给自己带来较稳定的收入。

如果做错了会怎样

如果公司的总经理持有"专利并没有什么价值，不值得浪费那么多精力去申报"的想法，而只是希望在市场上尽可能快地推出新产品。那么"好钢耙"公司就不可能把其产品通过许可证方式授权给"DIY"公司生产，因为这个技术很可能被自己的竞争对手"林耙"公司借鉴，并且把它用到该公司在中国设立的生产线上，而生产的价格则会低得多。至于从聚合铸模工艺技术的转让中获得另外的收入，那更是遥不可及的事情了。

案例 2：一个了不起的设计？

JD 设计公司是位于东米德兰的一家生产设计工作椅的公司，该公司生产的椅子都具有很多非常时尚的设计元素。该公司最近有一种引人注目的款式：将屏幕安装在椅子的背后。这一款式是由当地一名非常有才华的但也习惯于自由散漫的艺术家设计的。

用该公司总经理加斯蒂的话来说：这些设计都属于原创，必须申请设计版权保护。然后采用这种设计的椅子才开始进入市场，并且通过广告宣传的方式发布出去。

竞争对手的设计

该产品投入市场后的很短时间内，JD 公司在威尔士的竞争对手埃文斯设计公司也推出了非常类似的椅子。JD 公司马上提出了针对埃文斯设计公司的法律诉讼，但是看起来 JD 设计公司要想打赢官司的难度很大，原因是它很难证明埃文斯公司在拷贝其设计。尽管它们的产品在设计方面很相似，但很难搞清楚是否真正有抄袭，并且肯定也很难证明抄袭真正发生过。

设计者跳槽

更糟糕的事情是，最初的原创设计的那位艺术家也被埃文斯设计公司挖走，并且现在为埃文斯设计公司工作。在 JD 设计公司与艺术家之间又没有书面的合同，这就使得在法律上看起来不是很清楚，谁真正拥有这个有特色的外观设计的所有权。

教训：应该尽早找专家咨询

如果 JD 公司从一开始就找专家咨询，就可以通过对椅子的外形及应用于椅子上的外观设计申请专利注册，而对自己的特殊设计提供更大的保护。同时，在这些椅子投放市场之前，应该明确与艺术家的合同条款，并且应该以书面形式确定下来。

案例3：网络上的故事

德克斯康公司是伦敦的一家小型软件公司，它开发了一种新的计算机程序，该程序可以使网页设计者快速连接到一个网站的各个部分。在开发这个程序时，该公司就已经意识到这个程序将是该技术领域的一个重大进步。

计算机程序不能申请专利？

德克斯康公司的老板曾经听说"计算机程序不能申请专利"，因此他对这个程序的聪明的设计思路没有采取任何保护措施，而仅仅是把这个程序命名为网络加速器。

商业成功

这个程序在市场上非常成功，很快有许多公司都推出了类似的程序，其中包括很多比德克斯康公司大得多的公司。"网络加速器"这个名字也成为一种流行，并且被很多生产相似产品的公司所采用，而且这个名字似乎只是描述了这种类型的产品而忽略了原创技术。德克斯康公司因此使网页设计软件得到了重大发展，但是该公司或许没有从中得到应有的财务回报。

或许你能给计算机程序申请专利

如果德克斯康公司在将这种程序投放市场之前，寻找专家提供咨询建议，它可能会发现这种程序是可以寻求专利保护的，可以基于该程序提供的"技术效用"而提出专利注册申请，获得对技术的保护。公司也可以在最初的产品商标"网络加速器"上寻求注册保护。如果那样了，公司就可以控制自己的商标被怎样使用和被谁使用。如果在适当的位置找到恰当的保护，德克斯康公司就会获取更大的市场，或通过授权它的产品或对产品商标使用的授权和给予特许经销权而得到相当大的一笔收入。

总结

总之，你的知识产权能保护你公司的核心能力、核心产品或服务。没有足够的保护，市场可能很快就会变成一个让那些没有投资创新的公司与那些在创新方面有很大投入的公司之间不平等竞争的地方。

知识产权保护要点

保护自己的知识产权

知识产权保护是一个很复杂而且变化很快的领域，因此你所关注的重点不应该仅仅是那些以前被认为适当的东西，或者是无意中听到或读到的东西。相反，我们建议你搞清楚哪些是与知识产权保护相关的领域，然后去寻找知识产权领域的专家为你提出咨询建议。

注意不要侵犯别人的知识产权

在你的思想中要意识到的另外一点是，你的竞争对手也会拥有自己的知识产权。如果你侵犯了他们的权利，同样可能会给你带来麻烦。而且，为了评估在这方面的风险，你也有必要去寻求专家的咨询建议。然而，如果你抄袭了第三方的技术、产品或设计风格，毫无疑问你也会侵犯第三方的知识产权。

进入国际市场

对任何一个企业尤其是中小企业（SME）来说，作出加入国际贸易的决定是一个令人担心的过程。

要想成功地进入国际市场需要投入大量资金和管理资源。而把握出口机会的决策也需要建立在深入研究的基础上。当你着手进行自己的产品的海外市场规模和价值研究时，你最终得到的结果可能会说服你改变自己最初想到的"风险"、"官僚体制"、"语言障碍"等问题，而更多地看到"机会"、"利润"和"增长"。

事实上，出口能提高你在国内市场的竞争力，增加你的销售和利润，拓展现有产品的销售潜力，消除市场上销售的季节性波动，并且扩大公司的增长潜力。

然而，在你为自己购买"法拉利"汽车并打开香槟庆祝之前，如果你希望自己的企业能够顺利而且高效地转变成一个出口导向型企业，还有许多重要的问题需要处理好。首先需要强调的问题是：确保你的产品达到你所希望的出口目的地国家所要求的安全标准。这就是所谓的产品认证的意思。因此很重要的一个问题是，你必须花时间去考虑哪些恰当的产品认证能保证让你很快并且很容易地进入全球各地的市场，并使你的产品在那里有好的发展前景。

产品认证可能是法规所要求的，也可能是来自市场的要求。这主要取决于你的公司所生产的产品类型，以及关于产品标准的法规。产品的测试和认证则可以通过自己

申告或通过第三方机构测试的方式来做。无论采用哪种方式，能够证明你的产品符合相关标准要求的测试数据必须记录在标签上，当需要的时候可以拿出来作为产品达到标准要求的证据。这种证据通常是供应商或顾客所要求的。在大多数情况下，可以采用一种图标来代表产品达到某种认证标准的要求并显示在产品上（见图 2.6）。

在大多数情况下，图标通常是放在产品的标签上，也有一些公司把它放在包装箱上。

出口到欧盟成员国

涉及欧盟成员国之间自由贸易的欧盟法规是建立在一系列的规则基础上的，每一个欧盟成员国都必须把这些规则列入自己国家的法律体系中。这些由欧盟制定的规则是所有成员国制定相应法律的指导性规定。这些指导性规则包括：

- EMC 规则；

- 低压电器规则；

- 医疗设备规则；

- 机械类产品规则。

要想让你的产品进入欧盟其他国家并在市场上销售，你必须要符合这些规则所要求的三个条件：

德国　　　　　　欧盟　　　　　　北美　　　　欧盟（强制标准）

图 2.6　认证图标示例

- 检验你的产品并达到规则所要求的标准。

- 在产品上标注 CE 标志。CE 标志不是质量标志，而只是一个表明这个产品符合欧盟规则要求的标志。

- 公开声明你的产品符合欧盟规则的规定。

这种声明是这个过程的最后一个步骤。在声明文件上要标明制造商、产品名称、对应的规则、测试标准，并有公司相关负责人的正式签字。这个声明文件必须提供给你的产品的进口商，因此有一些公司更愿意将这个声明放在产品的使用指导书内，或者与交货文件放在一起。

即使你的产品在国内市场上销售，也许也必须标注 CE 标志。如果确实是这种情况，就表明你的产品即将被允许销售到其他欧盟成员国。这个标志的作用就是让相关政府机构及每个欧盟国家当地的分销商或涉及产品出口销售的其他合作者了解产品是否符合规则要求。

出口到欧盟以外的其他国家

如果你的出口战略是真正的国际化销售战略，并且希望出口到北美、欧洲、中东和非洲、亚洲其他国家，你应该怎么办呢？在这种情况下，也许你的产品需要加上各种各样的产品标记，例如在中国就需要标明必须强制检验的 CCC 标记，这是一个与 CE 标记的情况大不相同的标记，它表明不承认对产品的自我检测和声明。没有达到 CCC 要求的产品可能会被中国海关扣留并可能遭到其他处罚。

并非所有的标记都是强制性的，有些标记的作用仅仅是因为它的声望有助于你的产品的销售。在北美，获得 UL 认证标记是很重要的，但是在那里并没有必须使用 UL 标记的法律要求。然而，出口产品到北美的制造商们却愿意送到 UL 来做测试和安全认证。实际上，许多公司都规定自己的产品必须取得 UL 认证标记，其目的不仅仅是为了减少产品在当地销售的困难，而是要从公司政策和责任层面降低产品使用者的风险。

因为 UL 标记在美国被当地居民看做是最常见和最值得信任的安全标志，你为自己的产品争取 UL 认证标记的努力必然会为你的品牌增加价值。

如果你的公司希望获得各种各样的认证，那么你的公司应该考虑与一家专业性的"认证机构"合作的好处和可能性。这些专业机构在处理必要的申请方面是很有经验的，将会给你的公司提出建议，以便你能够以一种最简单和最便宜的途径获得认证。你没有必要把认证机构看成是"警察"，而更应该把它们看成是"防止犯罪"的机构。在产品开发和市场销售的早期阶段就应该与它们合作，而且一些好的认证机构还可以在市场进入问题上给你一些很好的建议。

认证机构的选择

选择适合你的公司业务的认证机构是一件很重要的事情，在你的选择过程中，必须考虑以下几点：

- 不能只考虑价格因素。如果它的认证审查是低标准的，或者它的证书不为你的顾客所接受，那么最便宜的实际上有可能是最花钱的。

- 在几家认证机构之间作选择。

- 搞清楚你所选择的认证机构是否有具备你所在行业经验的审计师和工程师。

另外，要想办法与能够进行多种证书认证的认证机构合作。选择一个实力强大并具有全球分支机构的认证机构，比依靠大量非相关而且业务各不相同的认证代理机构有很多的优势。实力强大的认证机构通常在各国都设有办公室，来帮助你解决语言问题，并确定不同国家的哪些规则适用于你的产品。它所具有的这种"当地"知识也可以通过设计、检测、存档等方式来给你提供有益的指导，来证明你的产品是遵从标准的。

一个好的认证机构应该能通过减少重复检测和证书费的成本来确保使你的达标评估成本降到最低。从它们的经验来看，它们会知道接受哪些产品测试，能用最少的努力达到最大的利益。有一个能满足这种要求的测试就是用于电器设备的 CB 认证测试。

CB 认证测试可以通过一次单独的测试和认证过程来取得适用于世界范围内很多国家的测试标记。在获得 CB 证书和 35 页的测试报告的基础上，许多国家的测试认证标记会很快而且很顺利地拿下来。这个 35 页的测试报告，强调了涉及大多数国家的特殊的与安全有关的标准要求。任何一个被欧盟认定具有 CB 认证资格的实验室都可以完成 CB 测试的测试报告。目前有 30 多个国家承认 CB 认证的有效性和权威性。

真正的竞争优势

因此正如你所读到的，获得产品安全认证标记能够给你的企业带来真正的竞争优势。它们不仅增加你的品牌价值，而且为你打开了一条国际市场通道，这个市场已经为你打开了大门，它将会为你的企业带来更多的增长和回报。

Some of the marks offered by UL

CB SCHEME
... and many more.

3

做公司要懂得管理人

雇用员工

无论你现在打算雇用第一个员工，还是第 51 个员工，都需要考虑以下关键问题并作出自己的决定：

- 雇用员工为什么是必要的？

- 应该在什么时候开始雇用？

- 你期望雇员做什么？

在这一节我们将提供这方面的指导，并提出一些应该遵循的基本原则。

第一条基本原则：不要仅仅因为你认识某人而去雇用他（无论你与他的关系有多

好）。不能围绕着要用的人来设置职位，而应该按照组织的目标的要求来设置职位。因此你必须尽力找到最适合的员工，这个员工要具备能完成职位目标的能力。

职位目标通常总是很明确的，比如说，为了提高利润，通过打电话联系客户来提高销售额。然而，在此之前你首先要斟酌和尝试采取哪种方式，是电话销售还是直接营销方式更有效。雇佣员工通常是不便宜的，如果用错了人简直就是一场灾难。因此雇用员工前的准备工作必须做好。

第二条基本原则：增加任何职位都必须带来以下效果：

- 增加销售收入（如果增加一个销售员职位）；或者

- 降低成本（如果增加一个采购经理职位）；或者

- 提高工作效率（如果增加一个秘书职位），而且工作效率的提高超过了增加职位的代价；或者，

- 能够使你以最有效的方式制造产品或者提供服务。

在前面我曾提到过"雇用成本"这个词。在这里有必要搞清楚这个词的内涵是什么。它的准确内涵因不同的工作性质而有所不同，但通常应该包括如表 3.1 中的内容。

在这里你可以看到，真正的雇用成本比我们通常关注到的基本工资要高得多。

第三条基本原则：编写职位任务书。正如前面所述，职位任务书要清楚地描述职位的任务和要求达到的目标。在这里我们给出一个编写职位任务书过程的图例（见图 3.1）。

职位任务书就是这样编写出来的。图 3.1 给出了一个职位任务书格式的例子。

一旦你草拟出职位任务书，还有必要根据自己的直觉和经验检查一下所规定的任务是否合理可行。例如：这个工作是否很容易完成？员工是否觉得这项工作具有吸引力和挑战性？

在这里，我们要考虑两个方面的因素：

1. 这个职位的工作是否涉及太广？我们之中几乎没有人能把任何事情都做好，比

表 3.1　销售主管的雇用成本(示例)

直接成本项目		成本(单位:英镑)
工资或者薪酬(按每年 52 周计算)		20000
国家规定的员工保险(12.8%)		2560
养老保险(假定为 4%)		800
因为休假/生病原因临时雇人的成本(按每年五周,14 英镑/小时计算)		2625
个人工资账户费用(假定为)		72
雇主责任保险		70
圣诞红包		200
圣诞晚会		25
其他福利/个人健康保险/汽车保险		250
	小计(直接成本)	25802
间接成本项目		
办公设施(个人电脑、办公桌椅、办公橱柜、电话)三年折旧,按每年 1000 英镑计算		1000
办公场所租金(按 25 英镑/平方英尺 × 30 平方英尺计算)		750
供暖/供电/其他费用		250
设施运转费用(邮政和电话等)		2000
	小计(间接成本)	4000
	总计	29802
招聘成本(包括你的时间)		2000

如说擅长做营销的人做管理工作就不见得有什么效率。因此，这里要强调：

第四条基本原则：不要试图去找到一个拥有各种非凡技能的员工，这通常会令你失。

2. 考虑每个职位所要求的技能水平：一个具有组织国际会议能力的人不大会愿意把自己大量的时间花在煮咖啡和复印文件这类事情上；这里需要考虑：

第五条基本原则：不要降格使用员工——这样他们会选择离职。

如果要确定你需要雇用多少员工，应该考虑两方面的因素：一是整个公司的总工作量——完成有工作所需要的时间；二是不同类型的员工在不同类型的劳动合同里所规定的每周工作小时数。因此在这里我们首先要了解一下现有的各种劳动合同类型。

公司目标

1.增加 20 万英镑的销售收入;
2.保持生产成本稳定;
3.管理成本降低 5 万英镑;
4.提高顾客服务的质量;
5.保持安全和健康的工作环境。

销售和管理负责人的目标

重组相关部门,以达到收入增长和顾客服务质量提高的目标,并使管理成本降低 5 万英镑。

生产运营负责人的目标

在不增加成本的情况下增加 20 万英镑的产值。保持安全和健康的工作环境。

行动计划

招聘新的销售员;把主管会计调到销售部门,加强销售核算和销售账户管理;降低管理成本,提高销售收入和销售利润率。

涉及两个新的职位任务书:销售员和销售主管。

提高制造效率;

降低采购成本

图 3.1 形成职位描述

用雇员还是用自由职业者

风险最小的用人方式是用那些自由职业者,但不幸的是,无论从代扣个人所得税的角度还是劳动法的角度看,这种用人方式现在都已经变得越来越复杂了。如果你考虑这种用人方式,在你进行招聘之前最好先咨询一下相关专业人士,这里给你一些相关提示:

职位任务书

职位名称	
任职者姓名	
日期	
职位目标	
职责	**履行职责的时间比例(%)**

任职条件和资历要求：

图 3.2　职位任务书的格式样本

　　1. 如果你所用的自由职业者只是为你工作，并且由你提供工作设施和条件，遵守你的规章制度和工作程序，他或她就会被看做是你的雇员。你需要为他们代扣个人所

得税，而且他们也有权获得法律所规定的雇员劳动保护。当他们为你工作的时间超过12个星期时尤其如此。

2. 即使自由职业者有自己注册的公司，并为你支付的报酬开具发票也没有多大差别。

3. 如果自由职业者同时也为其他人服务，按收入交纳增值税，而不接受工资或劳务收入，那么他们就可能被认定为自由职业者而不是雇员。

雇用员工的不同方式

雇用兼职人员

兼职人员的工作时间安排通常是规定每周在固定的时间工作多少小时。一个岗位的工作由两个人分担也可以看做是兼职工作。但是分担式兼职工作的劳动合同应该包括特别条款，规定当一个分担者离开以后应该怎么办。

雇用兼职人员的好处是，兼职劳动合同比较灵活，可以接纳更多的申请者。但最大的缺点就在于，某些岗位如果需要延长工作时间，兼职人员通常都无法满足要求。

按照法律的规定，你必须按照全职员工的工资和福利待遇的相应比例，确保兼职人员的工资和福利待遇。

雇用临时性人员

这种临时性的工作可以是全职的，也可以是兼职的；可以在办公室做，也可以在家里做（或者家里和办公室都做）。对于大多数人而言，每周工作 40 个小时但不限定工作时间的临时性工作还是很有吸引力的。但是公司里的许多工作，比如接待员、电话接线员以及面向顾客的前台服务工作等，都是要固定工作时间的。

对于某些"后台"的办公室工作而言，临时性工作的灵活性往往会吸引一些很有才干的人来应聘，从而达到更好的效果。在这种情况下，你应该规定应聘者要保证在

"核心"业务时间（比如早上 10 点到下午 4 点）必须上班，并且要规定一个月内总的工作小时数。

雇用全职人员

这里需要注意的是，你在任何全职人员的劳动合同里都不能规定每周工作时间超过 48 小时，而且，全职人员必须享有每年至少 20 天的带薪假期（不包括国家法定假期）。

劳动合同注意事项

尽管法律允许你在雇用新员工的两个月内签订劳动合同，但在新员工开始工作后才签订劳动合同似乎是不明智的。

而且应该注意，在劳动合同的规定和条款中应该有关于以下事项的详细说明：

- 开始工作的日期；

- 享受的假期；

- 职位/职责；

- 请假的规定；

- 报酬；

- 行为操守；

- 工作地点；

- 纪律要求/申诉权利；

- 工作小时数；

- 健康和安全保障；

- 合同争议解决办法。

此外，大多数劳动合同还包括以下条款：

- 福利待遇；

- 公司配车待遇/交通补贴；

- 合同适用范围的规定；

- 参照执行的法律或政策；

- 职业操守要求。

总之，劳动合同必须认真地准备、规范地制定，以满足你的实际要求。在这个问题上，比较节省也比较聪明的做法是事先准备好一个包括合同内容方方面面的"标准格式"文本，根据具体情况适当调整以后就可以作为具体的合同文本。

如何应对未来的变化

由于未来的不确定性，你也许在雇用员工方面更倾向于雇用由劳务代理公司提供的临时雇员，或者采用雇佣临时性员工的方法。

雇用劳务代理公司提供的临时雇员的方式费用比较高，但用人方面的灵活性也是最高的。采用雇临时性员工的办法时，你必须向应聘者说清楚你打算雇用他们多长时间，比如说雇用 6 个月，那么相应的试用期应该是一个星期。在临时性雇员实际工作一年以后，他们应该像其他全职员工一样，享有同等的雇员权利。

这里的主要问题是，你会发现按照这种方式雇用员工，只能吸引素质较低的应聘者，而且他们在干完合同规定的工作期限以后往往会要求离开公司。

因此，我们的忠告是，如果你认为某个职位需要长期维持下去，就要避免在这个职位上雇用临时性人员，并想方设法做到这一点。

吸引和留住人才

随着人口爆炸时代的持续，英国国内所有的组织都对招聘和留住人才这一事实变得清醒。在第三次技术革命时期，对老年人的歧视问题不再有空间了。随着西方许多发达国家人口出生率的急剧下降，它们的经济变得越来越依靠那些"灰发"经理和工人们来保持向前和向上，来保持未来几十年的成长活力。随着我们生活的时间越来越长，活得越来越健康，任何男人或女人的典型工作时间将有望达到50~60年。这远远高于我们目前的工作时间，但是我们也期望，随着时间的延续，在工作时间上有更多的弹性。社会处在重大的结构变革时期，我们就在这样的背景下工作。

这种变革的大部分将发生在信息技术革命的时代，它提供远程电子化工作，容许员工以视频会议或电话会议的方式从事工作，通过电子邮件和短信聊天工具，对任何工作流程提供服务。另外，证券实务工作也有可能变得越来越必要和兴旺。随着退休阶段的到来，他们需要在生活和工作两者之间寻求一种平衡。据估计这个阶段有望达到10~15年，经验丰富的经理和有思想的领导者对经济的贡献将远远超过从事单一业务所带来的贡献。实际上，社会和经济都需要这些人。这些人可以通过为多个雇主工作而体现自己的价值。比如说，在同一个星期或同一段时间内，按照项目运作的方式或按照预先约定的任务提交方式为不同的雇主工作，但是总体而言的工作时间可以减少。

招聘人才

那么在21世纪，招聘和留住人才是什么意思？近段时期以来，对很多求职者来说，有关工作与生活之间如何取得平衡的争议在他们的职业生涯里已成为一个必须考虑的因素，在年轻人身上尤其如此。他们认为很多工作的典型周期只有3~5年，因此他们需要在个人简历中显示出自己的很多经历，说明自己经历了跨越组织内部各个层级的工作所得到的技能提升，也说明自己在每个层级上所取得的进步。越来越多的求职者认识到中小企业的工作环境比那些结构僵化的大型组织的工作环境更具有机会和灵活性。

工作地点的灵活性也是招聘中的一个重要因素。随着越来越多的女性雇员的增多，女性雇员的数量已经超过员工总数的一半以上，男性求职者和女性求职者可能会被中小企业的工作环境所吸引，因为他们可以在照顾孩子之类的家庭事务与社交需要之间找到平衡。由于能够负担得起的幼儿园和好学校越来越难找，再加上飞速增长的房价因素，对一个可能的新雇员来说，搬迁到雇主的企业所在地去生活是不大可能的。对年轻的求职者来讲，上面那些因素再加上近年来与日俱增的对个人资产贬值的担心，意味着求职者越来越不倾向于因为工作原因而重新安家。由于乘车上下班的时间变得越来越长，所以上下班问题对所有雇员来讲也越来越成为一个头疼的问题，这就需要雇主综合解决这个问题。因为上述这些原因，很多求职者都希望雇主能为他们在距离工作地点近的地方租赁临时住所提供资助，以减轻他们为了一份工作而整天奔波的担心，支持他们安心地来应聘。

中小企业的雇主需要认识到，在大型企业组织中工作和培养过的应聘人才通常都已经具有很有用的经验和技能。通常使他们感到受挫折的是，在大型企业他们没有机会参与公司的战略性工作，或者说让他们感到沮丧和挫折的东西，恰恰是那个曾经让他们在取得成功经验和错误教训的过程中成熟起来的僵化体制。当然，大型企业另外一个令人不满的原因就是报酬。而中小企业在设计雇员报酬体系以满足雇员个人需求方面具有更大的灵活性，可以更多地与企业未来的成长前景联系在一起，并且可以给那些在各自岗位上干得很成功的雇员提供股权激励的机会。

有效留住人才

一旦公司走过了招聘阶段，很多企业就要想方设法留住那些最有才干的雇员。正如我们在前面所提到的那样，对于那些没有任何准备的企业来说，由于人口结构因素的变化，竞争优秀人才的压力越来越大，这些企业的人才状况可能会越来越差。有效留住人才并不仅仅是付多少钱的问题，而是取决于能够真正满足员工期望的留人战略。搞清楚最好的人才离职的原因，是新的留人战略的起点。可以通过人才离职时的告别谈话来了解人才为什么要离开，这样做的好处是它为企业提供了另外的角度来检讨自己存在的问题，而发现的这些问题还可以通过例行的员工满意度调查及后续的沟通反馈过程来加以验证。如果工资问题已经成为人才离职的一个原因，那么许多前雇员都会指出，因为雇主没有意识到所给的报酬低，所以他们频繁地变换工作，但他们自己也没有意识到，也许后面一种工作的报酬更低。

对留住人才问题的分析表明，从企业和雇员两方面的角度来看，存在两方面的关键影响因素。这些因素可以划分为"推动"因素和"拉动"因素。推动因素涉及满意度和道德问题，这些因素促使员工保持积极性，在企业中努力工作。而拉动因素则涉及导致工作不努力的消极层面，并激起员工的跳槽意识。因此理想的情况下，企业应该努力创造一种环境，在这种环境下员工不可能怀有到任何其他地方去工作的想法。其诀窍就在于，在个人层面上，要与雇员进行一对一的有效沟通，加强企业的共同价值观和员工对企业的归属感。而在企业层面上，则要通过企业理念和企业文化促进企业组织的多样化。这种办法将有助于员工产生这样一种观念：自己是整个组织的不可或缺的一部分，企业为所有员工提供了达到个人目标的机会，并可以在工作中获得个人的满足感。

招聘和选用

在商业活动中有一个奇怪的现象：企业往往在决定新的一系列商业设备的规格及费用的问题上争论不已，花费很多的时间和精力，但决不会对聘用新雇员的问题如此劳神费力。但实际上，聘用了错误的雇员对公司造成的巨大影响远大于买了一套错误的机器设备。随着雇佣保护权利和反歧视法规的实行，在雇佣人员的问题上犯错误的代价可能会很大。因此，雇主要怎样才能确保自己的选聘决策对公司是有利的，而不是成为一个负担？就像做大多数其他事情一样，首先还是要从计划开始。

职位说明

当你决定招聘一名新雇员时，第一步就是要认真分析招聘职位所需具备的技能、经验和知识。通过参考这项工作的任务和责任可以做到这一点。而且还要展望这项工作随着时间的进展会有什么新的要求，新的要求是否会对今后需要的技能有所影响。然而在实践中也要防止提出不现实的职位要求或者将它搞得过分复杂，这样你就不可能找到你所需要的雇员。明确你的职位说明，你就能决定你怎样才可能找到合适的满足条件的求职者。

吸引求职者

成功招聘工作的关键在于吸引到足够多的求职者，并以此为基础形成一个适合的、满足条件的求职候选名单，但许多情况下这个过程是个很令人头疼的问题。吸引求职者可能采用的广告途径包括：

- 杂志或者报纸；
- 当地职业介绍中心；
- 互联网上的招聘网站或者自己公司的网站；
- 在你公司"橱窗"上的招聘布告。

对大多数招聘活动来讲，你可以考虑当地的政府"接待日"或通过广播广告途径。

选聘标准

反歧视法表明因为性别、种族、健康、性趋向、宗教信仰因素（包括其他）原因歧视一个求职者是不合法的，在招聘广告里面规定谁可以得到雇佣也是不合法的。雇主从提出招聘到招聘结束的过程中涉及空缺职位所做的一切事情，包括职位描述方式、求职者的通知和处理方式、选择求职候选人的招聘启事（包括将要问应聘者的问题）和提供的工作条款等，都不能违反法律规定。

直接的歧视很容易鉴别。所谓直接歧视就是一个求职者仅仅因为他或者她的性别、种族等原因被拒绝，这种情况现在发生得不是很频繁。然而，有些雇主被发现触犯了反间接歧视的法律，但也许没有证据证明这一点。反间接歧视通常是强加一些限制或要求，这些强制性的东西对某些组织有不利影响，同时也可能是不合理的。在早期实施反歧视法的岁月里，雇主们曾做了一些不成功的尝试来规避法律的规定，例如："招聘砖匠，男女不限，夏天工作，无恐高症。"这个无恐高症的要求与工作本身没有直接关系，仅仅是被雇主用来限制女性求职者罢了。

这样的诡计很容易被发现，但是某些情况下关于间接歧视的申诉也会给雇主带来意外的收获。一个女性求职者坚持认为一个职位广告中所提到的"管理技能是需要的，但不是至关重要的"这句话存在间接的性别歧视，因为男性求职者总是更可能拥有管理经验。但对于这个职位所要求的素质来说，她本人就是这个广告所招聘职位的最合适的候选人。一个雇主在招聘广告里限定求职者必须居住在距离公司所在地半径不超过 10 分钟车程范围内，它因为这一要求而拒绝了一名求职者，仅仅因为这名求职者居住的地方远了一点，但它没有给出拒绝聘用这个求职者的任何其他理由，这一点就触犯了禁止种族歧视的法律。在这个案例中，雇主要了解的情况是，恰恰在 10 分钟车程以外就有一个很大的亚洲人居住区。劳动雇用法庭发现这个情况，因此认定这种雇用条件是不合法的，认为它只是为了阻止亚洲求职者的一个障碍。当然这并不是说这种要求总是属于间接歧视。例如，就处理紧急情况的消防队员来讲，要求在几分钟之内要达到紧急集合地点，这种要求就是合法的。这些例子只是为了说明，你必须明确地考虑和检查你的职位要求，确保它们是对求职者的合法要求。为了做好这项工作，职位要求的重点必须放在技能、知识和能力上。

雇主们始终如一地将职位的详细说明应用到招聘和选择雇员的活动中，这一点很重要，从发布广告到最终的面试，直到录用，这样做是为了避免可能受到非法歧视的指控。

另外要考虑的一个重要问题是，雇主必须确保可能的雇员有在英国工作的权利。下面这个表格指出了一些用来证明雇员有资格在英国工作的文件。雇佣一个不具备合法工作资格的雇员，雇主最高可能被处于 5000 英镑的罚款，如果雇主接到这样一个罚款传票就是一件代价高昂的事情。

选聘方法

面试仍然是雇主选拔员工的通常途径，尽管有证据表明根据面试结果来预测候选人适合工作的程度没有多大的可靠性。通过面试情况得到最多收获的关键是准备好面

确保求职者有在英国工作的权利

每个通过初步审核的外来求职者，当他们在参加面试的时候，必须提供一项文件来证明他们有权利在英国工作。这个文件必须包括以下内容：

1. 拥有英国公民的护照或者在英国拥有合法住所；

2. 欧洲经济体或者瑞士等国家的居民身份证或护照；

3. 由内政部签发的护照或其他证明，签证证明持有者目前在英国拥有合法的住所，是居住在英国的欧洲经济体成员国或者瑞士等国家公民的家庭成员；

4. 内务部给欧洲经济体成员国或者瑞士等国家公民签发的居住证明；

5. 护照或者旅行签证表明持有者能够在英国有不定的滞留期；

6. 工作证明或者签证表明持有者在英国的停留期，签证允许持有者能从事你能提供的工作；

7. 内务部签发的给避难者的申请登记卡，证明其被许可参加工作。

如果初审者不能提供上面任何一种证明文件，那么内务部就要初审者提供两个具有精确相关性的证明文件。

试的问题，这些问题不是围绕着个人简历，而是围绕着你的职位所要求的技能和个人特长提出的。预先确定选聘方法是很明智的做法，由此可以得到你所需要的关于要雇佣的求职者的特殊技能和知识的信息。过去，确定一个秘书是否适合其岗位，就是让他接受一个打字测试，通过打字速度和打字准确率的一个有形的测试结果判断他是否胜任，这是一个很好的例子。你没有必要通过臆断或第六感来判断谁是最合适的人选。实际上，你可以就一个特定问题的技能测试或设计好的问题测试来收集关于求职者知识和技能状况的客观信息。

雇主们需要了解反歧视法和大量的案例，因为面试者被问了好多问题，这些问题可能会让面试者们认为，他们对这些问题的回答给面试官提供了可能被用来反映他们的劣势信息，或者这些问题其实与职位要求并无多大关系。当雇主问起诸如求职者的家庭、照顾儿童的责任和对未来家庭的规划之类的问题时尤其如此。还有，即使雇主极力辩解他们是不分性别地以同一个问题提问所有求职者，女性求职者也可能坚持声称，雇主们通过她们对此类问题的回答来决定是否聘用她们，如果她们是男性的话，是不会这么回答的。

不管采用什么样的选聘方法，最重要的就是要保留准确的面试和评估记录。求职者从声称遭到歧视（不被邀请参加面试或者被面试淘汰等）到提出上诉有三个月的期限。为了应对将来可能受到起诉的情况，这些记录就是非常重要的。依靠某个人对候选人提问的题目和对他们回答的回忆来为自己辩护不是一种值得推荐的做法。

总之，雇主必须确保他或她在招聘和选聘过程中做好自己可能做的所有事情，来确定求职者是否适合某个职位。仅仅根据中介机构的推荐书上的内容来判断是不明智的做法。因为除了说明员工的雇佣时间和其他诸如工资和工作内容之类的信息之外，前雇主们一般是不愿意把有意义的信息提供给职业中介机构的。当然，根据前雇主的推荐信作出聘用决定仍然有其意义，只不过万一有什么事情出现你就得撤回这个决定。

总之，在拟聘用的求职者已经到你公司上班之前，你要花费相当大量的时间和金

钱，以此确保你找到了最合适的雇员。在雇用以后的将来，你将要花费更多的投资在雇员的培训、管理和激励上。成功的招聘计划毫无疑问将是一种值得的投资，这个投资带来的好处将远远超过招聘失败带来的成本。

员工培训

什么人需要培训？

英国属于生产率比较低下的工业化国家之一，尽管在创新精神方面我们比欧洲大陆的其他国家要好一些，但在这个经济成长至关重要的驱动因素方面，我们已经远远落在了美国的后面。落后的原因可能很多也很复杂，但是培训（或者说缺乏培训）是一个关键原因。在职业教育方面我们落后于诸如德国和法国这样的国家，而在企业在职教育方面我们又比美国差很多。

所以我们可以得到这样一个结论：很多英国企业并没有花费足够的时间在培训上。实际上，有成千上万的小企业在这方面根本就没有做什么，应该说这肯定是有问题的。在培训方面投入不足确实是一个问题，那些舍不得在培训上投资的企业很快就会出现成长能力缺失的问题。但是仅仅在这上面花钱也不是解决问题的办法。在英国，花费在培训上的大量钱财实际上被浪费了。

培训是一个战略问题

对一些成长中的企业而言，培训其实是一个战略问题。意思是说，如果你不做培训，你肯定要失败；但是如果你确实做了培训，你又可能注定要浪费钱财。但是你也不一定只有这两条道路，你完全可能找到一条正确的培训道路。如果你找到了，你将会拥有在各个层次上都更具效率的工作团队和更成功的企业。你如何决定提供哪些培训可以使企业获得成功？你如何确保获得培训方面的投资收益？首先要做好的就是制定正确的培训战略——决定培训什么人、培训什么样的技能，并找到最划算的培训方式。如果你很清楚从培训项目中可以得到哪些好处，你就能知道你是否可以获得所期望的回报。这样你就可以不断调整并最终形成恰当的培训计划，并通过培训给企业带来更多的收益。

培训计划要以企业要达到什么目标，也就是在企业战略的要求基础上来制定。如果你决定做什么生意，你就要知道你的市场，也就应该懂得需要些什么样的技能来应对市场上的竞争。在商业术语里这就是所谓的"能力"。能力就是你在目标市场（存在诸如现金、产品或者服务方面的竞争）恰恰需要的东西。这是你击败竞争对手、扩大市场份额（形成自己的经营特色，例如更好的产品或者服务，或者更好的市场渠道）的武器。当然这些仅仅是一般的说法，实际问题比说起来要复杂得多。但是如果你从能力角度来考虑市场机会，那么你就能够制定出你的公司在目标市场上所需的技能，你就能够比你的竞争对手做得更好。

培训战略应该在技能评估的基础上来制定。在任何公司里的有效做法就是让公司的管理层集中起来开会，然后问经理们要想把业务做好究竟需要些什么技能？他们所说的大部分可能是有关人力、销售能力、生产力、后勤系统或监督等。如果考虑你需要的技能和所拥有的技能之间的差距，你就很容易发现你的公司究竟需要哪些培训。

因此，制定培训战略要从所谓的"差距分析"开始。我们现在拥有什么样的雇员，他们具备哪些技能，在三年以内我们需要补充哪些技能并达到什么样的状态？对这些问题的回答就可以告诉你，你需要填补哪些技能上的差距。填补差距的办法有两个方面：一方面是招聘具备你所需技能的新雇员；另一方面，如果你现有的雇员具备适合的品质和态度来学习新的技能，那么就培训你现有的雇员（你可能会碰到这样的情况，就是有太多的不能被再教育的员工，在这种情况下，你就要有一个替代计划，就是让这些不适合未来要求的、不能被再教育的员工出局。不要让"死木头"继续待在那里，因为这是不必要的成本损失和道义缺失）。

差距分析识别和量化了从宏观角度来讲需要哪些培训，仅仅是在最高层次上明确了需要哪些东西。在这个层面上，所强调的东西应该包括监督和管理技能、平等的机会和人权、工作的安全保护，还有传统的技术和计算机技能 [要避免这样一种认识上的误区，就是认为你的高管层（包括你自己）不需要培训。实际上，为了避免自己落后于技术进步和变革，即使是最有经验的领导者也需要进行定期培训]。接下来的阶段就是对基层的员工进行培训，让每个人达到所要求的技能水平。这正是一个好的个人绩效评价体系能够发挥作用的地方。无论你的公司是大公司还是小公司，你都应该搞清楚每一个员工的技能水平、绩效评价成绩、发展潜力和培训要求。如果你还没有这么做，那么你要尽可能早地建立这样的绩效评价体系，以确保公司能够更好地发展。

选择合适的培训方式

提供培训的方法多种多样，但没有哪一种单独的方法能够起到最好的效果。通过电脑的电子化学习和远程教育是一个相对来说被广泛采用的新兴方法。传统的课堂教育仍然很流行，尽管它比电子化学习的成本更高一些，因为它需要花费更多的时间，通常还包括差旅食宿和设备成本。而让培训教师到企业内来进行培训，因为每次来一个培训教师就可以培训很多人，相对来说是比较划算的。

电子化学习在过去的几年中越来越受欢迎，其道理很简单。目前我们已经有了足够精巧的计算机和软件，视频传输的图像效果几乎跟电视机一样好，通过培训教师们的生动图像，甚至能够提供更多、更复杂的课程培训。交互式的显示能够容许学员提问，老师解答，尽管这些通常都是通过文本的形式。可以在线考试，在网络上可以找到更改/修改的材料，这些都可以提供给学员们。所有这些的成本都只是面对面培训成本的一小部分，因为培训材料都是一次性录制，但可以多次使用。学员们可以在办公室或家里接受培训，节约了食宿成本甚至是工作时间。这一切听起来真是很不错，但是电子化培训也有一些重大缺陷。有研究表明，大部分学生不能完成课程，或者不能通过所学课程的考试。造成这种情况的原因有很多，包括雇主们没有提供足够的学习时间来完成应有的学习内容；在培训项目的早期阶段不能将培训课程所需要的基础知识传授给学员；学员们没有相互学习的条件，缺少在课堂学习条件下同学之间的相互支持。电子化学习确有它的存在理由，但是有些曾经将所有培训都依赖电子化学习的企业，现在又把很多培训课程转回到课堂培训的教学方式上。

集中的课堂教育是一种传统的提供技能和商务教育的培训方式。学员们按照日程表预约课程，和那些来自其他组织的学员一起，来到因为特定目的而建造的培训中心接受培训。这种类型的培训有很多好处，因为与兴趣相近而背景不同的人接触，社交性的相互影响本身就具有一定的教育效果，而且，通过在课堂上的案例教学讨论，大家可以分享彼此的经验。老师可以调整讲授的进度来适应学生学习的进度，以确保每个学生在学习新的内容之前都能掌握已经学习过的基础内容。如果可能的话，学习进度慢的学员还可以在课外时间得到额外辅导。但这种培训的缺点是，课程编排可能不完全适应培训需求，课程的时间安排也可能不合适，而且在这种培训的成本中，培训中心的膳宿成本大概要占到40%左右。

如果对一个标准培训内容，在公司的一个地点就有足够多的需求，企业内培训就是很理想的培训方式。明显的例子是对批量生产的电脑软件的应用进行培训，其他的此类培训还包括健康和安全培训、公平机会意识的培训等。企业内培训可能是很划算的，因为公司可以利用自己的培训基础设施，交通成本也仅仅需要支付给培训师而不是学员，而且受训人员离职培训的时间也极小化了。但是这种培训也有一些缺点，比如说受训人员缺少与来自其他组织人员的交流，也失去了让人们暂时离开工作而集中在一起的团队精神培养机会。但是相对而言，这些副作用是极小的。对于标准化的培训而言，企业内培训是很划算的。但是对于那些不同的人需要不同培训内容的培训，这种培训方式就不起作用。对高层次的领导能力开发培训，企业内培训的效果就不好，因为学员经验的分享是这种培训的关键部分。

综合培训比电子化学习更有效

因此，综合来看最恰当的培训方式应该是"综合培训"。也就是说，以课堂培训灌输培训课程的基础内容，以规定的时间期限内的电子化学习作为辅助手段，在培训的最后阶段再安排一段课堂培训作为总结。这种综合式的培训被证明是很成功的方式，因为它综合了很多课堂培训的优点，也结合了电子化学习成本划算的优点。当然，要使这种综合培训起作用，需要培训师和学员都遵守纪律。学员们必须按照要求做完培训，完成测试内容，让在远方的培训师能够监控到培训进展。雇主必须承诺给学员们时间来完成培训，并参加最后阶段的课堂培训。

随着数据交流速度的加快和内容变得越来越精细，电子化学习在培训中起的作用越来越大。然而经验表明，电子化学习并不是唯一的解决方案，没有完成的培训就是时间和金钱的浪费。综合培训能确保培训的效果，虽然它比电子化学习的成本更高，但是雇员通过培训提高了技能，结果是提供了比金钱更多的价值。

结论

在英国我们没有做足够的培训。然而我们所花费的大多数时间和金钱都被浪费了。培训通常被当作一种激励手段，而不是当作一种弥补员工实际技能与公司取得成功所需要的能力之间的差距的战略工具。随着时间的进展，企业经营变得越来越复杂、越来越具有竞争性。对英国企业的最大威胁来自第三世界国家的一些员工受到良好培训的企业，而它们的劳动力成本只占英国企业劳动力成本的很小一个部分。

如果英国企业要提高竞争地位的话，需要有接受过良好培训的、具有高水平工作效率的雇员。除了一些欧盟国家外，我们不指望通过低劳动成本与其他国家竞争，而且欧盟国家也在蚕食我们目前仍然具有的一些优势。而我们的应对措施就是降低我们的单位产出成本——不是通过降低劳动力成本，而是通过比竞争对手更高的生产效率。

这就需要我们在技术和人力资源上投资。这就是为什么培训对英国公司来说是一个战略问题的根本原因。如果英国的那些高速成长的公司不想成为一闪而过、在生命结束之前就燃烧完的流星，它们必须制定自己的培训战略。

因此，要把培训当作一种必需品，而不是当作一种奢侈品。花钱是为了取得最大的投资回报，就像你把钱花在其他方面一样，你也可以通过培训所带来的绩效提高来衡量自己的投资回报。最后，不要忘了培训你自己的高管层，如果你期望自己的公司保持成长的话，公司领导者就需要通过培训来学习如何管理越来越大的企业。

管理员工

搞清楚你想要的是什么

把事情做好的前提是要搞清楚你想要的是什么。工作中的一些事情总是比另外一些事情更重要，你面临的客观情况和条件也在不断变化。但是无论如何你都必须首先考虑下面这些因素。

- 工作任务（做什么、怎么做、什么时候做）；
- 工作态度（工作时间和其他标准）；
- 其他行为准则（例如对公司设备的使用）。

让所有人知道你的要求

如果希望你的员工做你要求他们做的事情，而且你要根据工作标准来监督他们的表现，并处理达不到标准要求的问题，那么首先就必须让所有人都知道你的要求。

工作任务要求

做某项工作的标准要求应该是你要向员工传递信息的核心内容。标准是怎样制定的、标准所规定的定性和定量要求如何考核以及标准的详细程度等都取决于工作的性

质。例如，对手工作业而言，通过一个表格直接列出"完成时间"和"完成多少"就足够了。对更复杂一些的工作，标准上规定产量和完成时间自然是必要的，但还需要有更多的定性指标（例如顾客满意度等）。

工作态度要求

一个雇员的雇佣合同应该包括大多数关键的标准，像工作时间、假期权利以及在生病缺勤期间的报酬等。这些东西可能不需要作进一步的解释，当你看到一个雇员不能做需要他做的事情（例如迟到），至少你需要提醒他或她合同的规定。

其他行为准则

你可能想使那些其他的行为准则明确下来，它们能够确保公司有效和安全运行。一些公司会用行为准则的方式把这些要求表达出来（核心的内容是要做什么和不要做什么的规定）。

如果雇员们都一致同意这些准则，你就更有可能得到你所想要的承诺和结果。无论在哪种情况下，讨论而不仅仅是命令更可能导致合作。随着时间的推移，你需要雇员做的事情也会有所不同，因此合作和灵活的意愿是重要的。但是要防止打破一种平衡，除非你已经决定依赖于一个委员会来作决策，否则不要容许工作中过多的民主气氛。

监督

在制定并充分传达了工作业绩标准和其他准则之后，下一步要做的事情就是确保这些要求能够达到。

工作表现监督

监督工作表现的最好方法，就是把工作的性质与你的管理风格结合起来。例如，某些工作的手工性质意味着评价其工作表现仅仅需要简单地统计所产出的产品。而对于更复杂一些的工作，仅仅通过一个书面报告或者一个顾客的意见来评价显然是不够的，取而代之的是需要更多的细节分析，包括质量方面的评估。

监督的时间、频繁程度和具体的监督方法取决于所监督的具体工作任务（当然，如果你发现某项工作明显出了问题的话，你是不能拖延的）。对于重复性的工作（例如行政性工作和手工劳动），可以根据工作标准的要求进行定期检查。而对于更复杂一些的工作，例如像工程项目之类的任务，则要根据项目完成的时间表进行阶段性检查。对于长期在外工作的员工（例如销售人员），则可以要求他通过电子邮件或电话进行定期汇报，再加上阶段性的面对面检查，最终得到对其工作的全面评价。

根据你自己企业的实际情况和你所喜欢的管理风格，你可以采取自己亲自监督的方式，也可以采取让员工自己监督自己的方式，在你还没有制定出工作标准的情况下，也可以采取例外报告的方式。

工作态度的监督

你如何监督工作态度将取决于公司的具体情况。例如，一个既庞大又复杂的机构很可能需要一个正式的对出勤情况进行监督和报告的程序。相反，在一个小公司，员工缺勤通常是以临时性的方法处理。同时，无论你的公司是大是小，如果你有经常出差在外的员工，你必须有一个让他们报告出勤情况的办法。

需要注意的一点是有关员工生病的法律规定。如果员工按照规定的程序提出请假，他们就享有法定的带薪休病假权利，相关的具体规定见英国劳动保障部网站（http://www.dwp.gov.uk/lifeevent/benefits/statutory_sick_pay.asp）。

其他行为准则的监督

当你的企业内发生违反行为准则的事情时，比如说，发生了偷窃或其他不诚实的行为（例如，在招聘过程中发现有人涉嫌提供了虚假信息），以及在工作中的暴力行为、因为醉酒影响而在工作中出现不恰当行为等，你必须及时发现并采取调查处

理措施。

改正行动

工作表现的改正

如果对某项工作任务的监督检查表明，问题的产生与雇员有关（而不是与原材料和设备有关的问题），你就要采取一些改正错误的行动了。改正时的具体做法要考虑到各方面的因素，但无论怎样去做，你都要根据相关工作标准的具体要求，与雇员商量讨论如何解决问题。

如果出现的问题不大，那么通过谈话、辅导、咨询等手段，就能够把雇员的工作表现提高到标准要求的程度。在这种情况下，同样必须按照工作标准的要求，让雇员知道自己的缺陷在哪里、在什么时候他的工作表现还要受到检查。另外一种可行的而且可能被接受的解决办法就是将出问题的员工调动到另外一个更加适合他的岗位上去。

更严重的工作表现方面的问题，包括那些经过一个阶段的辅导后仍然存在的问题，也许需要按照你的相关规定来处理。在取得相关证据以后，如果发现员工仍然不能达到工作标准的要求，就要明确告诉他，必须改进工作以达到标准的要求，如果还不能达到标准将会更进一步地受到处理，甚至可能被解雇。

工作态度的改正

不能合理解释的缺勤必须受到调查。调查首先要从缺勤的雇员本人开始，在请病假的情形下，要通过员工个人从他们私人医生处拿到处方单来证明生病情况。尽管当员工个人有困难时你应该有同情心，但是考虑到工作态度的要求，你还是应该按照规定来处理（例如对出勤问题，在雇员的雇佣合同里是明确规定了的）。

需要注意的是，残疾员工还受到反歧视法的有效保护。这些法律规定适用于雇用员工人数超过 15 个人的企业，但是这个雇用人数的限制在 2004 年 10 月份就被取消了（欲了解更详细的情况，可参见英国残疾人权利委员会网站 http://www.drc-gb.org/

businesses/employing.asp)。

在出现令人不满的工作态度问题（例如持续的迟到）的情况下，如果与员工本人的谈话没有得到令人满意的解释和改进，你就需要按照相关的纪律规定来处理这个问题。

其他行为的改正

环境方面的因素可能是某些员工偶然地或者没有理由地违反规定的原因（例如一个员工袭击另外一个员工）。但在绝大多数情况下，仍然有必要针对违规行为进行调查，找到证据。如果调查找到的证据能够说明违规的原因，应该举行一个纪律听证会来决定如何处理违规者。听证会必须按照英国咨询调解和仲裁局（ACAS）的相关法令来进行，包括如下内容：让违规雇员参加听证会的书面通知、违规雇员申诉的详细内容、听证会对违规雇员的书面处理意见，以及受处理雇员的上诉权利。

最后思考

给他一个机会，你的雇员将会取得难以想象的成就。如果你告诉雇员你所需要的，以及你要求他怎么做和什么时候做，并与上面描述的恰当步骤结合起来，将对确保你的公司兴旺发达有很大帮助。

公平待遇

围绕工作场所的歧视问题的立法把很多企业都搞糊涂了，它们很难跟上立法持续改变的速度。我们发现以官样文章面孔出现的立法对这个问题负有部分责任。很多小企业现在似乎采取了埋头接受的政策，而不是拿出必要的时间去影响合适的政策。

那些忽视了法规的更改变化而不能采取恰当的相关措施和程序应对诸如在工作场所存在的残疾、性别、种族和宗教歧视的企业，将会让自己的公司面临受到诉讼的可能，并且公司将会为此付出高昂的代价，或者是被罚款，或者是造成公开的声誉损失。

劳动仲裁法庭每年都会接到成百上千的诉讼申请，到 2005 年 3 月底为止，总计有 106 621 例诉讼申请被提交到法庭总部，而其中有许多是从 1997 年开始就提出来的。

这些诉讼申请中，有一部分导致伤害案件的诉讼申请人将会得到补偿，其他一些案件会通过庭外调解来解决（通过劳动仲裁法庭调解）或者被驳回。但是无论结果怎么样，所有的诉讼都会牵涉到巨大的管理成本和人力资源的时间成本，并且可能影响雇员的情绪、损害公司声誉和企业的公共关系。

尽管企业都不想把事情闹到法庭上去，但是在 2002 年 4 月到 2003 年 3 月这一年中，有超过 8100 家公司发现它们面临性别歧视的诉讼。与此同时，大约 2700 家公司面临对残疾人歧视的指控，超过 3000 家公司受到种族歧视的指控，还有超过 38 000 家公司面临不公正解雇员工的指控。

这些数字还不包括那些在劳动仲裁法庭正式受理之前，由雇主和雇员的诉讼代理人达成调解而解决的那部分纠纷的数量。

在这一时期，经过劳动仲裁法庭审理判决的案件中，对性别歧视受害者的赔偿额平均是 8 700 英镑，最高赔偿超过 91 000 英镑。这对任何一家公司来说都是要承受的很大的成本。而且这个赔偿数字还在不断增长。

如果法庭判决公司存在对残疾人的歧视，则公司要给每个受害者支付平均超过 10 000 英镑的赔偿，最高赔偿高达 90 000 英镑。种族歧视的受害者平均可以得到 27 000 英镑的赔偿，最高赔偿甚至超过 814 000 英镑。

即使法庭的判决有利于企业，那也不可能收回公司打官司的成本，或者补偿花费在打官司上的时间（准备应诉大概平均需要准备 6 个月的时间）。因此那些现在就重视雇佣政策和程序的企业，可以大大避免日后把时间浪费在辩护诉讼上面。

随着赔偿金的持续增长，公司遇到财政困难的可能性也随之增长。在 2001 年 4 月份，一个劳动仲裁法庭判决，因为受到性别歧视，一个分析员将获得 150 万英镑的赔偿。法庭宣称这个分析员由于遭受了性别歧视而被不公正地解雇了。在一个类似的诉讼中，一个女飞行员获得了大约40万英镑的赔偿。

对不公正解聘的赔偿标准随着通货膨胀而持续增长，现在已经达到55 000英镑（2004年2月1日开始实施），而且对任何类型歧视的赔偿都没有最高限额。

劳动仲裁法庭有权受理超过70种类型的诉讼，从不公正的解聘、种族、性别和残疾歧视到不合法的减薪、合同违法及过多的缴纳费用等。

随着员工越来越意识到自己的权利，劳动法规越来越多地被应用于保护自己的权益。媒体的关注也将雇佣问题提高到一个引人注目的高度，而且英国所接受的这种源自美国的赔偿文化，也导致了企业需要花费越来越多的时间和金钱去应对那些"讹诈"性质的诉讼。2002—2003年度，有48%的性别歧视和35%的种族歧视诉讼在举行听证会之前就被撤销了。

新的雇佣法令于2003年12月正式生效，正式规定以性别导向、宗教或者信仰为理由的雇佣歧视为不合法。新的诉讼和上诉程序规定在2004年出台。

规定年龄歧视为不合法的法令于2006年出台，这个法令将对雇主有巨大影响。因为它将不仅重点关注老龄人群，反年龄歧视法对年轻雇员同样适用。如果这样的法律出台，办公室实习员的称呼是否合适？大学毕业生的招聘计划怎么做？这些问题都需要重新考虑。

所以，雇主们怎样保持与雇用法规变化的与时俱进，减少不得不为与雇佣相关的诉讼辩护的负担？最好的自我保护办法就是要跟上雇佣法律变更的速度并贯彻执行反映法规最新变化的人事政策。

因此，你需要与专业咨询机构、政府机构、贸易和工业部甚至劳动仲裁法庭保持联系，它们都可以为你在雇佣方面提供很好的咨询建议（劳动仲裁法庭还可以提供关于具体法令的信息）。保险公司也可以通过在线帮助、论坛和咨询提供巨大的支持。

如果企业希望减少受到雇佣歧视方面的诉讼指控的可能性，就应该做好以下几方面的工作：

- 设立人力资源部，或者安排了解人力资源和对其负责的专职人员；

- 编制雇佣手册；

- 进行贯彻执行雇佣法规的培训；

- 编制员工手册——说明岗位职责，并说明岗位的平等机会、惩罚制度等内容；

- 与员工沟通——确保让员工了解员工手册的规定，在日常工作中只要有必要，随时可以引用相关规定；

- 定期更新的绩效评估书面规定；

- 按照最新法规制定的解雇程序；

- 咨询外部人力资源机构的途径。

尽管这些政策和程序很重要，但如果没有搞清楚什么是歧视，企业就很难接受这些政策和程序。例如，一个人会以他所感到高兴的事情来评论一个同事，但是如果这些评论被听到的人认为是具有侵犯性的话，那么可能就会引起诉讼。同样，按照新的法令规定，如果一个雇员的儿子是个同性恋者的话，同事以这个人的儿子的性趋向作评论就可能被认为是侵犯了别人的隐私，这个同事就可能被提起诉讼。

如果公司要有效地贯彻一项新的雇佣政策的话，与雇员的沟通和相互理解是至关重要的。人力资源部的职员必须保持与基层雇员的联系。许多公司面临歧视指控的时候，会辩解说自己的雇佣政策和程序都是恰当的，但是如果这些政策和程序并没有传达到每一个人并让其理解的话，这些政策和程序就根本没有发挥作用。

人力资源和雇佣方面的问题应该列入董事会的日程表，董事会成员们应该给自己提出如下问题：

- 我们所有的雇佣政策是不是很容易被所有雇员接受？

- 这些政策是否传达给了所有的雇员？

- 是否采取了有效措施来确保他们理解了这些政策的规定？

- 我们有哪些反馈机制？

- 对经理人员有什么样的人力资源指导和培训？

- 我们是否经常向人力资源专家咨询请教？我们的人力资源经理如何才能跟上雇佣法规的变化？

即使公司拥有熟知目前法规且具有丰富实际经验的专业人士，也需要有某些"安全网络"。想通过立法来制止某些个人的讹诈行为是不可能的，不管法庭裁决的结果如何，"安全网络"能够帮助公司避免遇到在法律和诉讼成本上的麻烦。

雇佣法律责任保险（EPLI）尽管早在20世纪90年代就在美国出现了，但是相对而言，这种保险在英国还是一种新型的保险类型，仅在近几年才开始有业务。

这种保险从法律支援和资金支持（在诉讼被提交到劳动仲裁法庭之前，承担大部分诉讼成本）两方面对面临雇佣歧视诉讼的公司提供支持，以避免遭遇"最坏的情况"。雇佣法律责任保险承担了大部分法律成本，减轻了为诉讼进行辩护的成本，所以是很重要的。

不像一些在事后才进行赔偿的保险公司，雇佣法律责任保险提供的理赔机制马上就到位。企业受到指控的通知一旦发出（或者通过法庭传票，或者通过律师信），这个案子马上就到了保险公司手里，它们马上就会聘用专业的应诉律师。瞬时的反应能最大程度地抓紧时间和节约成本。

工作中的公平待遇与良好的雇员工作表现是联系在一起的。解决好工作歧视问题能更好地吸引、激励和留住员工，更进一步地，还能提高一个公司作为一个良好雇主的声誉。如果每个人都要有公平的工作机会和技能提高，那么消除歧视是至关重要的。

（性趋向及宗教信仰方面的）公平雇佣法令

本法令适用于雇佣关系，包括雇员招聘、雇佣合同、提拔、转岗、解聘或者假期培训等方面的公平待遇。以某个人的性趋向、宗教信仰为基础直接或者间接歧视、折磨或牺牲个人的行为都是不合法的。

在性趋向及宗教信仰方面确实有特殊职业要求的雇主，要在限定条件下，明确提出申请并获得批准。

工作场所的性趋向规定——从 2003 年 12 月 1 日生效

性趋向是指对相同性别的人的性趋向（同性恋）、对相反性别的人的性趋向（异性恋）和对相同和相反的人都有的性趋向（双性恋）。法令没有延伸到某些性偏好的实际情形，如恋童癖、施虐受虐狂等。

雇主应该考虑到，他们的政策、制度或者程序是否间接歧视了有特殊性趋向的雇员，如果是这样，他们是否做出了合理的改变。

考虑的问题包括给予属于员工福利的伴侣生活待遇（包括车辆安排、缺勤安排等）和养老金。

工作场所的宗教信仰规定——从 2003 年 12 月 2 日生效

宗教信仰被定义为任何宗教、宗教信仰或相似的哲学信仰。除非它和其他宗教信仰相似（例如宗教基督运动），否则它不包括任何哲学或政治信仰。由劳动仲裁法庭或其他法庭来决定是否存在被这项法令所涵盖的特殊情形。

工作场所的宗教仪式

法令并没有明确规定，雇主必须在工作场所为宗教仪式提供时间和设施。可是雇主应该考虑到，他的政策、制度和程序是否间接歧视了具有特殊宗教信仰的雇员，如果是这样，他是否做出了合理的改变。

要考虑的问题：

- 宗教节日或者宗教仪式的时间；

- 特别的饮食要求；

- 祷告日；

- 装扮规定，包括珠宝、纹身或者其他的打扮；

- 淋浴、改变房间设施。

权利和义务

我老是被问起，为什么雇佣法律看上去总是对员工有利，而要雇主们承担法律责任。在有关雇佣的权利责任方面有 27 项法律、99 条法律规定、36 条欧盟规则和 20 条具体条款规定了雇主们在雇佣关系中应该怎么做，雇主们感到这些法律沉重地压在他们身上而有利于雇员就不足为奇了。

招聘方面的问题

甚至在雇员被聘用之前，权利和义务就开始了。从打算招人的雇主确定了一个要招聘的岗位开始，这个雇主就必须遵守雇佣法规，或者要冒被未来员工起诉的风险。招聘过程和最终是否录用的决定不应该被求职者的性别、种族、残疾与否、性趋向、宗教信仰为基础的歧视所影响，未来的雇员有权不被这些歧视所伤害。

在招聘过程中，求职者不可避免地会被要求提供个人的详细资料，未来的雇主也必然会记录面试情况。任何这样的文件都受到数据保护法的保护，必须按照信息部发布的相关法令来处理。获得、保存甚至删除这样的信息都有规定，雇主们要么遵守规定，要么要冒被惩罚的风险。

雇用中的问题

1. 合同义务

对雇主来说，突然体现出来的权力是他有权规定雇佣合同的条款。在合同条款里，雇主可以提出他对员工的具体要求，并提出雇佣关系怎样维系的条款。

雇用合同条款不仅指雇主有义务提供给雇员的条件的书面陈述。这个文件通常还是双方达成一致意见的书面证据。但是合同只是扼要说明了双方达成一致和谅解的东西，可能还要延伸到超出书面合同的内容。因此，公司的员工手册、公司政策和工作程序、经理的承诺、计划和指示、企业风俗习惯和行为准则、雇员的行为准则等，都是雇佣合同的组成部分，即使这样的条款并没有在书面上明确规定。有些新的雇用法令将会推翻一些已经达成的条款，例如，在雇主和雇员之间达成的解除合同的提前告知时间如果少于法定的最低时间，这个条款就是无效的。同样，法庭可能会要求在雇佣合同中增加诸如提供安全的工作条件和安全的工作场所之类的条款。

在雇主和雇员之间也有无须明确说明的相互信任和诚信的义务，触犯它的话，可能会导致某一方终止雇佣关系。

2. 平等对待的权利

使雇员们受到以雇员的性别、性趋向、种族、宗教信仰和身体残疾为原因的歧视对待是不合法的。对有残疾的员工不做合理的工作调整同样是不合法的。到 2006 年，工作场所的年龄歧视也被宣布为不合法的行为。

性别、性趋向或者宗教信仰歧视通常体现在对一个不同性别、不同性趋向、不同宗教信仰的雇员的不平等对待上。其实这样的歧视是多种多样的，有的是直接的，有的可能是间接的，比如说仅有极少数具有某一种性别、种族、性趋向和宗教信仰的雇员被雇主强加了特殊的规定、定额标准或任务。

公平报酬法包括在性别之间的劳动报酬平等，仅仅因为员工的性别而使员工的报酬不同的行为被认定为不合法。

反残疾歧视法适用于那些能够在反残疾歧视法条款规定的范围内证明自己有残疾的雇员。例如，他或者她受到过身体或者精神上的伤害，这种伤害对他或者她履行通常的日常工作有重大的负面影响。这种伤害必须是长期的、持续或者可能达到 12 个月或更长时间。一个残疾雇员不能仅仅因为他是残疾人就受到不合理的对待，并且雇主有义务考虑需要什么样的合理调整能使残疾雇员有效开展工作。

同时雇主们要认识到，他们的义务不仅通过避免歧视的方式表现出来，雇主应该考虑到，当雇佣关系出现问题时雇员很可能会"打歧视牌"。一旦某个雇员提起了歧视诉讼，就需要雇主出面来证明在那儿并没有歧视，这就让雇主处于比较被动的局面。如果雇员的诉讼成功，他就会要求按照反歧视法的规定要求雇主赔偿精神上的伤害和因为受到歧视而导致的收入上的损失。在劳动仲裁法庭上对判决什么样的赔偿并没有限制，因此如何应对诉讼是至关重要的。

雇主的义务还延伸到如何对待兼职雇员和临时工方面，雇主对他们的义务并不比对全职雇员和正式雇员的义务少，除非差别性的对待能够有足够的客观理由。

3. 其他的雇佣保护法规

公司的雇员可能向劳动仲裁法庭提出多达 78 种不同的诉讼，针对诸如雇主不容许履行工会义务的时间、不遵守友好家庭法规（像弹性工作的请求，母亲、父亲、收养条例）、不遵守工作时间条例等问题，而这些仅是可能诉讼的一小部分。绝大多数向劳动仲裁法庭提出诉讼的都是仍然在职的雇员。因此雇主有义务给雇员们提供申诉不满的渠道，这样的渠道实际上是对雇主有利的，它能够让在工作中出现的问题在工作场所解决，避免了向法庭提起诉讼的时间成本和由此引起的法律成本。

4. 关怀义务

雇主有义务采取合法的关怀步骤以确保雇员在工作时的安全。如果不这么做的话，就可能导致因为身体或者精神健康伤害导致的赔偿诉讼，同时还会造成雇员收入损失的赔偿要求。现在已经有一个健康和安全法律，规定了在工作场所雇主们必须遵守的规定。

终止雇佣关系

在雇佣期开始的头 51 个星期内，雇员还处于试用期，其地位是相对不稳定的。即使雇主没有用歧视的方式对待员工，或者根据法定的权力解聘一个员工，雇佣关系也可以通过给员工一纸通知的方式来结束。然而，一旦某个员工的雇用时间超过了 51 个星期，这个关系就倒过来了，雇主就必须小心行事以避免来自被解聘员工的诉讼。因为已经工作超过 51 周或者更多时间的员工可能会声称他受到了不公正的解聘。实际上，在法庭上，大部分雇佣方面的诉讼都是针对不公正解聘的。雇主仅仅能够解聘那些有合理解聘理由的雇员，在所有情况下任何解聘都必须是公正的，换句话说，解聘的程序必须是公正的。如果员工连续工作时间超过一年，他有权得到解聘他的书面原因。

合同期满后的问题

如果事先在雇用合同中有约定的话，一个雇主对前雇员在雇佣关系结束之后施加有限的影响是可能的。比如说合同规定的保密条款对雇员解聘以后仍然保守雇主的秘密就能发挥作用，雇用期满后，限制性的约定还能够阻止前雇员在限定条件下与雇主竞争。

推荐信引起很多雇主一定程度上的关注。对雇主而言，没有义务给前雇员提供推荐信。然而，如果雇主提供了推荐信，那么雇主就对前雇员和这个雇员未来的雇主负有责任，因此要确保推荐信的准确性。关于如何提供推荐信方面有大量的案例可借鉴，因此大多数雇主都会提供比基本表现更好一些的推荐信。

员工的权利多种多样、五花八门，没有在工作场所履行自己义务的雇主不可避免地要花费时间和金钱去应对诉讼。通过确定恰当的合同、政策和程序，大部分诉讼都是可以避免的，而且雇主也必须知道自己的权利和对雇员承担的义务。

合理解聘

1996 年的雇佣权利法案第 98 条陈述了当解聘一个雇员时依据的 5 个公正的理由。尽管提供解聘理由的任务在雇主身上，但是劳动仲裁法庭会察看所有的相关事实，以确定这个解聘决定的真正理由。

下面就是这些理由：

- 雇员的能力和资格有问题；
- 雇员的行为有问题；
- 公司需要裁减冗员；
- 非法雇佣——如果继续雇用的话，雇主就违反了法律的规定；
- 一些其他的解聘原因。

一个雇主决定解聘一个雇员，仅仅因为其中的一个理由是不充分的，雇主接下来要做的就是表明因为这个原因他合法地解聘了那个雇员。就雇主来说，什么是合法的依赖于多种多样的东西，尤其要考虑解聘的原因，比如雇主公司的规模大小和管理资源等，并参照相关案例的情况。除非雇主毫无道理或不合法，否则劳动仲裁法庭无权替代雇主作出是否解聘的决定，这是一个令雇主感到舒服的规定。解聘必须按照劳动仲裁法庭的术语"合理反应范围"的规定来处理，也就是说，解聘是一个合法的雇主在具有上述理由的情况下能采取的一系列行动之一。接下来，关于这个解聘是否公正的问题需要从两个方面考虑。

能力因素

从一个雇员是否能完成他被招聘来承担的工作的角度考虑，这个雇员从被雇佣开始，就应该了解他所承担的这个岗位的要求——关于资格、技巧、经验还有工作的性质，等等，以及工作所需要的身体和精神素质。雇主必须证实，雇主已经给雇员提供了相关的培训和支持，给了合理的时间期限，在这时间期限内，雇员没有提高工作绩效。仅仅当绩效管理不起作用时，雇主才能考虑解聘手段。

在能力这个标题下面，雇员缺少必要的职业资格也会导致被解聘。要么是雇员误导了雇主（这也有可能属于不当解聘行为的范围），要么是雇员失去了资格，例如驾驶执照，因此不能完成任务。为了公正解聘，雇主应该首先考虑给雇员可替代的其他雇佣机会。

能力不够也可能是因为疾病或健康因素，只有对这种情况进行详细调查之后，解聘才是公正的。这些调查包括得到关于这个雇员将来的恢复情况的估计及以后情况的医疗报告，了解他的疾病会如何影响他完成其职责的能力，如果是工作调整的话，他就能够更快地回到工作岗位上来。

一些雇主认为，不管雇员的疾病是否发生在工作时，都会使他们承担巨大的责任，确保要继续聘用这个雇员。事实并非如此，对疾病和健康的义务与雇主是否公正合理地就疾病健康原因解聘雇员毫不相关。

不当行为的因素

大部分雇主都有一套自己的行为准则，这些准则规定了在组织内部期望的行为。如果这些准则被违背了，雇主就需要一套执行纪律的程序，按照以前其他相似的情况对雇员加以处罚。

雇主一般不愿意证实雇员的错误是否有合理的原因。雇主所要做的就是进行一个对触犯准则情况的详细调查，然后根据雇员犯错误的事实，采取恰当的惩罚措施。

这就是法庭的一系列决定所需要的证据。因此，雇主甚至会解雇一批他有理由怀疑犯了错误的员工，但实际上真正的犯错者是无法从现有的证据中被确认出来的。

雇主实施纪律处罚在程序上必须遵守 ACAS 法规的规定，因此在程序上首先采取的措施应该是一系列警告，解聘只能是最后的制裁手段，而且要给犯错误的雇员一段改正错误的时间，并且保证他在每一个阶段都有申诉的权利。处罚程序上的技术性缺陷应该被纠正过来，而且在每次听证会上发现有问题都应该及时纠正。

如果影响到雇员的雇佣或者给雇主带来形象上的损害，雇员在工作场所之外犯错也应该受到处罚。

冗员因素

因为公司冗员而解聘雇员也是解聘的一种情况。这种情况是雇主对一般岗位或特殊岗位的需求减少或有可能减少而采取的一种措施。

为了使人们相信因为冗员的原因而解聘雇员实际上是公正的，雇主必须按照一种公正的冗员选择程序来决定将解聘谁。这个程序包括尽可能向雇员发出即将发生冗员的警告、直接与雇员协商，或者通过相关社团和雇员代表与雇员协商。最重要的是，采用的解聘雇员选择标准必须公正、客观，对所有可能受到冗员因素影响的雇员都一致适用。雇员们也必须得到其他可供选择的机会。无理拒绝这样的机会的雇员不能提出冗员解聘的赔偿诉讼。

非法雇用的因素

如果解聘的原因是公司不想违反法律的规定，涉及的雇员就不能在公司继续做下去，这就是解聘的合法理由。然而在解聘生效之前，雇主必须给雇员机会以提出任何相关的申诉，并且雇主必须考虑，如果雇员在某个岗位工作没有任何违法情形，是否

有可供选择的机会给雇员。

一些其他的解聘原因

在这个标题范围内的原因包括：在公司重组之后的解聘、保护公司利益的解聘、雇佣合同期满的解聘、雇员被宣判入狱的解聘或者雇主因为顾客、供应商或其他雇员的压力而被迫的解聘，等等。

解聘的原因是否是合理的、公正的，完全依赖于个案的具体情况和雇主行事的方式。雇主必须表明在作出解聘决定之前，他已经尽了各种可能的努力，除了解聘他别无他法。需要再次强调的是，解聘必须是在"合理反应范围"之内。

不公正的解聘

有些解聘必然是不公正的，无论雇主怎样为它们辩护。例如，因为健康和安全原因的解聘，在公司搬迁后的解聘，关于工会权利的解聘，或者关于雇员工作时间、母亲照料、国家最低工资或者公开揭露强制权利而导致的解聘，等等。对于这样的不公正解聘，雇员不需要达到必须为雇主服务一年以上的诉讼前提也可以提出诉讼。

对雇主的启示

从上面的内容我们可以了解到，在企图解聘雇员之前，雇主们需要掂量一下所有支持这种解聘行动的原因，以采取恰当而且合法的解聘行动。一个草率的、考虑不周全的解聘决定可能会导致高达 55000 英镑的赔偿（实际的赔偿数额要根据年龄、工作年限、员工未来可能的损失评估）。另外，作为可供选择的补偿方法，员工可能被重新安置或重新雇佣，尽管这些补偿方案很少在实际中发生。

更重要的是，雇主有时将不得不面临这样的尴尬局面，即一个看起来在所有情况下都合情合理的解聘仍然会被认为是不公正的，因为雇主和雇员双方对所谓公平解聘的理解是各不相同的。

4

做公司没钱是万万不行的

成本管理

对于一个公司来说，无论其成长是通过新的销售渠道的探求，还是新产品的上市，抑或是对一个新公司的收购，都必须面对一个企业的基本需要。

现金盈余是企业提供产品、服务或占领市场形成的现金流入与购买所需资源形成的现金流出之间的差额。形成并有效利用可持续的现金盈余，是公司得以持续成长的根本。

这里所强调的，不是企业应采用何种成长战略来增加企业所拥有资源的净收益（这是一个更大的论题，不是本章所能探究的)，而是在既定的情况下，如何使企业最好地利用所掌握的可用资源来增加企业的净收益。一个企业要形成竞争优势和创造价值，需要形成前后一致的商业战略和最优的市场定位，要考虑到企业各种经营状况的可能。

最根本的一点是：仅仅认识到成本失去控制可能会削弱企业战略的成功是不够的。下面依次提出如何进行成本控制和管理的问题，进而提出两种分析成本的方法。

关键区别

传统的成本管理主要采用基于会计的手段，以下将要介绍。这些方法主要是为企业的财务报告和管理报告的编制提供支持。在 20 世纪 80 年代，人们开始认识到这一方法的不足。从 20 世纪 80 年代到 90 年代，企业引入了基于活动的实践成本管理方法，提出了活动成本和管理的概念，它由制造业企业推动，进而广泛运用于商业企业。这种活动成本和会计成本的区别在于，会计成本指的是获取资源所发生的货币支出，而活动成本则关注于为了完成既定的活动，以及企业对于资源的利用。

基于会计的方法和传统价值核算在财务和公司控制上是很重要的。这一方法所运用的技巧是没什么问题的，然而在使用这一方法时，我们需要判定这一方法对于我们的目标实现是否有效、可行。

传统的成本观

成本管理的基础集中于如何获得原材料并进而转化成市场需要的商品。成本的管理、控制和核算主要是通过采购程序、财务控制、预算以及强有力的管理来实现。在更根本的层面上，依赖于一定的系统和程序。它可以有效地获取数据并及时地报告相关的成本信息。

采购管理强调与供应商的关系，以及理解供应链中企业需求的重要性。有效的供应链管理和采购程序对于分析企业在供应商和资源方面的成本费用是很重要的。

为了进行成本监控和绩效考核，根据成本发生是直接的还是间接的，可将企业的成本分为直接成本和间接成本两大类。对于直接成本，标准成本法和差额分析法能帮助我们判断效率、数量和价格的差异。此外，预算通常用来预测支出，并作为一种财务控制的手段监控实际的耗费是否与预先设定的目标相一致，后者设定了企业预期支出的限额。间接成本（或企业的营运开支）往往由成本中心或部门分摊到产品中，如信息费用、人工费用等 (如图 4.1)。

以上介绍的会计方法关注于财务控制，它无疑具有很重要作用，但是对于把握企业资源是否被有效运用方面，这一方法具有很大的局限性。对于一个成长型企业来说，一个更重要的问题是，企业现有资源是否得到有效利用、是否需要更多资源。以下列举一些传统方法面临的问题。

- 基于公司单位或者产品间的营运费用分摊通常是随意的，往往导致一些不良行为。例如，按照数量进行分摊，可能导致企业的销售决策追求实现高销量、低

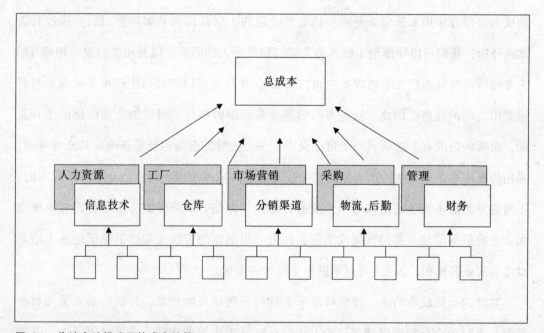

图 4.1　传统会计模式下的成本结构

边际收益，而本来企业可以获得更丰厚的利润。

- 预算并不是建立在如何有效利用企业资源的基础上，而只是武断地为管理层设置目标 (通常并不考虑与之相关的活动和成本)。由于日积月累的预算软约束，并且在年度预算编制时往往都不会对以往预算编制的基础进行修改，从而最终导致企业失败，这些现象屡见不鲜。

- 这样的方法怎能帮助管理者把握企业能力的运用、保证资源配置的效率呢？

基于活动的成本管理方法被发展起来，它不是对基于会计的成本管理方法的支持，而是一种对企业活动的真实反映。因此，它的重点是通过对企业经营活动的理解和分析来确定企业投入品的利用情况，被广泛运用于预算和产品成本的控制中。

基于活动的成本管理方法

假如我们承认企业现金流入是来源于资源的有效利用的话，那么我们就得接受一个观点，即企业资源的利用必须服务于企业价值的增加。从根本上说，这种基于活动的成本管理方法用来确定企业哪些活动是必须的，以及资源是如何使用的。通过对活动的分析，我们可以详细地了解到每个部门和每个人的职责，以及相应的成本构成 (即企业的活动与财务报告中的成本之间的联系)，并且还可以知道与生产相关的成本与营运费用之间的联系。因此，这种方法的重点是确定哪些行动对增加企业的价值是有益的，而哪些则没有。这从另一个角度说明，一个失败的企业需要重新确定其成本基础。采用传统成本管理方法的成本控制意味着无差别的成本削减，即企业要求降低成本时，不考虑导致成本发生的活动对于企业的必要性。但是合乎逻辑的方法是将那些不能增加企业价值的活动或部门削减或消除，并进而想出新的方法来加快消除了这些无谓活动之后的业务流程。表 4.1 可以帮助你了解这一方法。

对总的仓储成本的进一步分解展示了这种方法带来的信息。传统的观点关注财务控制，实时动作分析则强调了这种方法对仓储管理决策的支持。在这个例子中，这种

表 4.1　仓储成本的例子

传统成本核算科目分类	单位(千英镑)	基于活动的成本分析	单位(千英镑)
工资	900	书面文档处理	50
差旅费	45	发出订单	120
租金	80	确认订单	140
照明/取暖费	60	过程跟踪	80
信息技术费	15	货物入库	90
电话费	10	准备库存清单	310
保险费	40	货物发货	75
培训费	5	盘点存货	130
		处理退货	160
合计	1155	合计	1155

分类显示了直接支持决策的用途，而这一点很难从传统的成本管理方法中找到。

因此，基于活动的成本管理方法要求企业重视和理解自己所从事的活动。如果不理解自己的活动，企业的增长只会是一个毫无价值的增加的结果。那种能够将企业的投入从不能增加企业价值的活动中转移出来并转而投入促进企业增长方面的能力，为企业带来了巨大的潜在利益，使得企业从明显的成本控制进入到促进和鼓舞员工信心和士气的层面。

当然，上述活动分析的进行依赖于对企业活动的观察和详细检查和评价。前面对于两种方法的介绍以及对两种方法的区别的对比为我们理解这种基于活动的成本管理方法提供了帮助，进而了解如何去利用这种方法。此外，还有以下几点需要考虑：

- 公司准备迎接变革，并且理解这种变革的必要性：公司的成长要依靠目前的基础管理和成本管理两个方面。

- 理解公司成长的模式和与之相伴随的风险：即成功的可能性以及相应的应对计划。不仅仅要考虑**减少风险的行动** (如果风险存在，要想办法减少风险造成的危害)，同时要考**虑缓解风险的行动** (即减少风险产生的可能性) 以及**应对意外的行动** (针对突发的风险，要有应变计划和退路)。

- 要确定成本管理的职责，说明这一管理办法的含义，以便于对企业的成本管理业绩进行评价。

- 重新评价当前的采购办法、首选的供应商以及伴随企业潜在增长所出现的机会。随着企业的增长，会产生更大的资源需求，企业可以借此机会与供应商进行新的采购协议谈判或者寻求更好的采购优惠折扣。

- 监控企业的能力状况。

- 考察企业获得、管理和报告数据信息的过程。例如，不准确的信息轻则要求被重新加工处理，重则导致决策失误。基于每日、每周、每月的信息必须能够很容易取得，这就要改变企业的信息系统。审查企业的会计账簿和报表以及报告成本的程序。不管是什么情况，那些保证高质量数据信息的措施都是很重要的。

总结

通过本章内容我们可以知道，企业的成本管理措施可以超越以往的会计成本管理模式，而把企业看成是一系列活动的组合。成本控制这一令人沮丧的工作可以通过运用正确的方法得到改观，它促进人们对于成本概念的深化认识，为企业的活动监控和成本报告提供了一个框架，反映了企业的现实经营活动状况。

现金管理

现金管理是公司的大事

管理者们发现，与以往相比，公司的股东和利益相关者更注重从更广泛的指标体系来评价公司的成功与否。把现金流状况纳入业绩评价指标的观点很快就得到越来越多的响应。列入金融时报指数的 25 家上市公司 (FTSE 25) 中，有 65% 的公司在向市场提供报告时会报告其现金流状况，而在两年前这一比例只有 25% [1]。此外，毕马威 (英

---

[1] 资料来源：KPMG LLP (UK),2004 年。

国) 公司最近对欧洲和荷兰银行 (ABN AMRO) 及欧洲 CFO 公司进行的一项调查研究显示，企业的股东们认为净利润的增长和现金流的产生是衡量企业业绩的两个最重要方面。假如这是外部股票市场对企业的判断的话，作为企业内部的管理者还有什么理由去忽视对现金的管理呢？

成功企业不认为现金管理和现金流的产生游离于企业的战略之外。虽然现金流本身不构成企业的一项战略，但是如果不进行有效的管理，它就会成为企业成长和实现企业目标的一个潜在障碍。快捷的成长和平稳的决策制定对企业利润的增长和市场收益的增加是非常重要的。将现金运用的统一作为实现企业"明智"成长的一项措施，管理层能够形成对企业所处状态的更好把握，更加能保证自己制订的计划处于企业成长的正确轨道上。

图 4.2 所示的价值分解框架展示了对现金流和营运资本的积极控制和管理对企业的

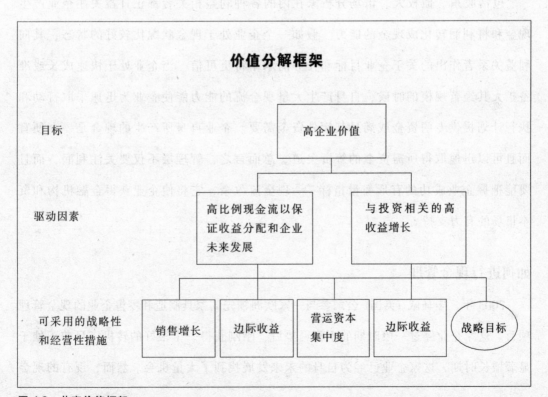

图 4.2 共享价值框架

其他方面产生了怎样的影响。它使管理者能对投资者进行分红或为企业未来的发展提供资金支持，而这最终又会促进企业未来价值的增加。

因此，现金流已经成为一个重要的业绩评价指标，成功的管理者往往采用一种所谓"通过现金进行管理"的方法，它和所谓的"追求现金的管理"是不同的。后者是一种短期行为，它只要求企业能够产生增长的现金流，而不考虑对于将来的投资。所谓"通过现金进行管理"，其内容包括对现金和收益关系的准确理解，并把现金管理纳入企业中期战略的议程。只有真正理解和把握企业现金流的状况及其影响，才能为企业的平稳投资决策和新企业决策提供依据。在这样一种企业文化下，将能更有效地实现企业的利润目标，同时能为员工带来令其满意的现金报酬。

关注现金

包括股东、债权人、市场分析家在内的各种利益相关者都正日益关注企业产生现金和将利润转化成现金的能力。假如一个企业处于现金状况比较好的状态，其向利益关系者作出的关于企业目标和任务的承诺将更可信。当企业处于快速成长或准备扩大其经营规模的时候，自身产生大量现金流的能力能使企业为迅速采取行动和执行计划提供专门资金或满足其额外资金需要。企业自身所产生的现金是一个便宜而且可以迅速取得所需资金的筹资渠道。总而言之，管理层不仅要关注利润，而且要能把握企业成功的有形衡量指标——现金流盈余，它将使企业获得金融机构和资本市场的有力支持。

如何进行现金管理

2003 年，毕马威 (英国) 公司参与一家欧洲领先的家具制造和零售企业的现金管理项目。这家企业经过一段时期的不利局势后，刚刚获得一个很好的转机，目前正处于显著增长时期，这家企业已经为自身的未来发展找到了大量机会。然而，现有的现金和管理资源不能够为这些发展提供足够的资金支持，这家企业的管理者意识到，企业的任何有效的增长都必须依赖于较高的利润和持续产生的现金流。

这家企业需要一种方法来评价其活动的业绩，并进而利用那些可以增加利润和现金流的机会来发展企业。毕马威 (英国) 公司的现金管理团队对该企业进行了详细审查，并进一步评价了所有影响企业价值的因素，包括收益的增长、利润、营运资金、固定资产以及其他非财务因素。以单个产品所产生的现金流为基准，与竞争对手进行全面比较，这样就可以知道双方的差异是由于现金流还是财务杠杆 (借贷) 因素导致的。

毕马威 (英国) 公司协助这家企业准确地把握在哪些领域企业获得或丧失了现金，并密切地配合管理层在这些领域实施相应的战略。毕马威 (英国) 公司同时就企业增加现金流提供一些策略性建议，包括通过供应链管理获得大量的现金节余、调整产品的生产流程以降低产品成本。而对于管理层来说，一个关键的潜在收益是在企业文化层面上改变了对于现金重要性的认识。

正确地运用原理

对一个企业来说，现金管理不能被简单看成是一个现金保管的问题。实际上，它对企业文化、薪酬战略、激励和报酬机制以及与顾客、供应商、分销商的关系都有根本性影响。

预测

作为通过现金管理企业的第一步，管理者需要对企业当前的运营态势有准确的把握，同时要能够对未来现金流的预测有充分的自信。有序、可信的现金预测是企业现金管理的核心环节。对企业所处态势的清楚把握给予投资者、董事会和利益关系人很大的信心。将有序的现金预测和强有力的现金控制相结合，管理者就能更清楚地识别企业面临的机会，进而利用这种机会促进未来的成长和发展。

监控和权衡

仅仅把现金管理置于优先地位并不是快速制胜的战略。这种方法的真正价值在于它深深嵌入管理文化之中。持续对现金所处态势的监控是必不可少的，它为评价企业成长和实力的提升提供了一个框架，同时，也便于对现金进行前后一致的管理。另外，与利益关系人就现金管理过程进行沟通也是非常重要的。但是，企业拥有对现金监控、管理计划执行以及现金预测的所有权是保证现金管理计划成功的基本因素。

长期的战略

真正可持续的现金节余不是通过对债务人和应收款的催收之类的短期突击行动实现的。如果解决问题时很少考虑先前所导致问题的决策，诸如应收票据的质量和集资的程序等，这势必导致应收款的问题在以后会重复发生。

外部筹资成本的上升和企业利益关系者要求企业增长和实现利润的压力迫使管理者把现金提到了重要议事日程。通过重点抓好现金管理的效率，企业发现了一个降低债务、投资增长和向股东提供更高报酬的新路子。在很多情况下，这可能就是导致有的企业的业绩能超过市场预期而有的企业却不能完成目标的差别所在。因此，对现金的关注也就构成了很多成功的发展计划的核心。

应收款管理

通常是现金而不是订单的缺乏，成为大多数失败企业最终破产的根本原因。然而，即使企业的信心增长，经济力量提升，其所面临的竞争还是很严峻的。很多企业把延期支付作为现金管理的手段。那么，你怎样保持你的公司的增长和成功？

通常情况下，保证对企业现金流的控制是很困难的，特别是对一些小企业。假如你的客户推迟付款或压根就不付款，这将导致连锁反应——你将不能向原料供应商付款、不能向员工支付工资。不管你现在有多少客户，也不管你有多少订单，如果没有现金流入，企业很快就会陷于瘫痪。所以，加强内部的过程的管理对于推动企业的现金流和利润的增长相当重要。

应收款是最大的资产

交易活动中形成的应收款往往是一个企业最有价值的资产，有时会占到总资产的 40%。在服务行业——人力、知识和经验是它的资产——应收账款达到企业总资产的 80%~85% 不足为奇。但是如果这些资产不能得到有效管理，就会很快转化为企业的负债。

因此，把这些应收款交给清欠公司，并把这些资产转换成现金的做法就不会让人觉得奇怪了。然而，这样做也不大妥当。在现实中，现金回收是非常敏感的业务，具体的做法对于企业形象或破坏与客户的关系有很大影响。你不能因为想赢得一次战斗而输掉整个战役。例如，你可能仅仅因为一笔债务而损害了长期保持的关系，从而最终对公司带来危害。可供选择的是，一个更加积极的收款计划可能对已经趋于恶化的关系更加合适。不管形势怎么变化，对于那些没有能力或兴趣将这些问题内部化处理的企业来说，这将是一个长期和艰苦的过程。但是如果做得好，它将能为企业减轻营运资金的积压，从而有助于企业的未来腾飞。

坏账对谁都没好处

更加严格的现金流管理是当前环境下中小公司应该留意的。我们应该从引人注目的美国安然公司和世界电信公司破产事件中吸取这一教训。更近一点，帕尔玛公司的问题让我们记忆犹新——即使是那些看似很稳定的企业也可能给你带来一笔坏账。

对于中小企业来说，关注现金流显得特别重要。中小企业的大量现金被用来向客户提供透支，因为它们害怕不这样会丧失很多商业交易，但同时它们也就生活在坏账的阴影里。根据对阿特拉迪斯公司的调查，超过 80% 的中小企业非常关心它们公司出现坏账的可能性，在一些小企业这一比例达到了 90%。大约 70%的企业报告它们的很多客户付款期太长，超过 70%的企业说它们在催款上花费了太多时间。

但是应收款管理的问题不仅仅局限于这些小企业。英国企业每年用于应收款管理方面的花费超过 120 亿英镑。然而，尽管如此，阿特拉迪斯公司的研究显示，仅仅 41%的英国企业的财务总裁对他们现有的内部应收款管理能力感到满意。

引入专家管理

我们经常听那些从事企业成长管理的人们抱怨说："我真是太累了，天天盯着客户。"我们对此可以理解。大多数企业家不愿意把他们的时间牺牲在这一过程中，他们更加愿意关注企业日复一日的经营活动。谁能够责备他们呢？管理应收款属于企业的例行管理工作。

答案是什么？尽管企业不能反复考虑把它从环境维护到会计的所有职能都外包出去，但很多人开始认识到将现金回收和应收款管理外包出去的好处。公司业务外包 (BPO) 是欧洲外包市场发展最快的一个领域，到 2005 年其价值超过 300 亿英镑，其中应收款管理业务大约 30 亿英镑。

外包使得企业能集中做好自己最强的业务，而把其他部分交给外部的相关专家。它可以给企业带来大量的现金节约，同时使企业从大量的日常事务中解脱出来，更加关注其关键业务活动。同时它使得企业可以利用外包商的专业、熟练的员工为自己服务，从而避免了如果通过自身内部管理所导致的固定和可变成本。

外包的作用并不仅仅在于成本的削减。在企业的发展和提升过程中它发挥着一个整体性功能。虽然现金节约是重要的，但不是唯一的。外包是一个企业节支增效的方法，而不只是现时成本的降低。

应收款管理业务外包在英国还处于幼年时期，但是很多企业已经开始着手去实行，外包业务涉及从信用调查到现金和债务的回收，再到企业的账务处理——根据你的需要，你可以把应收款管理的部分乃至全部业务外包出去。

保护自我

在企业应收款管理链条里的最后一个环节是应收款保险。企业不能天天陷于一些日常性事务，如为了防止丢失或损坏所进行的建筑和设施的保养维护、保护自己的员工不受到伤害，等等。但是保护企业免受坏账风险的袭击虽然对大企业来说可能是值得的，但对于其他类型的企业来说，却往往得不偿失。事实证明并非如此。

应收款保险一方面保护你免遭客户拒付款的风险，另一方面给你提供了更好的融资机会，假如你参保了，银行将更可能给你提供所需要的资金支持。你也可以使用保险公司的有价值的智力资源，从而使你可以准确地把握和确定你所在企业面临的应收款风险。例如，阿特拉迪斯公司就拥有遍及全球的 4 亿个企业的商业信息。

加强管理的好处

良好的应收款管理对于企业利润的实现是非常关键的，它必须被置于严谨、有效的管理中。如果运用得当，你会从中得到以下收益：

- 现金流增加。

- 保护企业免受出乎预料的坏账的影响。

- 有效地跟踪你的应收账款，对关键性的应收款进行监控。

- 使你的开户融资银行觉得安全，让它们觉得向你提供的资金是受到保护的，从而觉得放心。

- 企业成长——由于不担心所提供的资本的安全，你将赢得其他市场的信任，从而可以自由地运用企业的内部资源去寻求新的商业机会。

- 稳定性——你能顺利地实施未来的销售战略，不会受到坏账风险的阻碍。

市场融资

获得所需数量的资金和拥有平稳的现金流，是当今中小型企业面临的最大挑战。它对那些成功企业的管理者和所有者来说，是一个罕见的阻碍因素。这些企业拥有扩大销量的机会，但是为了利用这一机会，它们需要想办法获得相应数量的员工和原料进行配送。

那些大银行对这一问题的看法是很复杂的。在很多情况下，它们不愿意向这些中小型企业提供所需数量的资金，因为它们认为这些企业处于较高的风险等级。由于 20 世纪 80 年代后期和 90 年代前期的经济衰退所带来的惨痛教训，银行在对这些中小企业贷款时都进行了进一步限制，以防范可能出现的不利局面，这一点可以从银行对贷款透支额的降低和期限贷款政策的改变上显现出来。这些限制条款非常严格而且难以改变，一点也不顾及企业的处境。从而使得这些中小型企业的资本规模处于较低水平，能够为企业带来销售收入的顾客数量也进一步萎缩，进而银行会更加不情愿向它们提供足够的资金支持。

2003 年，英国的公司破产数量增长了 5.3%，大约 1000 家注册公司中有 37 家破产。在大多数情形下，公司破产都是由于现金流不足导致的。所以人们把现金流比作企业的血液就不足为奇了。

银行由于历史原因不愿意向企业提供灵活多样的资金融通形式，而是把关注重点放在股东价值上。那么怎样使中小企业保证能拥有足够的现金流呢？

幸运的是，今天的企业所有者和管理者在面临为其企业寻找合适的融资类型时，有了大量可供选择的方式，可以有大量的机会选择更加富有想象力和冒险性的筹资方式。这些选择包括风险资本、天使投资（business angels）、拨款、小企业贷款担保计划、商业按揭贷款、资产证券化融资、股票融资和贸易金融等，不胜枚举。

新的融资方式

当这些小企业无法通过银行弥补自己资金缺口时，一种新的融资方式开始被使用，这就是票据融资。毋庸置疑，在过去的七八年里，企业的财务领域已经发生了很大变革，票据融资正在对其他传统的融资方式提出挑战，包括银行透支和限期贷款。

在英国，票据融资相对来说还是个新概念。这和在美国的情形截然不同。在那里，它作为企业融资的一种方式已经存在了超过 60 年，被大家所公认和赞同。而在英国，票据融资直到 20 世纪 60 年代末期才被引入，并且作为一种融资方式在以后的很多年里受到像企业传统的资金供应者和企业支持组织的怀疑。实际上，直到最近，票据融资仍然被视为企业迫不得已的最后手段，与票据融资的资金供应商的接触被看做是垂死的企业为生存而做的最后挣扎。

然而，事实终究是事实。今天，票据融资已经被认为是在传统融资方式之外的一种值得信赖的和可行的选择，其融资数量的增长有目共睹、不言而喻。根据 FDA 的最新统计，英国有超过 35 549 家企业使用票据方式为自己的企业融资，其所筹集到的资金总额达到 87 亿英镑，并且这些数字还在以很快的速度增长（图 4.3）。

票据融资今天已经成为一种被成长中的企业广泛使用和实际可行的融资方式。有 15% 的独资企业将"卖出"它们的票据作为主要的融资手段。票据融资的最大好处是对于一个企业来说，通常仅有它的债务人名册才是要保护的对象。

对于票据融资方式被迅速普及的实证支持来源于比贝财务服务公司和《年度会计》杂志的调查研究。研究发现，会计师们基于资金价值的考虑，像推荐银行透支和期限贷款一样，经常推荐他们的中小型企业委托人使用票据融资。而在七年前，一个类似的调查显示票据融资排名远远落后于银行筹资。

随着票据融资作为传统融资（如银行筹资）的一种替代方式被广泛认同，银行也在寻求其他方式管理风险，票据融资迅速成为一种主要的融资方式，其声誉提高

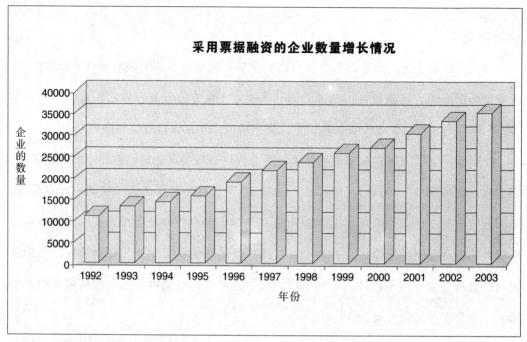

图 4.3　采用票据融资的企业数量增长情况

也就不足为奇了。

票据融资的运作

　　但是，这一耳熟能详的企业融资现象存在的问题是什么？如何进行票据融资的策划？什么类型的企业从这种融资方式中获利最大？那些小企业、个体企业将从中得到什么好处？从资金供应者那里，企业的所有者和管理者会期望得到什么？

　　票据融资通常采取两种形式：票据贴现和票据承购。

　　在通常情况下，票据贴现为那些购买未付票据的企业提供了灵活的财务资源。在实务中，它意味着，当企业采用了这种票据融资方式，就可以得到一笔最多可达未付票据总额85%的预付资金，从而带来迅速直接的现金注入。当资金供应者从顾客那里收到支付的货款后，剩下的15%，减去一小部分费用，就会被支付给企业。票据融资的资金供应者通过投资于不断增加的票据向企业提供源源不断的营运资本，帮助这些企业实现持续增长。在最简单的情形中，这种融资方式可以保证未付票据的安全，后者是那些中小型企业拥有的价值最大的一类资产。

这一金融服务是保密的，顾客并不知道在与企业的商业交易过程中有票据金融家的参与。

票据承购和票据贴现大体相同，但在前者，顾客是知道票据金融家参与的，因为后者通常承担完全的收款服务，包括发出声明、打提示付款电话和收款。

企业会决定是否接受有或没有追索权的承购规定。在无追索权的承购中，企业从增加的坏账保护中得到好处。这意味着票据承购者在约定的范围内承担与未付债务相关的责任。在既定信用额度内，票据承购者对企业没有相应的追索权。在有追索权的票据承购下，风险一直由委托人承担——假如一个客户拒绝支付货款，委托人就有责任追缴欠款，同时要筹集资金以偿还债务。有代表性的是，一个无追索权的票据承购安排要求企业每年在支付年度服务费之外要追加不超过 0.4% 的支付以作为对方的风险补偿。在非常糟糕的情形下，一个大客户的债务不能回收会导致企业破产。

在下列情形下，票据融资可能是一种合适的融资方式：

- 新创企业。
- 企业处于成长阶段。
- 企业正面临现金短缺的窘境。
- 企业经营有很强的季节性。
- MBO（管理层收购）和 MBI（外部管理层收购）中需要大量的额外的资金支持。
- 恢复成本。如 CVA。

根据票据承购和贴现联合会（FDA）的资料，行业中使用票据融资的，超过三分之一是制造业，那些专业服务企业、运输企业以及工程企业也相对喜欢票据融资。

然而，需要指出的是，现在票据融资的金融家们对于决定对什么样的企业进行融资的观念已经越来越开放。假如一个企业一切良好，仅仅是因为缺乏现金，那么票据

金融家就会考虑向这个企业提供资金。

票据融资的优点

票据融资对于那些处于快速成长的企业来说是一种非常理想的融资方式，它们缺乏资金和现金流来实施其扩张计划。与银行贷款和透支不同，后者通常不考虑一个企业不断改变的环境。票据融资为企业提供了相当大的灵活性。当销售增加时，通过票据融资的营运资金也会同步增加，不需要为此与资金供应方进行重新谈判。

在 24 小时内可以获得未付票据的 85% 的资金是这种融资方式的另一个重大优势。这样快速的运转对那些正迫切需要资金的企业来说——需要支付工资、购买原材料或者用来支付大额的营运费用——可以迅速获得现金为企业输血。

然而，快速和灵活的融资并不是票据融资方式的唯一优点。票据承购者所提供的专业的应收款管理服务对于那些成长中的小企业来说同样重要。许多中小型企业的所有者和管理者往往会陷入应收款管理和货款被推迟支付的窘境中，使他们不能正常对企业实施管理，不能抓住新的商业机会，不能建立良好的客户关系。通过与票据融资资金提供者的合作，这些小企业的所有者就能挤出珍贵的管理时间来推动企业业务的发展，而不是受限于处理债务的泥潭。此外，通过应收款管理职能的外包，企业可以降低财务或会计部门的营运成本来实现现金节约。

另外，票据融资还可以帮助中小企业中扮演重要角色的方面是，当这些企业面临货款被推迟支付时，通常会对企业带来很大危害。"先拿货，后付钱"的文化在最近这些年里已经渗透到商业部门，这使得这些小企业非常痛苦。超过 75% 的中小企业面临着坏账问题，很多债务的偿还期达到了两年。实际上，根据 Trade Indemnity——英国最大的信用保险公司的资料，现在只有很少的债务只需要三次通知付款，从而在不超过 3 个月内被偿付。大约 1000 家成功的英国企业因为不能按时付款而在每个月被债权人电话催款。

票据贴现和票据承购被广泛应用的一个关键因素就是，票据融资可以在不影响企业现有的银行融资安排上增加企业现金流和降低企业对坏账的暴露程度。

那些运用票据融资的企业能够更加迅速地偿还其所欠债务，使得其信用等级提高，从而形成可以从资金供应者那里获得更有利的地位和融资条款的潜在收益，同时也为在将来获得其他融资形式增加了机会。

票据融资的缺陷

很多人认为票据融资的最大潜在不利因素在于成本。在票据承购业务中通常要考虑收款和追账成本，并且在很多情况下，货款的回收往往是不可能的。然而，与银行融资相比，票据承购的货币成本还是有很强的竞争力的。在与直接的利息费用比较中常被遗忘的是，承购业务中的委托人往往会获得很大数目的诸如邮资、文具和电话费等营运成本的节约。

中小企业担心的另一个方面是，利用票据资金提供者管理债务将会导致企业与关键客户的联系受到影响。然而，与委托人/客户的关系对于那些票据资金提供者来说也是非常重要的。一个著名的票据资金提供者会通过与委托人的合作，寻找有效的与客户合作的方式，以保证达到各方满意。

在运作层面上，票据资金提供者往往会帮助委托人管理销售分类账、追付货款以及负责货款回收。与委托人的客户保持良好的合作关系不仅对委托人，而且对票据承购者也同样重要。共同的既得利益促使票据资金的提供者不得不同委托人进行紧密合作，全面地理解当前的环境、委托人的业务及其客户。结果，那些使用票据融资的企业可能会失去与客户的单独交往，因此，对于这些作为委托方的企业来说，能够很好地处理与第三方的关系至关重要。这里需要重点提及的是，对于那些能够保持对销售分类账的控制同时又仍然希望享受票据融资者带来的好处的企业来说，票据融资仍然是一种可以选择的方式。

很多企业担心与票据资金提供者建立联系会导致客户的警觉，他们会将之误解为企业陷于财务困境的信号。在早些时候，那种认为票据融资是企业最后一根救命稻草的观念依然存在，这种担心是很正常的。然而，到了今天，票据融资已经被视为一种普遍采用的融资手段，很多行业的企业都受惠于此。知名票据资金供应商的存在实际上提高了企业在顾客心目中的信用等级。这是因为，那些利用票据融资的企业由于可以获得足够的资金，从而可以按约履行大额订单，享受供应商提供的商业折扣和数量折扣，并因此提高了信用等级，改善了企业与顾客、供应商的关系以及企业的信用品质。

企业的成本

企业为票据融资所支付的成本很大程度上取决于企业每年的营业额、每年增加的票据金额、票据资金提供者的类型以及企业选择的融资形式——票据贴现和票据承购在成本上是有所不同的。

票据融资的费用通常包括两个方面，一是资金的使用费用，这可以很容易地与银行透支相比较。另一个是企业接受服务所应支付的费用，一般在年营业额的 0.5%~3% 左右，往往又取决于行业特征和票据增长的数量。这些成本需要与企业现有的信用控制团队和企业所想达到的现金节约目标相对照。

如何选择票据承购商

英国的票据融资市场竞争相当激烈，对于一笔业务往往有 40 个以上的资金供应者参与竞争。下面有几点建议可能会帮助企业选择一个合适的票据资金提供企业进行合作。

- 确定适当数量的客户，资金供应者愿意直接向其收取款项。很多资金提供者只愿意与企业的很少比例的客户打交道。典型的是，当其他类型的资金提供者有权向企业的全部债务人追款的时候，这些只与部分客户直接打交道的票据融资者的财务风险将最大。

- 确定票据资金提供者是否为 FDA 的会员，一般 FDA 的会员在与企业客户交往时都会遵循严格的行为规范。如果他们不是会员，就应该问其不是会员的缘由。

- 确定资金提供者如何进行投资。它也许从属于一个更大的组织或银行，也许是一个完全独立的机构。

- 研究企业与票据资金提供者的合作关系是否会影响企业现有的银行融资安排。

- 不要总是选择那些承诺提供最多资金的供应者。愿意提供的资金数量也许是企业想确定的第一个问题，但是还有更重要的问题需要考虑，那就是票据资金提供的可靠性和供应者怎样与企业的客户相处。

- 等到你全面检查了合同内容并权衡了别的供应者所提供的条款后，才可以和对方签约。

- 不要被巨额的先期数字所欺骗。很多的资金供应者通过声称可提供未付票据100%金额的方式诱使你签约，此时，你必须明白，实际中存在很多制约因素，这些因素将影响你实际可得到的资金数量。

- 不要忘记问你的供应商，他将怎样和你的客户打交道，什么样的人将在未来时间负责你的业务以及谁是未来和你联系的主要人物。

票据融资市场的特征意味着企业每天都要与自己的资金提供者打交道，因此对于企业的所有者和管理者来说，与资金提供者融洽相处是相当重要的，同样，资金提供者也应该能准确地把握企业的需要。

总结

今天，企业的所有者和管理者在为企业选择恰当的融资方式时，发现存在大量的机会可供选择。如早先提及的，有风险资金、天使投资、小企业贷款担保计划以及其他的传统融资手段，如银行透支和期限贷款等。

近些年，伴随着票据贴现和票据承购的迅速发展，在小企业的融资方面产生了明显的革命性变化。商业金融产业目前正处于变革阶段，资金提供者通过多样化的产品，如基于资产的融资、出口保付（export factoring）、贸易金融等，开辟了新的融资方式。这些新的方式为成长中的企业带来了大量急需的资金。基于资产的融资由于对应企业的资产如大型设备和设施，所以被认为是安全的。出口保付使得企业的资金从那些海外的账单中被释放出来，而贸易金融则帮助那些需要资金的企业履行那些信誉好的客户发出的订单。

毫无疑问，票据融资为中小型企业提供了一个双赢的机会。对于成长中的企业来说，它不仅可以保证企业健康发展，无论是从会计还是现金流的角度。同时还可以为企业的有机增长提供资金，并使所有者和管理者可以把他们的宝贵时间用来推进企业发展。

税收减免

显然，企业的税款是非常复杂、令人费神的。在很多情况下，理清它需要花费很高的代价。然而，有很多办法可以帮助企业降低税收造成的影响。

增值税

增值税是对于商业组织在物品、服务的购买和销售中征收的一种税。增值税策划的关键之处是要明确：企业被征的增值税是能够从关税或货物税中被抵扣或返回的。一旦这个最初的难点弄明白了，下一个就是要考虑哪些业务可以部分免税。明确增值税的销项税额是在最后的销售环节支付以及进项税额可以通过抵扣得到返是很重要的。这里有很多机会值得细细审视，特别是围绕增值税支付的时间。

雇员税

国民保险（NI）作为重要的雇佣成本，在 2003 年 4 月增长很快。很多税务策划的目标就是降低在此过程中雇员和雇主的支出。至于可行的措施，就是如果那些支付给雇员的费用是免税的，就尽量减少，相应增加应税的收支。此外，很多人目前正在评论他们所在企业的养老金计划，希望通过对之改进更好地服务于国民保险目标。有机会可以降低国民保险费，同时增加对养老金的投入，鉴于目前状况，这种做法得到很多人的赞同。

公司税

企业税务策划的目标是尽可能使发生的费用从税收中得到扣除，同时，形成的收入可以免税。要达到后者是相当困难的，除非你所得到的是资本利得。所以，成本的抵税作用就显得很关键。一个高质量的税务策划不仅可以对一般的税收抵免提供支持，而且可以帮助你确定哪些支出能带来更多的税收减免，例如对于企业研发的补贴。另一个费用确认显得非常重要的领域是房地产和建筑业。在很多情况下，对许多小企业的税务减免为 4%~25%，有的甚至达到 40%。这充分表明初始的支出界定是非常关键的。

除了要关注支出，你还应该对企业的不同融资方式有清楚的认识。它们具有不同的抵税特质。在特定环境下，交通工具的购买比租用划算，但换个环境可能恰好相反。当你的企业由于其他原因处于亏损时，租赁是很重要的一种方式。具有能够使出租人愿意提供资金同时降低租金的能力的企业，可以通过运用这一能力对支出产生深刻影响。

最后，特别是对那些有国际业务的企业来说，拥有可以获得更多税收减免的权利是很重要的一项资源。有很多有意思的想法可以使企业得到更多贷款利息的税收减免。

结论

如前所述，税收支出是企业经营的一项成本。然而，像其他成本一样，我们可以对它进行剖析、计划、预算和监控。上面提到的一些办法可以帮助企业设计和确定一些方案以降低税负。

增值税

- 在欧盟的其他国家里，不要求那些服务型企业必须聘请地方税务代理。

- 企业现在可以直接在其母国登记和呈报收益。

- 由于在各个国家和欧盟范围内的增值税的规定都发生了变化，需要通过一些个案说明在既定范围内产生的变化。

- 不按规定登记增值税将导致高额罚款。

- 有多种评估、填写和递交税务表格的方法。利用一些国际性会计师事务所或专业增值税方面的服务公司是可以考虑的办法。

- 你可能对公司成长很内行，但你对欧洲的增值税情况了解多少呢？

对增值税的恐惧弥漫于所有类型的企业。增值税的复杂性使得即使是这方面的专家也不能说对它很了解。然而始终不变的是所有的管理者都得遵守由当局颁布的增值税法令，政府希望用这种法令来引导商业发展。

什么是增值税？把它和一般的消费税划分开来的最好定义是，对物品和服务的增值额部分所征收的税款。从原则上说，它是适用于所有商业活动，包括物品的生产、分配和服务提供的一种税。由于它最终要由消费者而不是企业承担，从这个角度看，它是一种消费税。它按价格的一定比例征收，这意味着实际的税负在物品、服务生产和分配链条的各个阶段是清晰可见的。由于存在税款的抵扣机制，缴纳的增值税是很少的，这是由于纳税人（例如增值税纳税企业）可以将他们在向其他纳税人购买企业所需的物品或服务时所缴纳的增值税从目前应交增值税中扣除。这种机制使得增值税是一种中性税，而不管在其征收过程中包含了多少交易环节。

当我们讨论增值税及其对企业造成的影响时，先探讨一下它的历史和立法进程是很必要的。伴随着 1967 年《罗马条约》的签订，欧共体理事会赞同在增值税的框架下设置广泛意义上的营业税。当作为形成一个具有广泛基础的增值税所必需的第 1 号和第 2 号的增值税条例出台时；条约的 99 款要求委员会考虑如何协调好增值税的立法工作。

1977 年 5 月 17 日发布的第 6 号条例为贯通全欧洲的国家增值税系统提供了一个一致的基础，并继续为欧共体成员国提供可以遵循的基本框架。由于它澄清了应用于增值税法令上的术语和概念，被视为在通往一致目标的道路上具有里程碑式的意义。

在 1979 年，第 8 号条例为某些特定的在欧共体注册的企业的增值税返还提供了系统性安排。这些企业虽然并非在他国成立，但是在他国已经就自己的支出缴纳了增值税。

在 1986 年，第 13 号条例提供了一个类似的互惠制度，这一制度是为那些没有在欧共体注册的企业的税款返还而设置的，这些企业没有在共同体设置机构。

在 1987 年，由于认识到一致的增值税率不可能很快形成，委员会建议允许采用"近似值"。即：假如税率在可以接受比率的±2.5%范围内波动，那么，如果同时有明晰的内部制度能够保证征收到的增值税被恰当分配（这样那些净进口国就不会丧失增值税收益），物品就可按其初始税率（如出口国的增值税率）征税。这一建议计划在 1993 年开始实施。

试图在成员国间实行统一税率的想法遭到了严重失败。每一个接受了第 6 号条例所提供框架的成员，直到今天仍然采用各自制定的税率。

2000 年 10 月 17 日，2000/65/EC 号条例公布，这一条例在 2002 年被全欧盟接受。这一条例意义重大，它不再要求那些在其他欧盟成员国提供服务的企业在东道国当地设置税收代理，相反，它们可以直接向其母国登记和呈报收益。

正如你所看到的，这些面向企业的增值税的结构并不是非常简单易懂。当企业忙于处理大量经营问题时，有时很容易忽略自身须承担的各种各样的义务，而这些往往会对企业的日常管理造成很大影响。因此对于管理者来说，理解和掌握这些程序是非常必要的，它也是企业管理的一项内容。只有接受正确的建议，一个良好的环境才能真正得以维持。

如我们所见，一个成功企业战略的秘密就是识别企业可以获得成长的领域。英国企业通常的做法是寻找并确定那些可以选择的外部市场。不幸的是，这些地方往往就是增值税法令的雷区。

相对于我们的贸易伙伴来说，在英国，我们拥有相对和善的增值税管理体制。我们的审计师和会计师可以就增值税的立法和实施的很多领域提出大量的建议和意见，同时增值税的官员们也很热心和称职，他们也喜欢使政策保持必要的灵活性，虽然那样往往会使很多小问题产生激烈争议。

然而，虽然增值税的制定和运行在单个国家上没有什么缺陷，但是在国际的增值税条例上却存在很大问题。因为在制定它时几乎没有什么公开的建议或意见可以获得。在英国，增值税官员可以就增值税的所有方面提出建议，相应的是，除非英国的增值税官员就英国以外的增值税法令行使知情权，否则很难知道这种国际性条例的内容及其是如何制定的。消费者协会和执行机构会提供各种各样的信息手册，它们能够反映当前形势的基本轮廓，但它们的广泛性很小，并且只会将信息使用者引入窘境。

欧盟已经成为英国重要的贸易区域。我们可以看到这样的情况，说明企业在进行国际性商业活动中所遇到的很多问题。这一问题存在于每一欧共体成员内，每个成员都有自己关于国际增值税条例的解释，从而在处理方法上产生了相当显著的差异。当前欧盟成员的增值税基础税率在 13%（西班牙）到 25%（瑞典）之间不等，关于一般食物的增值税率在 0（英国）到 24%（丹麦）之间。此外，在第 8 号和 13 号条例中规定的关于跨国增值税返还要求的条款在法国 3 个月内就被接受，而在意大利却是 5 年后。

毫无疑问，很多异常是各个成员国出于政治和政府预算需要导致的。虽然各国政府希望制定统一的规则，但是关于规则的解释以及对于没有履行义务的惩罚却是各自独立和不相同的。因此，对英国企业来说要全部弄明白这些是很困难的。结果，超过 2000 家在欧洲进行贸易的企业处于巨大风险中，随时可能面临犯罪的指控，其结果包括巨额罚金甚至是主要管理人员入狱，原因是他们违背了所在国关于增值税的规则，涉及范围从收益登记到基本核算。

当考虑进入外国市场的风险时，对所涉及的每个国家的具体入微的规则和管制进行全面了解和评价是很必要的。随着更多成员的加入和不同规则的出现，这一工作就显得更为重要了。

在每个国家，关于货物进出口的增值税通常牢牢地被代理商所操纵，它们可以很容易而且廉价地从一些机构，如当地的企业办事处，获得建议和意见。虽然关于增值税的基本条款相对简单易懂，但是在跨国服务和企业开支这类业务发生时，增值税问题的复杂性才真正显现出来。前面简略提及，2000/65/EC 号增值税条例规定，那些向欧盟其他国家提供服务的企业现在可以直接在其母国登记和呈报收益。这看起来似乎很容易做到，但是，实际上，很多企业没有发现，它们可能会因此不得不在每一个国家都进行登记。同时，还使得它们被起诉的可能性加大。

那么，个人和企业从哪些地方可以获得所有关于增值税规则的相关信息呢？一些人可能希望，除了强调增值税的复杂性和多变性之外，这一章应该提供一些信息和资料，告诉我们当前欧盟大量关于增值税方面的法令及其中隐含的陷阱。不幸的是，纵使不考虑长达几百页的各成员国对于法令的解释，我们也不可能在有限的篇幅里包含超过 100 页的欧盟增值税法令。然而，为了突出主题，我们希望激发人们的行动，使他们更好地理解应该遵从的增值税条款，并有助于企业管理水平的提高。

正如我们所知，所有成长中的企业在评价自身的现金流和营运资本的同时都必须考虑其中的增值税含义。在英国，每家企业都很清楚地了解自身的现金需求以及季度收益的基本规律。也许你同一位增值税官员有接触，他可以就有关问题向你提供一些建议；如果你想得到更多的答案，你可以向会计师寻求帮助。

真正的问题出现在英国之外的地方。不仅规则从一个国家到另一个国家不断变化，而且对于大多数企业及其相互交往中必须使用的术语也经常变化。由于国别和债务计量的不同，企业每月、每年收益发生的频率不断变化。

因此，黄金规则是，那些试图进行国际贸易的英国企业必须就它们可能的增值税义务或可得的税款返还谋求专家意见。通过寻求建议，企业不仅能够避免潜在的隐患，而且可以保证不需要支付过多的税款，同时可以获得应有的全部权利。建议可以从那些国际性的会计师事务所获得，它们同很多国家有直接接触。从理论上说，这是一个很值得称赞的目标，但是对于成长中的企业而言，雇佣一个会使用多国语言的会计师并不是很可行，在英国，最可行的办法是接触一家专业为所有英国在国外的企业进行增值税计划的公司。理由很简单。增值税的专家们天生对那些最新的增值税立法有完全的了解，这是因为专家们可以通过在这一领域迅速地向客户提供可带来经济利益的服务而获利。他们的强大会员网络使其能在每个既定的国家获得税款返还。

最后一点是警告——增值税的议题虽然很令人厌烦，但是它不能也不应该被忽视的观点已经慢慢深入人心。对于这方面的介绍性著作在很多不同的地方如南美和印度洋次大陆被出版。假如你直接通过所拥有的公司或一个在欧盟国家的代理人的活动提供服务，那么你或许被要求进行增值税登记，此时你会发现马上找个增值税顾问是非常重要的。

5

做一家什么样的公司很重要

如何组建公司

设立公司

在英格兰和威尔士，有限公司是通过完成大量的文件和交纳一定的费用，被公司注册局批准设立为公司的。这个程序通常是由代表公司的公司设立代理机构执行，它在公司注册局担任联络人，设立你的新公司。设立公司的成本是不同的，通常因为额外的东西有时被包含在里面，例如像公司印章（并不总是必需的）。有一些公司设立代理机构有便利的设施，一个新公司几乎能瞬时就在互联网上设立成功，而通过传统的

邮件方式，你将会在两周或更少时间内得到你的新公司。

公司名称

设立公司时，你都要为它取个名称，或者你会花少量的钱去买下家公司的名称，然后改一下。记住，选择公司的名称，除了通常的营销考虑因素外，你可能还需要建立一个互联网网址，为公司起一个互联网名称。

一系列词语要作为公司名称必须获得许可，像"皇家"、"英国"等（所有这样的词能够从公司名称库里找到 www.companieshouse.gov.uk）。私营公司要在名称后面加上"有限责任"字样，不管你取什么名称，名称都会出现在注册资格证上。

股份和所有权

谁拥有公司股份？若仅仅你一个人持有股份，那么这当然没有相关问题。但是如果涉及超过一个人，每个人都想在新成立的公司里持有股份，那情况是怎样的呢？如果公司创造了良好收益，资本变得比原先的股本更大时，股份的所有制结构将变得很重要。除了价值的所有权结构外，你也应该考虑另外两个关于使用股份的领域：税收和控制。

税务

你需要对公司在未来的资产划分作出规划，因为你也拥有一部分股份，因此要与你的纳税顾问商讨，采取必要的步骤使股份的资本利得收入的纳税最少。可以考虑将一部分股份给你的下一代持有，或者把股份托管。这是一个复杂的领域，早期的策划会节省你以后的相当大的税务账单。尽管近来的资本收入税法已经在一定程度上减轻了可能的税负。

控制权

这些方面要咨询专家建议，但是也有一些要遵循的基本原理。一般而言，如果你拥有超过50%的投票股份，你就能控制这个公司。在一个具有变动的董事会和大量不同股东的公司里，这些股东没必要在公司里工作，董事会作日常决定，仅仅是一些重大问题需要报到股东那里。董事会的责任就是为股东的利益经营公司，他们被股东们任命来从事这项工作。

对特别重要的决定，像出卖公司部分（或者所有）股份，就需要一个股东特别决议，这就意味着要75%或者以上的股东同意这项决议。也就是说，即使你拥有50%~74.99%的股份，如果你没有得到剩下股东的支持，你就不能作出这样的决定。因此这里的黄金法则就是要很认真地选择你的合伙股东。

你还要考虑到如果一个股东去世了，将会发生什么事情。对一个公司来讲，如果该股东在公司里工作，除了会在公司内部带来可能的反响外，还会造成巨大影响。股份按照相关的意愿将由谁继承？私人组建的公司，大家在一起工作，一个人不幸去世了，将他的股份转让给他的受益人，这个人对于要如何经营公司与剩下的其他股东的不同看法会引发各种各样的问题，通常是由要么要求提高股票价值，要么要求提高股份分红水平的期望所引起，这样的例子数不胜数。

这个问题熟为人知，因此很多保险公司设立了一种特殊的生命保险产品，对该死亡人的资产赔付一定数量的金钱，他的股份要么转让给公司，要么转让给其他股东。如果你是和其他人组建公司，应该考虑采用这样一种保险（它可能是你作出的最好决策之一）。

公司官员

公司官员是指公司领导人和公司董事会秘书。每个公司必须至少有一个领导人和一个董事会秘书，他们必须是不同的个体。

主要责任

公司领导者的角色是要履行各种各样的责任，这些不能被低估。领导者对公司

利益相关者，包括股东、雇员、供应商和顾客等，有受托管理的义务。除了如上所述的各种责任，领导者还有特定的责任和义务，包括从健康安全到每年财务报表的准确性和披露问题。

经营困难时怎么办

当公司在为生计努力挣扎拼搏的时候，领导者们的行为就处于严格监督之下。他们应该很熟悉关于无力清还账款的规章和方针，换句话说，他们知道或应该知道，公司无力偿还所发生的债务时，还必须继续经营公司，取得商业信用（商业信用的丧失就像打电话那样简单）。而且优先偿还债务（优先于其他人偿还某种债务）、低价转让公司（例如，将公司资产以低于实际资产的价值转让给公司领导人）都有清楚的规章制度规定。

如果一个公司被迫清算，要求清算人提交一份关于领导者的行为报告给贸易部，在一些极端的案例里，除了禁止这些领导者在一定时间期限内担任企业领导者之外，他们还有可能被罚款甚至被判入狱。

知识产权

创造力促使一个企业将一个新想法的种子孕育成市场上的一个新工艺，从新的品牌或包装到满足顾客需要的新的产品和过程。这种创造力和它的贯彻实施就是公司的知识产权，工业国家的法律通过保护知识产权（IPRs）承认对它们的专有权。

知识产权被法律分成以下几类，提供了这种权利的专有性识别：

- 商标；
- 版权；
- 设计权；
- 秘方和商业秘密；

● 专利。

每种权利都在公司的形成和成长中起作用。在这一部分，我将概括出它们对新成立的成长性公司的重要性。

商标

一个新公司知识产权库里的第一个宝藏就是它频繁使用的名称，或者它做交易采用的名称，这个名称就是商标。这个名称可能起源低微，或者被隆重地投放到市场。商标的主要作用就是确认企业提供的商品和服务。它保证产品和服务对购买公众的质量，确保它们不会和竞争对手的产品和服务相混淆。购买这种商品获得满意的消费者当又看到这种商标时会再次确认，这是以前购买过的，接下来购买的东西与以前购买的是同一个标准。新的消费者将会被商标的出现而吸引，因为任何广告和个人推荐都将重点放在商标上。

一个商标可以是一个或多个单词，字母或者数字，一个标识，一个标语，颜色，形状，广告语，或者实际上任何其他足以与其他那些商品和服务区分开来的符号。

能不能任意选择商标？

答案是不能。成千上万的商标已经被其他组织所有了。在采用一个商标前，重要的就是确保这个商标是否与同一个或者类似的公司采用的商标相同或太相像。如果是的话，你继续使用这个商标，就可能被在你之前使用这个商标的所有者要求停止使用这个商标。这将有可能带来灾难性的后果，因为你将丧失起初投放在该产品上的所有权，甚至可能还要赔偿另外一方的损失。

因此，要有很强的商业意识，澄清你将使用的商标，一旦确定下来就要去申请注册，这样你就会在阻挡其他竞争者非法与你竞争上处于强势。

如何注册商标？

如果打算获得一个将要在特定国家（例如英国或者美国）或地区（例如欧盟）使用的注册商标，准备一个商标申请文件是必要的。

并不是所有的商标都必须注册。首先，商标不应该是与你利益相关的产品或服务的描述性词语。例如"漂亮"不会被女性服装商标所接受，"脑袋"不能被注册为帽子的商标。其次，商标不应该与以前注册的相同或类似的产品或服务混淆。如果你的商标都符合上面的条件，那么通常就是可接受的注册商标。

拥有一个注册商标有很多优点，甚至在你使用商标之前就有了合法权利。注册商标出现在公共注册机构里，能够被搜索到，对竞争者是一种有用的威胁，要不然竞争者就要采用一个相似的商标了。

最后，商标局使你能很容易地阻止其他人有意或无意地模仿你的商标，或者精确地复制你的商标。这通常会使关于商标的法律行动被证明是必要的和低成本的，注册商标因此是很划算的法律武器。

随着公司的发展壮大，对新的产品或服务就要采用新的商标或牌子，或者已有的品牌就要被用到新的产品或国外市场上。商标的风险在成长阶段要比起初在国内市场阶段频繁、大得多。要知道，一个国家的某种商品的商标未必对其他国家的商品或其他产品是可用的。在任何新的目标市场上，使用商标必须做适当的调查。

版权

所有者的原始作品通常能自动地通过版权保护而受益。版权保护诸如文字、绘画、软件、音像、网页设计、数据库等作品。通常版权没有注册程序（尽管不是必要的，在美国的版权注册局注册是可能的，如果版权在美国需要被强化的话，它会带来某些好处）。

版权是一个公司的有价资产，确保它被公司恰当地拥有很重要。从公司创立开始就应该要求管理者将自己的与工作有关的版权授权给公司。同样，公司聘请的各方面专家（建筑师、设计师、作者、软件工程师等）也应该在合约里规定，合约履行期间他们的版权应属于公司，直到合约期满后。

很多版权的维权行动都失败了，起诉版权被侵犯的公司发现它并不拥有版权。很多公司的成功建立在有价值的版权作品上，却忽略了要求作者、艺术家或开创人将他们的版权授权给公司的问题。

设计权

可视的产品外观能通过注册或未注册的设计权在全国范围、欧盟范围内或全球范围进行保护。随着 2003 年公众设计注册的开始，这种类型的保护实用性已经广为推进，包括很广的商品范围，不再是以前考虑的注册的东西。保护的范围不再局限于三维的工业设计产品，设计不必适用于工业化过程的产品。只要是新颖的东西，功能性的或是非功能性的以及类似的产品都能注册。

如果欧洲范围外的保护有力的话，这种保护很迅速并且物有所值。

专有技术和商业秘密

据说秘密就像冰一样，如果把它放在冷的地方，它会保持原封不动；如果把它传到温暖的手心上，它会融化掉。当然，如果把商业秘密深深冷冻起来，它也没有任何价值。它们必须被利用。但是要当心，利用诸如秘密协议、文件和通信的机密性还要有合适的物理安全措施来防范。

最重要的是，小心地策划，将涉及商业秘密的产品推向公众市场。如果你卖出了第一件产品，发布了记者招待会，或者信息被揭露，你的私人秘方对公众来说都可得到。如果你出售的第一件产品是正式生产前的样品的话，尤其要注意随着时间变化的产品销售量。要是关于新产品或工艺的信息被传到公众那里，通过专利来保护它，那时就太晚了。

专利

对新产品和生产过程的保护，专利是要考虑的基本知识产权。专利是一定时期内由政府授予的垄断权力（达到 20 年或有时更长），通过保护如何将这种发明的产品进行制作和生产的详细说明的形式，用来实现公众对新发明的产品的生产。你不可能两个方面都兼顾。你不能享有垄断，而只能避免完全披露如何生产这种发明的技术和工艺。因此，要认真考虑是否提交和在何时提交专利申请。欧盟和国外的申请通常要在 12 个月以内准备文件（这很费钱），在 18 个月后，申请会被公布。提交申请太快，这些到期的成本将会在公司准备好维持它们之前下降。提交申请太晚，可能有其他的人更早地提交申请（要么通过披露想法，或者是提交注册申请，接下来就是要求较早的权利）。

认真准备专利申请。聘请一个专利代理机构。如果这个发明的特色与艺术相比较而言是新奇的、发明性的（在提交申请的时候，这些可能不为所知），没有被足够地描述，从开始就没有被要求，申请就可能是没有价值的。额外的细节不可能在以后附加。如果该发明没能被普遍明确下来，这个专利导致的诉讼要求可能很狭窄，对抵制今后的改进或对竞争对手决定要要做的专利的边缘设计就没有什么作用。

随着企业发展壮大，专利库也同样应该如此。通常情况下，并不是第一个发明就是最好的，而是今后的成果改进、修改和提供可保护价值的附加特征是最好的。

吉金斯公司的研究表明，在技术起步中，重要的膨胀是在起初的种子基金阶段到"A 系列"或"B 系列"投资基金之间。图 5.1 表明，对一个拥有专利发布的（以公司名字发布的）的起步公司，根据最后一轮风险投资基金产生的平均的专利库数量在减小。这个数量是指专利组的数量（可能有很多在不同国家对同样发明申请的很多专利）。

起初的从种子基金到 A 系列基金的增长符合这个阶段，在这个阶段，风险投资者

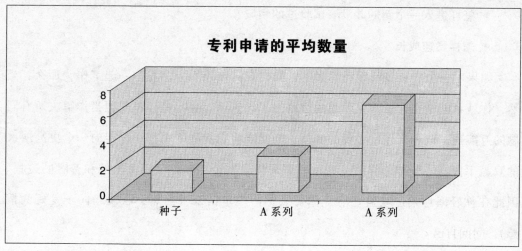

图 5.1 专利申请的平均数量

对公司的知识产权开展了详细调查。风险投资需要明确的是：（1）在世界范围内的相关市场上，是否采取了对工艺的充分的保护；（2）从不同专利部门的提供中发现，公司的发明是否确实是新颖的，实际上其他人是否首先提交了专利申请。作为一个公司从 A 系列到 B 系列基金的增长，专利库进一步增长，在这个时期，产品是从典型的原型阶段进入大规模生产阶段。这是一个创新阶段，要克服技术难题，公司要有足够的现金资产实力为解决这种问题的方法申请专利。

战略联盟

联盟是否适合你?

你可以问自己以下一些问题：

- 怎样提高现有产品和服务的市场地位？

- 怎样减少培育和引进市场的新产品或服务的风险或成本？

- 怎样平衡资源？

- 怎样进入一个新的并没有试验过的领域？

- 怎样飞速成长？

如果对一个或更多问题的答案是：我们就需要第三方和我们一起工作，那么，当然，你就可能走在开始建立联盟的道路上了。然而，你不应该将联盟当作解决所有问题的万能药，或者当作没必要的麻烦，而是要将它看做一个推动你走向一个更高层次的双赢手段。不管你怎样看，建立联盟可能是一个困难的、折磨人的和费时的过程。因此在你轻率地陷进联盟之前，你要从感情中走出来（当然，联盟趋向于良好的情感），问问自己：

- 我们是不是把盟友当作我们的生存途径？

- 我们是不是将联盟关系当作一种阻止其他人那么做的途径？

- 我们是不是纯粹地给我们的产品或服务的信用寻找"名称"？

如果对任何这些问题的答案都是"是"，那么你将进入由于错误原因而建立的联盟，你将在所有可能的方面失败，不能得到满意的结果，也有可能消耗完重要的资源（时间和金钱）仍然得不到你需要的东西。如果你仍然决定在这种条件下继续打造联盟，那么，你和你的合作伙伴应该回过头总结一下，如果要结束这种不满意的伙伴关系，它可能给你带来更多的问题和更少的新生意。在这种情况下，最好找到另外一条途径来解决你面对的挑战。

如果你决定设立联盟是因为正确的原因、正确的途径，那么，你应该知道的第一件事情就是，联盟不会恰好发生，不会突然出现，要想让联盟以包装好的形态出现，就需要认真去构建。用"构建"而不是组成、结合或创造这样的术语，给出了为创建成功的联盟哪些需要发生的最精确的描述。紧跟在每个构建阶段的计划和积极的管理之后，潜在市场和互补性伙伴的识别确立了公司收获成果的基础。一个盟友有清楚、明确的经营市场，同样也有清楚、明确的终端产品或者服务。涉及其中的所有各方的贡献和义务以及需要的支持应该清楚地明确和管理。以本人亲自参与的经验和在联盟构建过程中包含的东西为基础，下面是一些要构建一个成功联盟需要考虑的基本因素：

- 融洽——他们的员工好不好，你和你的员工能不能易于和他们一起工作？如果不能，舍弃他们。

- 倾听——他们是否倾听和注意你的问题、考虑和提议，他们是不是仅仅推动自己的日程安排？如果是这样的话，舍弃他们。

- 承诺——他们是否努力联盟工作？他们是否承诺了必要的使联盟运转的资源？如果不是的话，舍弃他们。

- 价值对价值——联盟各方各自对联盟的贡献和投资是否被承认和成比例地获得回报？如果不是，舍弃他们。

- 应有的细心——极好的融洽和承诺破坏了应有的细心的基础多少次？你们能够在一起工作并且有承诺，并不意味着你能忽视风险管理的基本方面。如果你的合作伙伴缺乏技术上或财力上的应有的细心，舍弃他们。

最后一条：

- 生存途径——你是否被那些把与你结成联盟当作他们唯一的生存途径的潜在合作伙伴接近。要是这样的话，你就要走向潜在的灾难，因此要舍弃他们。

怎样建立联盟

建立成功联盟的第一步是与你的潜在盟友达成一致，你尽力得到什么，为什么在一起合作能够帮助你得到它。一定要考虑清楚。在盟友的最终产品或服务到达市场之前需要做哪些工作，不像表面上的那样直接。可是，你能做的就是在市场上共同检验它。这里的"共同"是个关键因素——表明两个组织是否能一道合作，双方是否有对等的承诺，双方是否都能听从对方的意见。如果不能，在早期阶段你就会发现，成功的潜在可能性很低，应该在把额外的时间和努力付诸注定要失败的事情之前就终止商讨。可是，如果把两个组织提供的东西放在一起，就能产生新的最终

产品和服务，那么就继续行动吧。通过联盟，你从中获取的潜在收益至少是你最终加入联盟之前的三倍。

合同是巩固联盟的关键因素。如果我们仅仅认为良好的工作关系会超越合同——"他是个好小伙，我们信赖他"，这种想法会带来潜在的灾难。因此首先一点就是要建立书面的正式合同。合同应包括律师们制定的条款和总协议。非法律上的具有约束力的术语和意向书在这个阶段很有用，它说明了大家打算做的事情和相互制约的事情。这可以阻止将大量的努力和资源浪费在一些前提错误的东西上。如果在这点上不能很快达成协议，舍弃它继续前进。

怎样收获成果

在设计和建立过程中，你已经经历过了所有遇到的试验和磨难，收获期望的成果的最好方式是诚实、坦荡和持续的承诺。要是有问题，甚至是很小的恼怒，尽可能早地将它公之于众。不要让它溃烂，它们只会长大而损害你尽力取得的东西。

建立可能的联盟，值得考虑联盟在字典上的定义："一个通过婚姻、契约等组成的结合体或者联合体。"我认为这种解释不够充分。对成功的企业联盟的描述是一种共生的关系，定义为：不同类型有机体之间的相互利益关系。因此成为一个成功的联盟，必须以朝着相互有利的传递互补性的产品或服务的伙伴性的工作为基础。只有这个条件达到了，一个成功的联盟才被建立起来，保持繁荣和产生真正的公司利益的机会。

仍然面临的挑战

建立联盟并开始运行以后，也不能把你的注意力转移开。双赢式的合作并不意味着直接有利润的机会很快出现。如果情况正是这样的话，你就可能面临很大的挑战。如果期望的销售额没有出现，返回去检查为什么没有，请没有介入联盟的第三方同行来帮你检查也许更有效。如果仅仅是联盟的另一方取得了成效，那么就要和你的盟友进行一次明确而且坦诚的对话。你最不应该做的一件事就是傻等着期待情况会变好。有的联盟总是不能变好，而是会从实际并没有达到的山巅迅速跌落到现实的山脚下，这真是一种浪费。为了避免发生这种情况，为联盟制定明晰的、可测量的关键业绩指标（KPIs），如果有必要，联盟的每个参加者都要提出相应的关键业绩指标。要明确考核关键业绩指标的日期，保持跟踪，不要拖延，因为你还要期望下个月扩大销售额。值得注意的是，如果联盟的成员已经在推行关键业绩指标，这是与从联盟那里获得新的销售同样重要的事情。

如果你的关键业绩指没有达到，那么要向你的盟友专门提出这个问题。快速行动是挽救联盟和转到正轨的关键，所以不要将检查时间的间隔设置得很长。一开始应该和盟友一起，至少每个月检查一次，如果至少连续两个月的检查都表明所有的关键业绩指标都符合要求，可以延长到每个季度检查一次。如果关键业绩指标持续不符合要求，就有必要从长期角度对整个联盟关系进行审视。思考联盟关系是否应该持续，你的组织是否值得继续努力，联盟是否应该解散等问题。得到结论后千万不要迟疑，如果联盟不起作用，也不能迅速扭转局面，那么就要终止联盟。

然而，如果你的关键业绩指标一直都是令人满意的，就说明你已经开始成为赢家了。你将会处于很有利的地位去向大家说明推行战略联盟是正确的，让大家都知道联盟的威力，说明如何成功地构建战略联盟。联盟的成功将证明 1 加 1 其实是可能取得等于 6 的效果，并从这种经营模式上争取更大的好处。

公开上市

过去，在主要的英国证券交易市场（伦敦主板市场、AIM、OFEX）上市通常被看做是成功企业家事业的巅峰。与这种威望相对应的是，在 20 世纪 90 年代迅速爬升的市场指数，正在鼓励很多公司走向证券交易市场，有证据表明在这个时期还有大量的新公司在等着申请上市。

然而在过去的四年间，伴随着在美国和英国的一些公司的倒闭，上市公司的数量骤然下降，意味着一些弱小的公司被上市这种方式摧垮了。随着很多公司遭受缺乏流动性的压力和越来越严格的监管的负担，很多人开始从根本上质疑这种上市的价值。这导致了公司上市申请数量的全面减少，上市公司选择退出市场回到私营所有制状态的数量在持续增加。因此，上市是否仍然是个明智的选择呢？

谈到这个问题，若不考虑上市公司通常的市场表现的话，要懂得在公司能够控制的范围内，有很多因素明显影响着上市公司的成功。不要忘记一些基本原理，确保遵守基本法则，这样才能使公司从上市地位中获得最大利益，并提高在市场衰退时存活的机会。

在决定一个公司是否适合上市的问题上，必须考虑两个基本标准。一个是交易所规定的那些期望上市的公司要遵守的特定规则；另外一个是判断发行股票是否能成功的常用要点。

交易规则

这里是上市公司要上市必须满足的三个主要标准：

- 公司的上市融资金额必须大于70万英镑。

- 公司必须具有能够追溯至少三年前的财务记录备查。当然，如果公司建立在新工艺或新产品的基础上，公司需要的资金是为了研究和发展的目的，这条规则可以有例外。

- 至少有25%的股份必须上市交易。

与一些主要的证券交易所不同，AIM和OFEX在如上面提到的方面没有明确的限制。然而，想获得AIM入场券必须要有官方指定咨询顾问（NOMAD）的同意，NOMAD的责任就是用他们的判断决定一个公司是否适合上市。

上市的通用标准

尽管每个交易所都有自己的上市规定，但是有很多非正式的标准可以用于考察公司是否适于上市，因为这些东西决定了上市的成功与否及上市的进程。

成为上市公司的主要好处就是为公司的股份在市场上提供了交易途径，并且能在必要的时候募集资金。然而，为了使募集资金获得成功，股权必须对潜在的投资者有吸引力。更确切地讲，吸引力取决于公司现在的业绩和将来的前景，正是这些期望因素决定了公司目前的股价。然而，还有一些其他重要因素影响着公司的吸引力：

业绩的沟通

公司业绩决定了投资者对目前和潜在的业绩的预期，通过定期和定时地与市场沟通来维持投资者的信心，这一点至关重要。没有任何预警就公告业绩下降会极大地破坏公司的信用度，打击公司管理团队，继而降低股价。

因此，公司要有强有力的对目前和未来投资者进行沟通的投资者关系管理手段。最常用的沟通手段是通过每年的财务报告和临时性的公告，在公告里公司管理层与投资者就目前和预期将来的业绩的原因直接沟通。同时，公司也应该把可能对现有股价有重大影响的信息公布给投资者。公共关系顾问、证券经纪人和授权咨询顾问有责任建议公司哪些信息应该披露，什么是最好的披露途径。只要合适，公司的高管也应该尽力与主要投资者做面对面的沟通，阐述公司的战略、回答投资者的质疑，来维持投资者的信心。

公司治理

随着近来的公司倒闭和所导致的规章制度的变革，上市公司目前更需要将焦点放在公司治理上。我们投资一个内部法人治理结构和程序规范的公司，比投资没有规范治理的公司风险更低。由希格斯和史密斯所做的一份报告已经确认出一些特定的要求，例如，应该有一定的独立董事的数量，这些个人和审计委员会应该有权力和责任。然而，这个报告和以前公布的公司治理指导文件也强调，在对庞大的跨国上市公司和小公司的要求上应该有所不同，确保后者明白这些要求而不是完全遵守这些要求。公司不管决定怎样利用它，为了维持投资者的信心，给出完全和恰当的解释是重要的。

股票的流动性

通常有这样的情况，一个业绩良好的公司因为缺少现金流而使股价急剧下跌。一些决定股票流动性的因素如下：

股权结构

除了对公司未来业绩的乐观预期，我们还要使潜在的投资者相信他们对公司行为的影响力，同样对他们的股份，他们可以决定抛出或买入。因此，潜在的投资者也会很关注公司的股权结构，以确定公司的股权结构是否具有吸引力。作为一个通用的准则，有两个方面需要详细审查，一个是大股东的股权，另一个是流通股部分的股权。

- 大股东：如果公司的大股东拥有超过50%的股份，或者超过50%的股份集中在公司领导人的小团体手中，那么其他股东对影响他们利益的公司的重大决策要有很大影响就有困难。这将潜在地减少对投资者的吸引力。

- 流通股部分的股权：作为惯例，在证券市场上公开交易的股份越多，股东拥有的股份越分散，找到其他买者或卖者就越容易，因此，就容易进入或退出投资。找不到买者的风险，或者不得不接受一个极低的股票价格的风险被大大降低，这就促进了公司股份的流动性，减少股价的蒸发，再次使投资更具吸引力。

投资政策的一致性

公司领导人常常需要遵循预先设计好的经营政策，要么创造资产的增长，要么随着利润的增长分配利润。不同的投资者因为不同的原因在公司投资，他们更趋向于将投资重点放在一家经营政策与他们的投资目的相一致的公司上，要么是随着公司资产总量的增长寻求长期投资，要么是为了得到稳定的分红。随着时间的进展，公司股东的投资偏好将转移到公司管理团队采用的政策上。

因此，如果公司领导人决定改变公司关于实现和维持公司利润的政策，他们要知道这个决定对股东立场可能造成的影响，这一点很重要。因为他们会寻求出售股权，在短时间内导致股价降低。如果这些政策变得太频繁，没有哪个股东知道期望得到什么，因此也不会将公司股份当作有吸引力的投资。

公司规模

公司的总资产对股份的流动性有重大影响。尽管只有主要的证券交易所规定了上市公司的最低资产规模，实际上，总资产少于 500 万英镑的企业通常在吸引投资上感到困难。原因是多种多样的，对许多具有很多资金投入的基金经理来讲，对低于这个资产标准的企业进行投资研究所花费的时间和努力相对来说太高了（除非公司有另外的潜力）。追踪少数几个大公司的投资会比很多小公司更容易。努力工作，找到那些对寻找新出现的业务感兴趣的投资者，建议公司怎样做最能满足他们的需要，这就是公司经纪人应该做好的工作。

结论

公司成功最重要的决定因素很明显是它的财务业绩。但是，除了这个之外，仍然有很多公司领导人可以采用的其他措施，确保公司的股份尽可能具有吸引力。公司应该充分利用成为上市公司的机会而获得利益最大化。

经营调整和公司重组

庞大的专业人士队伍和与重组大公司有关的高额成本可能会使重组一个小公司的

前景变得渺茫。金融时报指数 100 强 (FTSE 100) 以外的公司通常只有一个关键的可信赖的顾问——他们的会计师、律师或是银行家。他们可能发现在这个层次上着手考虑变革才是一个真正可行的主张。

但是按照同样的逻辑推理，推动大公司重组的因素同样适于中等企业：债权人和投资人都想在各方面减少损失、保持潜在的客户，带来利润。因此，无论公司大小，管理层应该认识到，当他们的企业出现问题时，他们要承认自己可能没有应对和克服问题的能力。

相对于过去几年间英国经济发展的条件来说，要承认存在的问题并不简单。通货膨胀和利率增长的变化没有很大震动，而公司业绩出现了停滞或降低，这就暴露出公司经营存在问题。当问题被揭露出来后，人们发现管理团队没有满足债权人和投资者的要求。但是债权人和投资者实际上一直在关注公司的发展。

他们会注意到以下问题：

- 投资者缺乏信心和市场的不确定性；
- 持续恶化的财务业绩，一直不能履行的对财务好转的承诺；
- 公司承诺了提升业绩的目标，但仅仅是偶尔实现；
- 对关键业绩目标或市场可行性感到怀疑；
- 缺少应急性计划来处理意外问题；
- 需要开展和执行好转计划的管理团队，缺少资源或特定的技能。

处于这种情况的企业通常会阻碍邀请重组专家来检查公司的经营情况，从而帮助改变公司发展的前景。不承认失败和对成本公之于众的担忧是最主要的阻碍因素。事实上，大量的中小企业都可以从重组和转型专家的经验和建议方面受益，专家采用的方法通常都是慎重的和直接针对问题的。

在面临经营危机时，解决问题的关键是求助一些可以信赖的人。越来越多的会计师、律师和银行家或公司绩效专家能够运用其在许多不同类型和规模的公司处理危机问题的工作经验来为你服务。因此企业要提前做好准备，在债权人和投资者采取行动之前，从这些专业人士中寻求帮助和建议可以极大地提高公司成功摆脱困境的机会。而且，管理者可以用这种行动产生的效果来提高与投资者进行协商的地位。

从新的角度处理问题的好处

公司重组与变革专家在为一个业绩不佳的公司提供咨询服务时可能会提出一些有限的问题，但提出的问题可能扩展到所有的运作职能。这些问题可能如此简单：

- 是什么导致了业绩下滑？

- 公司能不能起死回生？

- 公司股东的主要要求是什么？

下一步通常是一些迅速的诊断行动。收集和掌握信息对赢得股东的信心至关重要，这将着重于以下方面：

- 目前业绩的财务分析、优先的倾向、管理说明和预期；

- 和高层管理者的面谈；

- 运作绩效分析；

- 与利益相关者的面谈；

- 工作场所实地考察。

完成这些步骤以后，专家们应该能够对公司面临的困难达成一致见解，并意识到如果不采取变革措施也许不能解决问题，因此会提出一个概括的变革战略和紧迫地加以贯彻的建议，而首先要达到的管理效果就是在一定程度上恢复企业的声誉。

按照公司变革所遵循的专业经验，这里给出两个从变革中获得直接效果的例子：

改善流动性

一个图书零售发行公司发现在经历了竞争性环境中的改变之后，自己陷入了财务危机。一位新 CEO 上任了，他想重组企业，但企业过去曾经有一些管理变革和创新的

失败教训。

毕马威（英国）公司的咨询小组分析了从市场渠道到供应链的等各个方面的公司战略。然后提出了一个修改战略并提出了一个概括的实施计划。他们设立了一个项目办公室来帮助管理层推进贯彻工作，帮助客户评估和选择相应的管理创新活动，并通过聘用具有产业转型经验的非执行董事来提供帮助，还聘用了临时的运营总监来帮助处理许多领域的资产流失问题，包括无利润存货的检查。

这些措施很快提高了流动性，这一系列"快速止血"的方法迅速提高了债权人和其他投资者的信心。

重塑投资者信心，形成新的商业模式

一个领先的英国鞋类制造和发行商拥有全球的销售网络和一个知名的品牌，但最近三年却出现了总计高达 1 亿英镑的损失。公司面对潜在的现金困难，它的投资者和债权人非常关注所出现的问题。公司为此重组其高管层，一个新的高管团队临危受命。

实际上公司在运营上出现的主要问题是生产成本过高、核心产品在市场上不受欢迎，还有就是新产品开发不足，而且有关利润和产品成本的信息也不够透明。

毕马威（英国）公司在分析了这个公司战略的基础上，论证并通过了公司管理层提出的变革和创新措施，形成了以银行贷款支持和财务重组为基础的三年变革模型，接下来又设计了一种可行的商业模式和贯彻计划。这个计划后来被债权人和股东认为是可行的，从而接受了这个解决问题的方案。

共同面临的问题

对公司管理层来说，否定重组的必要性是很容易的一件事情，尤其是在经历了多年的成功增长之后。但是债权人和投资者更关注公司目前的业绩，想看到公司能够迅速适应市场的变革。然而，期望经理们自己打算对公司做出实质性改变的想法是不切实际的，或者让他们处理好来自各种各样的利益相关者的压力也是不实际的。

这就是公司变革专家能够出现的原因所在。尽管每项任务都是不同的，但是保持股东信心的需要是相同的，这也是企业变革专家尤其精通的领域。他们能洞察到要解决从银行融资的途径并在这些方面提供帮助，能够在税收、法律、信息技术和计划管理等专业领域提供帮助。

　　有许多中小企业已经从专家的建议中获益匪浅，它们发现债权人更愿意通过这种方式来支持公司摆脱困境，而不是想办法把债券卖掉。

转型和变革

　　企业领导人越来越认识到，在市场竞争日益激烈的情况下，创造一种良好的工作环境，让人们能充分发挥自己的潜能去满足目标市场的需要，是对企业非常有益的事情。从不同产业内的各种各样的企业中，我们听到这样一种共同的观点："如果我们想进步，就需要自己的员工主动对我们的组织目标承担更多责任，以他们的主动性去加强不同团队和职能部门之间的联系和协调，以达成整个组织的优秀业绩。"

　　那么，我们应该如何让员工充满信心地去获得他们工作中所需要的经验、知识和主动精神？这篇文章概括了企业在按照自己期望的方式进行转型的过程中可能会遇到的三个关键性的挑战。

1. 选好领导团队

　　管理一个缺乏激情和被动反应的组织即使不是很有成效，但也并不困难。困难的是要激励员工们充满激情地去争取企业经营目标的实现。希望成功促进公司转型的领导团队必须认识到，在把这种想法付诸实施的时候，他们自己必须准备好迎接随之而来的挑战，并且要让员工们看到，作为领导者他们已经做好了迎接变革的准备。

　　这里需要搞清楚的一个根本问题是：公司高层领导者作为一个团队开展工作的要求意味着什么？领导团队通常仅仅是一个名义上的团队，过去的做法使得领导成员们

习惯于维护自己的领地，为自己管辖范围内的工作预算、员工和资源等问题相互竞争。由于领导集体就如同一面镜子，反射出领导团队的合作精神和集体责任的风气，对团队而言，考虑到每个人对团队协作的不同作用是必要的，因此每个人都应该明确说明所要坚持或放弃的立场；大家要通过彼此合作而不是竞争来搞清楚日常管理中的问题究竟是什么；当然也应该搞清楚，如果大家都不能履行自己的承诺，相互争吵会带来什么样的后果。

当领导团队形成了对所关心问题的一致看法，就有可能明确促使公司转型成功的具体措施，也就有可能确定员工参与的关键环节。这些关键环节包括领导、客户服务和创新。领导团队也可以确定指导原则，来指导未来的发展；这样，只需要轻轻触动一下，就能让员工们去思考诸如诚实、勇敢、好奇、毅力或积极这些词汇对他们来讲到底意味着什么。

2. 让员工广泛参与

组织转型和变革不是流程重组、看板管理或使命陈述之类的东西。它只有通过员工的行动和认知才能实现。我们常常听到"人们不喜欢变革"之类的说法。实际上是没有道理的。人们随时都在进行变革，工作、汽车或格调都在改变。人们之所以拒绝改变某些东西，是因为这种改变是强加在他们身上的。人们通常会把变革的需要认为是对过去的否定。如果我们打算要做成某件事情，必须要让大家认识到这件事情的价值。当我们开始思考"究竟什么办法起作用"的问题，并去寻求将事情向前推进的最佳途径时，我们就表现出对发展的真正兴趣。以企业过去和现在的成功经验为基础，领导者就能区分出那些由员工们的知识和经验引导的变革。这种变革不会被员工所拒绝，只会逐步为员工所接受并运用到工作中，因为员工相信这些变革并愿意主动承担起推动变革的职责。

如果我们要让一个人来担任领导角色，我们就要尊重他并从内心里把他当作领导者。这就需要我们有授权的勇气，容许他按照自己的方式来解决问题，并相信他的判断和决策是正确的。领导团队必须能面对这种变革任务的挑战并充满信心地按照自己的方式去应对挑战。

3. 预防可能出现的冲突

当我们激励员工主动表达自己的想法和积极性的时候，产生分歧是必然的。人们将会带来不同的体验、偏好、工作方法和关于什么是成功要素的不同观点，而这种分歧不一定会导致不健康的冲突，重要的是我们应该将这种分歧看做是革新想法的一个重要源泉。

我们知道，在实施变革的发展过程中，总有一些被贴上愤世嫉俗标签的人。他们认为（通常是通过某种判断）之前已经见识过所有的东西。但是我们还是应该给这些人发表不同意见的机会。当他们发现自己也可以就大家共同关心的问题提出自己的意见时，他们就会变成发展变革的最强有力的"促进者"。如果我们从每个人都会行动起来做自己本职工作的良好愿望出发，就给他们创造了充分发挥和展示自己的最好机会，让他们放下反对变革的包袱，变成组织变革和发展的促进者。

与此同时，了解那些可能为我们所忽视的不同意见也很重要。冷嘲热讽与幽默并不是什么坏事，甚至可以提升名气。我们必须明白的一点就是，要让那些与大多数人的想法唱反调的人明白，他们还有改变自己的想法的机会。强权的领导者很少给这些人发表不同意见的机会，因此还要应对这种不断质疑带来的挑战。

结论

转型和变革之间的区别究竟是什么?有个定义这么解释：变革通常是表面上的短期工作；而转型是深刻的、难以达到的和必然的。我们的经验证实，当我们参与到企业的领导团队之中并提出如何领导企业去争取卓越经营绩效的时候，当我们真正认识到广大员工中蕴涵着多么巨大的知识和技能来提高业绩标准的时候，当我们更多地将不同观点当作革新的源泉而不是冲突的时候，我们就解放了自己的员工，成功的工作模式就是必然的结果了。

6

做公司会有内部冲突

冲突管理

如果没有给予工作中的冲突以应有的重视，它可能会干扰，甚至在一些情况下，不可逆转地破坏公司的成长和公司的前景。管理好这些冲突，你会创造出促进成长和变革并且令人心情舒畅的工作环境，产生能运用新思想的员工，形成能够真正使各种新思想的成效最大化的工作场所。

成长过程中的冲突

当人们认识到世界上其他人不是他们想象的那样时，冲突就出现了，它包括自己

和其他人的斗争以及人们对斗争的不同方式的反应。工作冲突最有可能发生在变革阶段，因为工作任务改变了，工作标准要重新制定。不管是什么企业，随着公司的成长，组建新的工作团队、招聘新员工、提升或引进新的领导者，都会使员工变得越来越多样化。过去的公司生态系统和人际关系要发生改变，以容纳新员工。熟悉和了解公司模式的员工与那些新员工或者一定程度上的外来员工结合在一起。对组织陌生的新员工期望自己属于组织，需要适应组织环境，但是他们也带来了不同的做事方式和思想，使这些东西完全消失并不符合公司的利益。成长性公司提供生产规模扩大的机会，带来了新鲜和动态的意识形态的融合，但同时工作方式、文化和行为规范冲突的风险也随之增加。

成长企业中的冲突像病毒一样很难被预料到，当前没有的情况将来不一定不会发生。棘手的冲突会超越实际问题而变成个人之间的矛盾。在董事会层面上，这会使人们丧失信心，严重影响相互间的信任。在基层团队里，人际冲突会侵蚀团队的建设、培训和良好的人力资源和雇用政策的基础，给卷入冲突的个人带来灾难。

领导者的冲突管理职责

对冲突的不同反应

"斗争"或者"回避"是两种最常见的对付冲突的反应。这两种做法都对解决企业变革或者成长问题没有特别的帮助。当冲突被看做一种竞争时，可能会有赢家，但同时也有人会输。在明显的利益冲突中，通过斗争来取得优势可能会产生短期效果，但对培育未来有效率的工作关系没有什么作用。相反，如果你或你的组织简单地忽视或从冲突的趋势中逃避的话，你将会失去取得有价值反馈的机会和创造积极感受的机会，因为员工不能与其他人坦诚地交流，所以会感受到压力。对领导者的挑战就是要通过变革找到一种应对策略，变革不能尽力避免冲突或消除冲突，但是可以用创造性和建设性的冲突管理取而代之。这种处理方法的第一步就是把有关冲突的积极或消极方面的信息公开化。

积极的冲突和消极的冲突

人们的冲突给我们带来了一个特殊的、复杂的问题：我们怎样设定自己的个人目标，当这些目标或者需要与其他人的目标出现时，我们如何使个人的需要得到满足。如果产生冲突的这个人恰好是我们需要与他保持某种关系的人，这种冲突的挑战甚至变得更加严峻。冲突可能是灾难性的，虽然在范围上或大或小，危害程度也各不相同，但是很多人都把冲突看成是特别消极的。也许这就是为什么人类的问题很少能用简单的手段来解决的原因，也因为我们通常没有很好地处理冲突和解决分歧的经验。

在破坏性冲突中，在特殊群体和环境中弥漫的某些冲突因素在演变中只需要一个火花就可以将它们引爆。冲突可能会经历几个步骤，但是它必然带来损害，给人们带来各方面的损失，并留下被损害的关系。但建设性冲突不同，它能引导人们释放工作热情，并且能在冷静的气氛下处理和解决问题。冲突的后果是人们主动搭建沟通的桥梁并相互合作去解决问题。这样的冲突不是带来爆炸性的损害而是取得解决问题的方法。

有许多有利于解决冲突的管理行为：比如说通过各种手段管理绩效，给员工以支持；通过项目管理方式解决各部门的协作问题；管理来自不同背景、信仰和文化的员工等。很多冲突管理方法能够有效地处理这些管理上的困难。如果你能有效地处理好，就能发现和利用好冲突的积极方面，使冲突的消极方面最小化。

竞争性冲突与合作性冲突

竞争性（有输有赢）冲突

有些人把冲突当作证明自己比别人高一筹而贬低别人的一种机会。有些人天生就把别人当作对手，当直接冲突时会采取一切手段来打败对手。在越来越个性化的社会里，想保持领先、满足自己的需求和取得胜利，需要很高的额外代价。当你在一种存在冲突可能的状况下与人们合作做事时，有时你仿佛会发现一场冲突不可避免，可能的损失既包括赢者也包括输者，在工作场所中归根结底不是一个对大家都有利的结果，有些人怕损失甚至不会参与冲突。因此在职场上合作是基础，要在我们自己的喜好和数目众多的其他人的需要之间取得平衡。

合作性（双赢）冲突

首先，我们要迅速消除一种认识上的误区，即竞争是人类环境中不可避免的、先天注定的行为。如果你能接受这种新的见解，就可以采用更加合作的方式对待冲突。合作性冲突充满机会，它所关心的问题是未来的发展。它更加注重创造新的产出，生成更加有效率的工作关系而不是去解决谁对谁错的没有意义的争论，或者是针对某些问题的抱怨。

如何应对冲突

表6.1呈现了对冲突的四种典型反应，其中哪些描述了你和你组织的反应？

表 6.1 四种典型的冲突反应

反应策略	达到的结果	采取的手段
斗争——鲨鱼式策略	满足:尽力把自己的解决方法强加在其他人身上	坚持、抱怨、批评问罪、大喊、使用暴力
顺从——走狗式策略	屈服:降低期望，承认结果比自己想要的低一些	屈服、放弃、仅仅是为了结束冲突而达成一致听任别人想要的
逃避——鸵鸟式策略	撤退:选择离开冲突的境地	终止谈判、身体上或精神上的离开、改变主题
冻结——野兔式策略	无动于衷:什么都不做，等待别人的下一步行动	等待、什么都不做

经理应该掌握的要点

处理冲突时，要认识到你对特定条件下的冲突的反应对解决冲突有很大影响。因此要思考一下你优先选择的冲突管理策略是否能达到正确的结果，能够更加有效地解决你所面临的冲突。为此你应该注意以下要点：

- 搞清楚自己的行为方式，在什么条件下，可能采取特定的冲突管理方式；

- 懂得这会怎样影响你对不同条件的反应；

- 懂得别人身上特定的冲突反应对你是一个挑战；

- 能够有效地控制自己和处理自己的感受；

- 知道有什么可取的替代策略；

- 形成多样化的技能和策略，让你的组织能够适应你对冲突反应的方式；

- 使你的策略与环境相适应。

内部冲突的处理方式

在组织里有六种不同的冲突处理方式，包括：

1. **避免**：不行动、转移注意力或者拖延；

2. **协商**：直接与牵涉到的各方交流，结果可能要么是有输有赢，要么是双赢；

3. **调解**：意见不一致的两方或更多方在一个中立的第三方的帮助下达成一个协议，各方达成最终的调解；

4. **仲裁**：倾听争论各方的意见，提出一个满足各方需要的建议，这个仲裁方通常拥有出现争论领域的详细知识；

5. **判决**：宣布一种结果，一方是正确的，一方是错误的；

6. **法庭判决**：根据法律，基于证据、判例、每个争论者提交给法庭的相对证据，通过法庭产生判决。

当管理策略和程序指导人们找到解决特殊冲突的最合适的方式时,工作中的冲突能够得到有效处理。理论上,人们应该首先从通过协商或调解来解决他们的分歧开始(如果他们不能单独解决的话)。接下来,他们应该寻求外部的人来给他们作出判断。理论上,只要有可能,处理决定应该是相互有利的。一个明智的仲裁人会寻求一种解决方法来帮助保持和睦,同时维护冲突各方的利益。仅仅当所有其他方法都失效时,或者用其他方式都太难解决的情况下,才应该采用更高层次上的判决或通过法庭判决来解决。

预防冲突的有效方法

冲突预防是预见即将到来的麻烦,知道当它确实到来时我们需要做些什么。它同时也是关于有效管理冲突的方法,它使分歧能够在产生之前或各种各样的工作环境下显现出来。在过去10年间,根据我们了解的案例,以下是公司实际操作中最可能引起消极冲突的原因。

1. 缺乏关于什么是恰当的行为的判断标准。例如,在粗暴的管理和强有力的管理之间的差异何在。

2. 对不适当行为的不恰当处理方法。例如,领导者侥幸逃脱惩罚而恰恰普通人就要受到惩罚。

3. 不借鉴专业咨询的途径,很少解释任务和职责的变化。

4. 介绍不同文化背景的员工时没有尽力使员工相互熟悉和认同。

5. 隐蔽或明显没有价值的特权、优先权、地位和等级的设置。

6. 在人力资源实务上缺乏标志性的变革。例如,在没有足够重视和充分论证的情况下引进缺勤管理、评估管理等措施。

7. 对有争论的决议草案没有合理程序通过的情况下就公之于众。

8. 错误的沟通——例如通过媒体方式对某些事情的不合适的揭露。

9. 雇佣或提升技能不足的经理人员。

10. 不了解多样性的文化、社会和个人需要或者反应迟钝。

下面简要说明了协调处理冲突的**六条惯例**。按照这些惯例原则，成长型企业能够减少冲突的消极影响。

1. **培育积极的人际关系。**例如，创造和建立核心工作团队价值和行为方式的基本原则，通过公正、透明的招聘和职业发展过程，提高在工作问题上的尊严意识。

2. **促进聆听的领导方式。**在这里经理人员要想变得强有力就要学会做领导，但他们同时要学会聆听，对员工的需要作出反应。

3. **估计和列出最可能发生冲突的领域。**列出最可能发生冲突的那些诱发因素，比如说文化碰撞、角色冲突、新老观念冲突等，这些都是人们习惯于通过斗争而不是协商去解决问题的领域。

4. **制定争议处理的程序和规则。**当诸如恐吓和精神折磨之类的敏感性冲突问题出现时，这些程序和规则给出了如何及时作出反应的指导方针，以便于组织尽早介入处理和快速解决冲突（这些程序通常包括很多不同的方法，参照前面所述）。

5. **加强冲突管理能力。**培训管理人员更有效地处理争端，在内部培养应对复杂多样的冲突情况的专家，确保所有中层经理都了解消极冲突的潜在风险，能够对冲突进行公正的处理决定。

6. **从冲突中学习。**如果冲突能够处理得很好，它会告诉我们哪些方面需要改进和变革。因此你也可以拿出一些时间来考虑一下，出现的争执是否说明你在管理机制、工作环境和满足员工的需要方面还存在问题。

公司治理

英国、荷兰、澳大利亚、德国和美国是那些在 2003 年采取了切实措施提高它们的公司治理标准的国家。这些国家新发布的官方政策和公司治理法令都是在 1999 年末的

网络公司 (dot.com) 泡沫破裂以后开始起草的，并且在 2001 年—2002 年间一些美国公司出现丑闻之后，加快了制定和颁布的步伐。

自从新世纪到来以后，除了前面提到的那些国家，我们发现其他一些国家，比如说俄罗斯、瑞士、比利时、巴西、捷克共和国和巴基斯坦等国家，都已经开始重视公司治理问题了。目前，这个问题已经变成全球关注的问题，这反映了资本市场和公司领导者信誉下降带来的全球性影响，也反映了某些政治上的影响，因为政府也需要从失业人数、养老金赤字和受到损害的国家信誉等方面来考虑公司治理失效所带来的问题。

股东权利

立法机构和政府管理部门在针对投资公众的态度上所持有的观点是一致的，尽管我们不容易搞清楚它们之间是否在这个问题上相互协调配合，或是各有各的想法和目的。2003 年在英国，当著名的希金斯报告 (Higgs Report) 发表之后，公司的治理问题引起了广泛关注。强调股东权益的呼声空前高涨，成为媒体的热门话题。

这种强调股东权益呼声的焦点集中在公司高管层的报酬，尤其是所谓的"对失败的奖励"以及董事会和总经理的任命问题上。GlaxoSmithKline 公司的高管报酬方案被股东大会拒绝，与此同时还有 Braclays 公司、BskyB 公司和 ITV 公司中的一些关键职位的任命也遭到了投资者的反对。这些都说明，强调股东权益的呼声已经明显影响到公司的经营。

在不久的将来，强调股东权益的呼声看起来不会减弱。投资者当中的大玩家们，包括 PITC、赫耳墨斯和其他英国投资基金，同时还有著名的美国加利福尼亚退休基金，都已经建立了相关机构并采取一定措施来保障自己作为股东的权益。一些企业资信评价机构也在利用公司治理问题引起广泛关注的机会谋求达到它们在业务上或经济利益上的目标。

即使正在复苏的资本市场已经使公司治理问题的受关注程度下降了许多，目前投资者采取的加强公司治理的手段看起来不会在短期内被完全取消。投资者可能甚至已经变得见怪不怪了，但是他们仍然保持警惕，如果公司管理层违背了基本的运作原则，他们随时准备作出迅速反应。

在上面提到的公司治理官方政策背景下，公司的基本运作原则已经得到了广泛理解。投资者和其他人现在都有了明确的判断标准来评判公司在加强公司治理方面到底做了些什么。这些因素再加上政府对公司治理问题的强调和关注，使投资者比近代历史上任何时候都更多感受到自己的权益。考虑到他们心里对过去发生的公司造假丑闻及其股票的暴跌还记忆犹新，尽管在过去一年里股票价格有所恢复，履行股东权利仍然是他们要考虑的手段。

持续不断的治理问题

从官方角度对察觉到的公司治理方面的缺陷进行整治似乎还有必要继续下去。在过去 12 个月里，美国的公司丑闻列表上又增添了一些世界上其他国家的公司的名字。Tenet 保健公司、Freddie Mac 公司和波音公司所发生的问题更进一步证实了美国证券交易委员会 (SEC) 主席威廉·唐纳德森 (William Donaldson) 在 2003 年 3 月提出的观点："过去十年甚至更长时间对公司治理问题的忽视，是造成最近几年美国公司发生如此严重的问题的根本原因。"近年来发生在美国以外的其他国家的公司的丑闻，被看做是为要求在美国上市的外国公司必须遵守 2002 年颁布的萨班斯法案 (Sarbanes-Oxley Act) 的决定提供辩护的有力证据。

从欧洲人的视角来看，这种"非美国式"的揭露所暴露出来的最主要问题就是困扰皇家 Ahold 公司以及意大利快餐集团的问题。欧洲委员会 (European Commission) 正在准备一些有关公司治理问题的相关提案，其内容包括对非执行董事职责的建议、董事会在规定媒介上公告和披露事项负责的规定等。这充分表明，如果公司本身、资本市场及其管理者们在不能采取有效行动去避免类似意大利快餐集团的问题的话，更多来自布鲁塞尔（即欧盟委员会）的规则可能减轻类似意大利快餐集团式的灾难发生。欧洲议会已经通报了在欧洲公司采取的公司治理体制的变革措施，从长期来看，有必要设立一个独立的欧盟管理机构来负责对欧洲公司的审慎监管。

变革的要求

对于那些认为强调公司治理问题会影响到 2003 年夏季颁布的《联合法令修正案》执行的公司领导人来讲，上面那些描述读起来可能不大舒服。他们认为含义模糊的金斯提案的意义被进一步降低了，这反映出官方并不打算从大公司的角度看待问题，这尤其令人失望。

那些自认为行业内部在公司治理方面做得最好的企业与自己没有关系，或者并不适用于自己公司的领导人必然会感受到来自投资者、立法部门、政府监管部门和市场评论者的压力，甚至还会有来自同行的压力。

2003 年经济情报机构（EIU）对 300 名公司高管所做的一份调查显示，花在公司治理上的管理时间相对前几年已经有所增加，在即将到来的日子里有望进一步增加。在调查中，有 28%的调查对象说，10%~20%管理时间被用在治理问题上，在前几年，同样的比例是 16%，在接下来几年有望增长到 33%。10%的被调查者期望他们的管理团队花在治理上的时间在 2004 年达到 30%~50%，相比较而言，2003 年这个数字是 7%，2002 年仅 4%。那些没有对公司治理问题给予足够重视的企业领导人应该问问自己是什么，因为也许他们可以有自己的解释，但是他们应该认识到，加强公司治理是必须要处理好的问题。

这些调查统计数字也反映出多数企业在公司治理方面付出了努力，成效也变得越来越明显，因为公司提供了更加透明的公司治理情况的报告。

在上面提到的 EIU 调查报告中，经济情报机构也评估了法国、德国、日本、英国和美国等国家在市场上融资规模最大的前十家企业的公司治理透明度。总的来说，这些公司的公开信息比较容易找到，在所有公司中，24%的公司很注意及时提供清晰的公司治理报告。有趣的是，另外75%不提供信息的企业大部分来自日本，这个被调查对象占比例最高的国家（46%）在提高公司治理水平方面还有很长的一段路要走。

更加完全和公开的公司治理报告制度给那些对公司治理问题重视不够或措施不力的企业带来了更大的压力。这说明越来越多的人感受到公司治理水平与投资者信心之间的联系。这种联系可以通过在美国发生的事实生动地说明，美国法律已经要求那些私营企业甚至是非营利组织必须遵守《萨班斯法案》（Sarbanes-Oxley Act）关于公司治理的有关规定，而且一些相关规定，比如说纽约证券交易所关于公司治理的规定也在2003年11月开始实施。

在美国，健康保健和教育领域的一些公司和机构也开始自愿接受官方颁布的针对上市公司的治理规则。这从一个侧面反映出为这些机构提供贷款和财政资金的部门也开始越来越多地关注其治理问题。例如，费奇排名机构（Fitch rating）作为一个非营利机构已经自愿采用了《萨班斯法案》的规定，并把它当作一个提高自己信誉的最好的管理手段。非营利组织对治理问题的重视也反映出其上级部门对更加专业化的管理和更加透明的报告的要求。

为什么强调公司治理

通过在美国发生的一些问题很容易作出解释，安然公司等一些美国企业出现的严重问题及由此引发的恶名在外的法律诉讼引起了广泛重视，导致了世界范围内强调公司治理的现象。美国证券交易委员会主席威廉·唐纳德森在其著名报告的第188页也提到了这样的观点，即美国正在摆脱公司治理的较低层次，因此美国的公司治理制度和措施要求更高就能够被理解了。

但是这种观点忽略了全球范围内公司的那些关心自己的投资风险和名誉风险的利

益相关者的要求，也忽略了这样一个事实，即按照法律条文的规定，提高公司治理水平和透明度的要求必须有明确的指标，并且变成考评公司治理水平的规范和标准。让那些不能满足标准的企业发现，在用可接受的价格募集资金和保险费时越来越困难，甚至是招聘它们需要的雇员时也很困难。

而且，企业的公司治理状况还会影响到一个问题，即那些有经验和具备资格的人是否愿意担任该企业的非董事总经理，因为具备非董事总经理资格的人必须要考虑接受聘请的个人信誉风险和可能承担的财务责任。

如果受到聘请的非董事总经理候选人认为自己可能面临承担财务责任的风险，即使这种风险发生的可能性很小或造成的财务损失很小，也可能从个人声誉角度考虑而拒绝接受聘请。因为他的声誉代表了多年的辛勤工作和职业行为能力，也是他们在职业经理市场上寻求理想的经理或高管职位的基础。

非董事总经理的这种对待职业声誉的态度，甚至可能让他在接受聘请之前按照自己的方式对公司进行类似于并购尽职调查的考察。有证据表明，希金斯提案中关于避免职业经理过分承担董事会责任的相关规定受到了职业经理人的普遍欢迎。其后果是，在那些总经理必须承担董事职责的职位上，接受非董事总经理任命的意愿看起来在降低。

因此，既愿意也有能力担任非董事总经理的候选人的范围在缩小，而那些仍然在任的非董事总经理也变得对他们所接受的任命更加具有选择性。那些不能坚持公司治理高标准的企业会发现，它们自己已经很难选到理想的精英来担任非董事总经理，而后果就是使企业已经损失的声誉不可避免地继续受到损失。

结论

流逝的时间并没有降低企业建立一个政府、立法机构、股东和其他利益相关集团所期望的规范治理制度的压力。

在政府层面上，公司治理是一个重要的政治议题。我们期望在英国和欧洲看到持续的主动行为来重塑投资者和资本市场的信心，立法机构也有责任去阻止和调查不正当的企业行为。

当投资者们感到公司治理情况不理想时，应该主动行动起来，行使他们的股东权力，通过对治理状况的调查和广泛的游说，促使公司的管理层改进公司治理。

对于那些公司治理水平没有达到行业内最好水平的企业来讲，竞争同行的压力也是对公司采取行动改进治理状况的一个强有力的推进器。随着公司治理原则被越来越广泛地应用，公司利益相关者的期望会逐步得到满足，前面所期望的东西会逐步变成一种普遍接受的行为准则。而那些在公司治理方面落后的企业在持续获得资金贷款和有经验的职业经理人方面逐渐会受到影响而处于劣势，甚至市场将变得越来越受限制。

换句话说，公司治理仍然很重要，那些对此观点质疑的人必须认识到这不再是个理论问题，而是一个对许多公司而言直接影响公司地位和成功的实务问题。

核心价值观

促进企业的成长不仅仅是为了其基本骨干的利益，也是为了所有在公司工作的人及与它有联系的人的利益。

在企业初创时，企业的基本骨干是企业发展的关键促进因素，他们的期望必须得到考虑和满足。但发展到现在，你还必须倾听来自其他方面的声音：比如说那些要求企业对所在社区承担责任的要求。这些声音来自企业的利益相关者。作为一个成长企业，你需要倾听他们的意见，因为他们的许多建议对你的公司的成功很关键。

利益相关者

公司的利益相关者可以划分为两个集团：那些在公司有经济利益的和那些有公众利益的集团，见表6.2。

表 6.2 利益相关者是谁

经济利益相关者	公众利益相关者
公司股东	媒体
公司雇员	非政府组织
公司顾客	竞争对手
供应商	政府监管者
公众(受公司纳税影响)	

对利益相关者的管理也就是对关系的管理。公司与经济利益相关者的关系清晰明了。如果公司发生任何事情,这些人的经济利益就会受到影响,比如说股东会有资本损失或者红利损失,雇员也许会失业和损失收入,供应商会失去顾客,顾客会失去服务;社区会失去用来支撑公共服务的税收。

对公共利益相关者而言,关系也许不是很明确,也可能是引起或者影响公司的运行的一种主要的"影响力"。

在某些公司部门或某些公司里,这种公共利益相关者的公共关系影响,或者来自他们的声音,可能超过那些经济利益集团的影响。

随着公司的成长,搞清楚公司的利益相关者集团以及与它们的关系的性质和特点,是公司的一项重要工作。

关系和信任

人际关系

最好的关系是建立在相互信任和尊重的基础之上的。

当一个公司在创立阶段时,人际关系所反映的是企业家或创立公司的那些人之间的关系。这种关系受到个人价值观、伦理、与其他人之间的相互影响和建立关系的行为方式的影响。随着公司的成长,这种关系开始出现变化。最受影响的就是老板/经理与雇员之间的人际关系。起初,经理熟悉每个人,公司的成长与团队工作的有效性密切相关。随着公司业绩的增长，雇佣了更多的人，在起初那个集体中的紧密的人际关系将被打破。新雇员带来不同的价值观、不同的观念和对公司不同的依附感。这些人与人之间的人际关系是组建公司和促进公司成长的一个重要部分，但是为了提高员工团体的有效性，公司确实需要加强人际关系管理。

管理利益相关者

简单的方法就是提出一种公司伦理规范（或者称为公司法则或行为准则）。给员工们一个工作的基本框架，他们会工作得更好。这个框架不是说明性的，而是作为一个指导准则来发挥作用。这个指导准则规定了公司的事情应该如何去做。当然贯彻仍然要依靠个人。但是每个人都需要知道，如果遵守指导准则，将会在行动中得到支持。

贯彻既定准则

以下是 9 个要遵守的步骤。

形成公司道德规范的 9 个步骤

1. 找到支持者。如果董事会成员不准备推动公司道德规范的引入，那么这个规范成为一个有用工具的机会就不是很大。

2. 确定核心价值观。确保你的公司已经确立了核心价值观。如果没有，那么确定核心价值观就是必须要做的下一个步骤。

3. 得到董事长和董事会的批准。公司的价值观和道德规范是公司治理的内容。董事会必须重视，不仅要有一个这样的政策，还要接受关于它实施情况的例行报告。

4. 找出困扰员工的因素。仅仅发布一个准则或拷贝另外一个公司的东西是不够的。找出关于员工所关心的主题是重要的。

5. 选择一个经过测试的描述模型。把它作为一个说明问题的框架，用于描述影响公司的不同组成部门或者不同的利益集团（利益集团模型），通常包括股东、雇员、顾客、供应商和公众。一些模型还可能包括其他的利益集团，例如竞争对手。

6. 制定公司道德规范准则。准则应该用小册子的形式分发，或者包括在员工手册里或公司网站里。已有的政策如提供或者接受奖励或者个人使用公司财产的内容可以包括在里面，还要包括使用准则的指导。

7. 提炼定格。准则需要有指引，也许通过不同层级、不同位置的员工描述的例子，请外部机构比如说企业伦理研究所来评价这个草案。

8. 发布准则使它广为人知。对所有的员工公布和传达准则。公开宣传公司有了一套道德规范准则，有一个包括全公司的贯彻计划。把道德规范放在你的网站上，将它传递给你的合资公司或者你的商业伙伴。

9. 让准则起作用。准则需要被首席执行官批准和启用，向下传达到所有层次和岗位。准则在推行运转中的实际例子应该被介绍到公司内部（外部）培训计划和课程中。经理们应该有规则地记录准则的运行情况，必须设立一个检查机制。需要任命一个准则"主管"。

表 6.3 一般公司所选择的使用最频繁的核心价值观词汇

正直	公平
责任	透明
诚实	公开
信任	尊重

为什么要做这些?

提出的准则将有利于公司的正常运转,因为它是公司内部组织文化不可分割的组成部分。以共享的核心价值观为基础,通过最好的实践并与雇员协商形成准则,它将成为将公司凝聚在一起的黏合剂。

核心的伦理价值观可以用说明公司应该怎样运行的一些关键原则来表达。

代价有多大

从根本上来说,企业的管理者应该认识到,按照一定的伦理道德规则去做生意就是正确地做事情。但同时也要承认,要做到这一点并不容易。如果仅有一个雇员

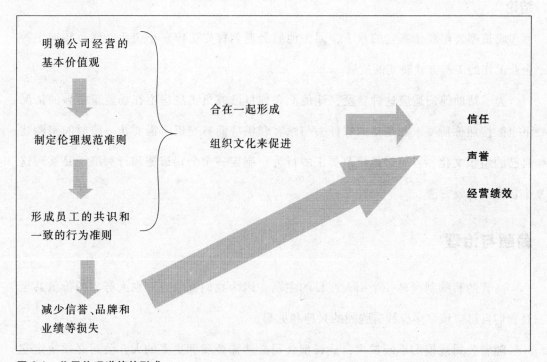

图 6.1 公司伦理道德的形成

不按照顾客所期望的方式行事，公司将会遭受损失，对于一个成长型公司来说这将是一种真正的代价。因此，除了要针对"应该提倡"的行为制定准则之外，还需要针对"应该避免"的行为制定准则。通过这种方式，一定程度上可以确保公司能够经营管理得更好，员工的工作积极性会更高，取得令人满意的生产率，并最终取得更好的经营绩效。

与成长型公司经营相关的另外一种成本是，在过去的情况下，如果公司想拿到生意合同，往往需要以现金或类似的形式向客户支付贿赂（尽管无论从给予或接受的角度讲这都是非法的）。如果你从伦理道德的角度拒绝这样做，所付出的代价也许是非常高昂的。在今天的环境下，你愿意承担因为拒绝贿赂而失去生意的代价吗？

结论

成长型公司要依靠它的员工，因为他们会遇到首先工作在小企业，然后转向中等企业工作的工作方式转变的挑战。

为了帮助他们适应这种转变，让他们在你自己或负责经理不在场监督指导的情况下也能按照你所要求和期望的那样去与顾客和供应商打交道，需要花一些时间来购建自己的组织文化，以更好地规范员工的行为。制定一个公司道德和行为准则是实现这个目标的有效方法。

薪酬与治理

高管的薪酬制度是一个引人注目的主题，因为我们都具有对别人努力的价值甚至是我们自己应该拿多少钱有强烈的兴趣和见解。

随着公司规模的不断扩大，成长型公司必然需要雇佣更多的人，公司必须决定它应该怎样做才能吸引员工并留住他们，同时激励他们将工作做得尽可能好。在这个得到与付出的等式上，对员工努力工作的报酬并非只有经济手段，像工作环境、企业文化、企业声望等因素都不应该被忽视。不过对许多公司来讲，经济报酬构成了所有报酬的很大一部分。人们不仅需要用支付的工资来维持像食物和住房之类的基本需要，同时还要让他们的能力和努力得到符合市场价值的回报。对一般的劳动力而言，市场上的报酬差别并不是很大，但是当我们考虑高管岗位的报酬时，情况就大不一样了。

这一部分将介绍高管薪酬制度的设计，以及薪酬设计与公司治理的关系等一些基本问题，还有就是成长型公司需要考虑的高管报酬中的个人因素问题。

高管薪酬与公司治理的关系

高管的薪酬制度不仅涉及高管的招聘、挽留和激励等方面，还涉及高管的个人特权方面。高管的特权表达了他对组织的重要性，而不是组织对他的重要性，也就是说取决于他所从事的工作的可替代性如何，这是公司老板与高管之间讨价还价达成平衡的关键因素。在达成平衡的参数中，市场上的高管薪酬水平及高管资源的稀缺程度是应该考虑的因素。对高管人员尤其是总经理来说，薪酬问题也引起了公司股东和其他利益相关者的关注，他们所希望的是在委托—代理关系冲突与高管的薪酬之间达到一种合理的平衡。因此公司的股东们非常关注高管薪酬的问题，并强烈希望将高管的薪酬与公司治理的效果联系起来。

很多关于高管薪酬的公司治理的争论将焦点放在金融时报指数的 350 家上市公司(FTSE 350) 的高管薪酬是否合理的问题上，这种争论也确实对英国市场上其他公司的薪酬设计产生了影响。不同的机构投资者和投资联合体，如英国保险公司协会（ABI）、国家养老基金协会（NAPF），都提出了根据公司治理情况决定高管薪酬的指导思想，并提出了实际薪酬是否可以接受的具体标准。它们提出的指导原则与附属于 FSA 上市规章的公司治理联合条例等正式规章制度一起，规范了高管薪酬设计的要点，并对公司董事会及其薪酬委员会在高管薪酬方面的管理职责提出了具体要求。

公司的薪酬委员会应该由两个（对小公司而言）或三个（对大公司而言）或更多

的独立非执行董事组成，由他们负责确定公司的高管及董事长的薪酬。该委员会是董事会的一部分，因此它要对公司是否成功负责任，同样也对股东负责任。反过来股东也有必要对薪酬委员会的工作进行监督，尤其是对固定报酬与可变报酬的平衡以及可变报酬的比例进行监督。

固定报酬

关于高管的薪酬要首先考虑其总构成：把所有的报酬组成部分合起来，就可以得到完整的报酬总量。然而基本薪金往往只够应付报酬增长的部分，很多公司采用基本薪金的一定百分比来计算实际支付的报酬。如果谁打算采用这种方法，最重要的事就是要记住，在增加奖励工资的时候要考虑所有其他因素的影响。

增加工资所产生的最重要的影响往往是对养老金的影响。养老金的收益目前要么是在固定收益的基础上核算的，公司对养老金固定收益作出承诺并承担投资风险；要么是在固定投入的基础上建立的个人退休基金，个人要承担收益变动的风险。进一步说，养老金的提取会受到税务条例的限制，而税务限制反过来会对公司施加压力，促使公司发掘提供长期基金收益的其他途径。

至于高管的其他权益，例如汽车、保险、休假等，最大的挑战可能就是让高管们认识到这些权益的价值，让他们感觉到这些东西的重要性。许多公司意识到，灵活的高管权益安排提供了一种战略，容许高管自己从公司提供的权益礼包中选择他们喜欢的东西，这对公司来说是非常有利的。

可变报酬

可变报酬可以典型地分为短期和长期激励两种类型。这两种类型的共同点是短期激励和长期激励的设计都要考虑所针对的对象，而且要考虑三个关键因素：风险因素、价值因素和时间因素（见图 6.2）。

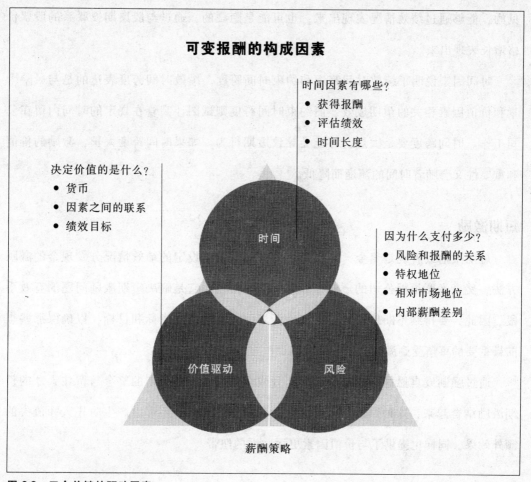

可变报酬的构成因素

时间因素有哪些？
- 获得报酬
- 评估绩效
- 时间长度

决定价值的是什么？
- 货币
- 因素之间的联系
- 绩效目标

因为什么支付多少？
- 风险和报酬的关系
- 特权地位
- 相对市场地位
- 内部薪酬差别

时间

价值驱动　　　风险

薪酬策略

图 6.2　三个关键的驱动因素

　　风险因素是决定报酬数额的关键因素，风险在一定程度上是由市场竞争决定的，但最重要的是风险可以通过风险报酬的形式转嫁给高管个人，而且个人也愿意接受。多样化的激励减少了对固定工资的依赖，但通常需要额外奖励作为对个人接受这种风险的补偿。

　　价值因素提供了激励的最重要部分：激励导向。给每个人都提供的激励到了一定程度其效果就会打折扣。通过报酬所能做的，就是将报酬与工作成果联系起来，发出一个强烈的信号，表明公司期望员工取得什么样的工作成果。价值因素可能是清晰可

187

见的，能够通过绩效情况表现出来；也可能是隐藏的，通过与股票期权联系的股票价格增长表现出来。

时间因素说明了绩效时间跨度和约束时间跨度。绩效时间跨度表达的是与风险因素和价值因素相关的预期成效，而约束时间跨度则试图让高管在规定的时间内留在公司工作。时间跨度要是太短，可能会导致短期行为，如果时间跨度太长，激励的价值和重要性又会随着时间的流逝而降低。

短期激励

短期激励或者说是奖金，是在每年的基础上根据设定的绩效情况分发现金的激励方法。奖金主要根据公司的短期目标完成情况发放，它是解决短期激励问题的有效手段。因此，要持续不断地考核奖金激励计划中规定的绩效指标和目标，以确保那些当前最重要的事情受到激励，而非去激励那些过去的事情。

通过强制或自愿的方式延迟发放部分或全部奖金，把短期的奖金与留住人才的长期激励结合起来，这种做法越来越流行。延期支付的奖金还可以产生防止人才流失的额外效果，同样也提供了与价值因素更深联系的纽带。

长期激励

奖金和延期支付的奖金所提供的主要是对当前业绩的奖励。而长期激励寻求的是对未来绩效的奖励，最典型的奖励形式是股票期权、绩效配股和现金激励。

股票期权的接受者有权利，但并不必须在将来某个特定的到期日用特定的价格购买公司的股票。一旦期权到期，接受者所获得的期权的实际价值等于当时股票的价格减去必须支付的行权价格。因此，接受者的期权价值是被股价驱动的：如果股价升高，期权就有奖励价值；如果股价降低，就没有价值。对英国企业的管理者而言，典型的股票期权有三年限制期，期满以后的期权价值取决于当时的公司股价，也取决于当时的公司财务状况。这种规定是保护股东利益免受高管在短期内不合理地推高股价的短期行为的影响。股票期权流行很长时间了，因为它相对容易理解，它将股东和管理者的利益联为一体，而且也没有其他负面影响。

绩效配股计划是把所有股票按照一定比例"缩股"，抽取出来的股份用于对高管的优秀业绩进行奖励。奖励股份的上市流通有一定的期限限制，典型的限制期是三年。大部分股东都要求把这种绩效配股计划的绩效指标与股东回报情况联系起来，因此从管理层的角度看，能否拿到绩效配股是一件变数很大的事情。然而这种激励方法的一个很大的潜在好处是即使股价下跌（虽然仅跌到一定程度），管理者所取得的绩效也可以获得奖励。

以现金为基础的长期激励比以资本为基础的长期激励更具有灵活性，因为它们与股价的变化之间没有什么必然的直接联系。但是作为效果来说，它对公司的风险主要是难以避免一些短期行为，因此现金激励方案的设计要仔细考虑。对许多采用以现金为基础的激励计划的公司来说，如果它们试图达到一种综合效果，就必须在设计激励方案时充分考虑到现金激励方式的问题和风险。

薪酬的比较

高管的薪酬不仅仅是一个设计问题，也存在不同薪酬水平的比较问题。正如前面所提到的，多种因素的平衡才是高管报酬水平的决定性因素。明智的做法是按照市场上的报酬水平来确定所设计的报酬是否合理。在这里可以把所谓的"市场"理解为高管人员的人力资源市场，在那个市场上肯定存在不同的薪酬标准，但几乎不可能存在完美的标准。市场上的相关薪酬标准信息可以从一些公开发表的资料上找到，比如说上市公司的年报就必须披露高管的年薪；也可以从一些薪酬调查机构的调查报告中寻找。这里必须注意的一点是，你不能完全按照找到的数据来确定高管的薪酬标准。因为市场上的那些薪酬比较数据仅仅是从不同角度进行的粗略估计，并不是准确的报价单，这些数据只能拿来作为大概了解市场的工具，你必须根据自己公司的实际情况来解读它，然后才可能提出比较合理的高管薪酬方案。

结论

本部分简要介绍了高管薪酬及其构成的一些基本概念和基本原则。显然薪酬的问题远非如此简单。如果一种薪酬计划不能综合考虑法律、税务和会计等方面的因素，也没有充分征求高管的意见，那么"最好"的设计可能会导致"最坏"的结果。

高管薪酬问题的最重要的一个方面就是要注意到公司所支出的代价要小于它从中可以获得的回报。公司的投资者希望自己的投资是成功的，因此必然要求公司对所支付出去的报酬负责。那些负责任的公司懂得按照工作业绩合理支付报酬，并运用合理的激励策略来促进公司经营战略的实现。因此报酬设计也是公司经营成功的一个关键因素，其重要性并不比其他任何关键资产投资计划更小。

管理团队

案例 1

约翰是一位富裕的第二代农场主，他头脑敏捷，能够想出好点子。尽管他承认更喜欢公司的松散管理，但是他也意识到，如果他要增加自己的财富，必须跟上 21 世纪的发展步伐。约翰知道，他最大和最好的本事就是想出经营点子，但是当到了贯彻实施和管理它们时，他就陷入困境了。例如，他曾经建立一个管理团队，将他的最新想法付诸实施，该团队由那些正直善良、有技术的资深人士组成，但他们却将他的公司搞得一团糟。例如，公司的会计部门让钱财像大出血一样流失，而且不能提供可靠的、可供追查的账本。公司的劳动合同就是一个随时会引起法律诉讼的"定时炸弹"。最终的结果就是，他自己成了一个慷慨无私的施舍者，把自己的财富有去无回地支付给公司的那些暗自高兴的供应商、承包商和兼职者。

幸运的是，约翰最后说服了一家国际农业发展银行，让它相信他还可以起死回生，并同意通过银行的风险投资部对他的最后一个商业点子进行投资。在银行的指点和支持下，约翰树立了重振业务的信心，他重新聘请了一个临时总经理清理过去的烂摊子，并为公司的下一步发展做准备。

这个临时总经理的主要任务就是要搞清公司的基本情况，并让公司做好准备，迎接另外一家风险投资机构的考察。约翰中意的总经理人选接受了 6 个月的聘任合同，合同规定他可以招聘一个任期 3 个月的临时财务经理来整理会计体系，招聘一个任期 3 个月的人力资源专家来整理劳动合同并解决股票期权混乱的问题。他终止了与那些自私的供应商和承包商的关系，并通过合法的手段收回了过去承包给这些人的经营资产。最终，他准备将公司推荐给一些其他风险投资机构。多谢国际农业发展银行的推荐和努力，他从风险投资机构那里筹集了 2400 万英镑的股权投资，并为此付出了 34% 的公司股份。这些事情让约翰花了 4 个月的时间，但是约翰现在已经是公司最大的股东，股份价值达 6000 万英镑。

选择恰当的管理者

如果公司在起步和增长阶段，因为掌管公司的人不合适这项工作导致公司的失败或者在困境中长时间挣扎，那么选择一个专业的临时管理团队来承担过渡时期的管理任务将有助于公司顺利进入下一个发展阶段。

按照毕克曼方法 (Birkman Method)，公司成长主要需要四种类型的人，简单表达如下：

1. 提出产品或服务的新想法的人；

2. 善于沟通和销售的人；

3. 善于将想法付诸实施的人；

4. 善于按照既定的设想进行经营和管理的人。

找到一个能够在四个阶段都很内行的人是很困难的。在一般阶段，我们能够处理所有需要处理的问题，一般不需要打扰专家。但是在一个公司的生命周期的关键时期，比如说起步和增长阶段，许多公司都希望能找到专业人员来解决这些问题。

绝大部分依靠个人资产作后盾的投资都失败了，不是因为那是错误的机会、错误的生意或错误的时机，而仅仅是因为没有合适的管理团队。你需要合适的人，因为企业起步或增长阶段所需的管理技能与在稳定情况下需要的管理技能大不相同。

案例 2

在 14 年的时间内，克里斯通过他的教育游戏在某种程度上成功地影响了 4500 万儿童。当他劝说一个著名的电影和电视编导加入进来，担任这些游戏的指导老师时，他出众的市场营销能力表现无遗。只要他能够改变自己的行为方式，他就能够在市场上拥有一席之地。然而尽管他有出众的营销能力，但是他的性格使很多人与他终止了生意关系，最后导致了他的生意停滞不前。超过 400 种游戏发明无法卖出去，堆在仓库里。对这些没有变成现实的财富，在几年间他无能为力。2000 年时，他决定依靠新技术重整旗鼓。计算机目前已经走进超过一半的家庭、学校、幼儿园、社区中心和图书馆，现在实际上对所有的孩子都提供计算机了。他的市场已经扩展了，他相信他的产品可以迎来第二次腾飞。

他与一个产品开发公司组成了各占一半股权的合资公司，产品开发公司能够将他原先的产品计算机化，通过个人 CD 或者网络形式发行，将他原先的产品带入 21 世纪。在克里斯与合资公司合作者兼管理者伯纳德的第一次会议上，问题出来了，克里斯就像他的产品一样，经过那么多年，已经过时了，近来他的业务发展并不顺利，他作为公司总经理的价值等于零。他不得不在合资公司里寻找自己的位置，但是他不太愿意承认这一点。伯纳德已经组织了很多朋友来投资入股公司。他劝他们给克里斯应有的位置。

从第一次会议以后，情况发展飞速直下。但是双方可能都看见了合资公司巨大的潜力，进而保持了关系。在一些情况下，合资公司负责人尽力使投资合伙人相信，聘请一个临时管理团队能够超越双方之间的分歧，能够加强每一次讨论决定的成果，但是这毫无帮助。

很明显，双方谁都不具备将公司推向前进的执行力，双方都不能保全原来各方超过 180 万英镑的投资。克里斯满怀敌意的个性特别强，以致能吓跑潜在的投资者，伯纳德夸张的推销产品的做法更使得每个产品推介会开始的几分钟都会使人恼火。现在很明显，公司需要一个临时的管理团队。但不幸的是公司没钱请了。

如今，这个公司在倒闭的边缘上推出新产品，在许可证方式下与一个在这个产业内的资格和技术都令人怀疑的企业合作。这种安排对公司来说并不顺利，在经历两年冷酷的市场冰点后，几乎所有的投资人都希望尽快从这种不幸的环境里逃出来，因为他们希望在这种情况下能少受一点损失。

这是一个令人遗憾而且惊诧的例子，如果聘请了临时的职业管理者，他们能够把视角、技能、目标和稳定性带到公司，帮助投资者享受当今世界上最有教育性的产品的最大回报。

非执行董事

受 DIT 委托完成的希金斯报告 (Higgs Report) 深入探讨了上市公司的非执行董事的角色和作用。但遗憾的是，这份报告却忽略了聘用非执行董事的更多非上市中小企业的问题。实际上，成长型公司一般都需要聘用非执行董事来加强它们的董事会，帮助公司改进经营管理和战略规划。

为什么需要非执行董事?

在近来由 ACCA 主持的对中小企业的研究结果发现，那些有非执行董事的公司中，80%的总经理对他们的贡献表示满意，认为他们对公司有利。而那些还没有聘用非执行董事的公司则可能延误了改善公司前景的巨大机会。

在那些小的成长型公司里，公司业务发展可能是因为公司所有者在他们最擅长的领域游刃有余，可以很好地满足顾客需求。然而，这种技能并不必然意味着他们能够掌握将公司带入下一个成长阶段所需要的本事。称职的非执行董事能够提供公司发展所需要的那些专门技能，这些专业技能可能涉及公司进一步发展所需要的多元化战略、并购、吸引外部投资及清算变现等方面。

选人的重要性

非执行董事一般都具有特殊才干和经验，要是选择正确的话，将会在加强高层管理团队方面起到很大作用。因此，我们必须在心里有数，尽可能地扩大非执行董事人才选拔的选择面，从比较大的职业经理数据库中认真选择合适的人选，而不是依赖于有限范围去找目前可能找到的人，这点是至关重要的。

公司现有的股东也可以从中受益匪浅。公司有自己的非执行董事来指导经营的好处是，他们是公司的成员，必然会全身心地投入公司的管理运作并对公司的长期发展倾注自己的心血。

非执行董事的职责

非执行董事承担与执行董事同样的法律和信用职责，因此他们必须确保自己能够像董事会的其他成员那样了解公司经营的重大问题。同时，通过行使充分的独立表决权，对所有需要通过董事会批准的重要事项提出自己建设性的意见和建议。

非执行董事还有一个很重要的作用，就是帮助董事会建立一个有效的风险评估机制。如果这种机制应用恰当，可以集中监控公司的某些可能导致公司业绩下降或者在财务上或法律上出现问题的业务活动领域。

非执行董事的影响

成长型公司聘请非执行董事首先可能带来的就是公司董事会的变化。在董事会中引入新来的和立场独立的额外成员的真正好处是：

- 更有代表性和更有效的会议；

- 对面临问题的新鲜观点；

- 更有活力的争论；

- 新的接触；

- 知识和经验的共享。

非执行董事的费用

对非上市公司而言，非执行董事报酬的一般标准是：担任董事会成员，每天 600 英镑；担任董事会主席，每天 2000 英镑。非执行董事履行职责的工作时间差别也很大，从每年 4 天到 24 天不等，非执行董事担任董事长的情况下，履行职责的工作时间相对要长得多。

如果拿一个每年平均 15 000 英镑报酬的非执行董事来说，公司为他所支付的成本相对于他提供的一个好的战略建议所带来的利益，实在是微不足道。现在有一种新的趋势，就是有些公司以一定数量的公司股份作为非独立董事的报酬。但这样的做法在一定程度上可能会影响到非执行董事的独立性。尽管如此，还是有许多公司认为这并不成为一个问题，而继续采取这样的报酬支付方法。

哪些公司需要非执行董事?

小型的成长性公司的董事长想知道在他们成长的哪个阶段，应该考虑聘用非执行董事的问题。关于这一点并没有什么硬性的规定和简捷的判断准则。一般而言，当公司成长到大约有 40~50 个雇员的时候，或者年营业收入达到 200 万~250 万英镑的时候，他们会感到公司的发展过程已经进入了一个新的阶段。通常大家达成的一致意见就是公司应该聘请非执行董事了，而且董事会至少要有三分之一的成员由非执行董事组成。

如何找到合适人选？

当聘请非独立董事的时机成熟时，公司的领导者要考虑怎样找到在技能和经验方面都能够胜任的人来担任非执行董事。传统上，公司会找与它们打交道的银行经理、会计师或者商业合作伙伴推荐人选。这也许会找到合适的人，但是如果在一个更大范围的非执行董事"人才库"里去寻找的话，找到合适人选的可能性会更大。

这里推荐两个现成的有效途径。一个途径是请专门的招聘代理机构提供服务，但这样的办法一般比较麻烦，而且费用比较高，通常需要 15000 英镑，相当于非独立董事一年的报酬；另外一个途径是采用人才市场的所谓"一站式服务"，这种方式可以很快接近大量有经验和才干的人才，而且费用也相对比较低。

临时聘用式管理

临时聘用式管理的概念在过去十年内变得越来越流行了。为了提高成本效率和促进公司成长，企业需要更多的弹性工作安排。但是有多少公司真正了解临时聘用式管理是什么？怎么管理以及如何评价其效果呢？

临时聘用式管理就是在正常公司管理程序下，临时聘用某个经理作为公司管理团队的一部分短期履行职责的做法。他要承担管理职责，直接向董事会报告工作表现和职责。你可以通过按日计费的方式，通过他们的代理服务公司去聘用他们。

临时聘用式管理可以涵盖广泛的公司部门。最广泛被采用的可能是在财务领域。我们自始至终需要财务总监或财务主管和司库。紧跟着的其他方面就是执行总监、总经理助理、运营管理和项目经理、供应链经理、产品管理经理以及销售和市场营销管理人员。

一旦你决定需要一个临时聘用的管理者，第一个问题就是找到一个恰当的人。你怎样着手这个问题？一个好的临时聘用经理为你公司增加的价值比你付给他的报酬多得多，而一个不好的临时聘用经理很可能以花费公司大量钱财而告退，而且造成的损失不仅是在费用上，还可能包括对公司的其他损害。你要有一个关于需要什么、目标是什么的清晰想法，这一点很重要。这将给你提供考核临时聘用经理表现的依据，因为他需要像企业中的其他员工一样受到监督和管理。

因此，你是通过保存在抽屉里的一大堆求职简历，还是通过招聘代理机构来寻找所需的临时聘用经理，还是通过专业的临时聘用经理服务机构（它通常是临时经理协会（IMA）成员）去帮助你寻找合适的人选？临时聘用经理服务不是招聘，而是把那些经验丰富但是只愿意做临时工作的资深经理推荐给你。按照临时聘用经理服务机构的经验，打算寻求另外一份固定职业的临时聘用经理不会有承诺。在他的临时聘用任务结束之前，一旦他找到了全职工作，就会发生很多令客户失望的故事了。在其他情况下，他们的责任心也不是很强，因为他们所关心的是把临时聘用工作变成永久性工作。另外，被替换下来的经理的敌意对临时聘用经理也很不利。

求助于专业的临时聘用服务机构能够消除上述一些风险。但必须认识到，有关选拔和保证候选人品质的措施很重要，在他履行职责的过程中提供必要的支持很重要，在聘用结束时的全面汇报也很重要，不要忘记这是决定他们的报酬的基础，也是向他们的代理服务机构支付费用的依据。

由于临时聘用经理一般都是在临时需要的时候才聘请，因此企业都希望在很短的时间内很容易地找到合适的人选，这就是为什么公共管理机构需要一个优先被认可的临时聘用代理服务机构名单的原因。临时聘用代理服务机构若希望得到这样的认可，需要付出相当的时间和努力，只有那些规范和有信誉的临时聘用代理服务机构才能获得认可。另外，得到认可的临时经理协会（IMA）的成员必须遵守一定的行为准则，成员资格的大门只向那些符合严格标准的临时聘用代理服务机构敞开。详细情况可以在IMA的网站上找到，网址是 www.interimmanagement.uk.com。大多数临时聘用代理服务机构都有一个以前用过的临时聘用经理数据库，因此更有可能提供愿意以临时经理为职业的有资格的候选人。

你怎样判断临时聘用经理的目的是否达到呢？对所有公司来讲，都不仅需要考察临时聘用代理服务机构的表现，还要考察它们的服务提供者——临时聘用经理的表现。一个惯用的规则表明，临时聘用经理的效果要产生你花费在一个客户身上的成本的五倍的附加值。这是在恰当组成的原始信仰中很重要的地方，因为相对于能够量度绩效的情况，它提供了基准。但这不应该是唯一的量度准则。当问起专业的临时聘用经理人喜欢从事什么工作的时候，他们中90%的人会说是指导、监督和团队组建。因此通过聘用临时管理者，留给我们的可能是对组织的持续有力的影响，这可能就是成功达到目的的标志。

我们生活在一个日新月异的时代。没有几个公司可以拥有随时可用的各种各样的技能。一个"在以前在别处做过"而且经验特别丰富的临时聘用经理，实际上可能以前已经积累了很多经验，能够向你的企业注入有效的、成熟的和不带感情色彩的驱动力，他们可以适当地安排去做那些固定职位的管理者不能做的事情。

上面的介绍应该能帮助你避免一些在选聘和使用临时聘用经理方面的问题。一般而言，最便宜的战略不一定是最好的，因此可以归纳为一句话：临时聘用经理来源可靠、使用恰当能够给公司带来重大的价值增长。

项目管理

什么是项目管理?

当看到项目管理的内容与其他如成长模型、收益和分配、财务和资本等内容放在一起,可能会感到很诧异,直到理解,大部分公司内部都存在这样广泛而复杂的项目,项目管理是企业管理的一部分。那些熟悉项目管理的人读到这部分内容时,将或多或少地回忆起自己的成功或失败的经历。

你的企业是否经常发生用不恰当的方式发布新产品、发表新文献、拓展新市场的问题,或者办公室搬迁带来一系列麻烦的情况?这些问题是否要你付出额外的时间、额外的金钱并影响到企业的利润?

对各种项目进行管理是公司经营中不可或缺的一部分,它是公司日常经营必须要做,但又不是最有成效去做的那一类事情。

项目的内涵

项目是怎样定义的?项目管理协会 (APM) 近来调查了很多英国公司,范围涵盖了金融时报指数所列的 100 家上市公司及一些项目管理咨询公司和公众组织,通过对关于项目管理的几个问题的调查结果的整理,从中得出了最流行的定义,即项目就是"有预算和时间约束的任何事情"。

一个项目是独一无二和复杂的。它有明确的目的,有明确的生命周期,有约束,也会带来风险。

首先必须注意的是,要把持续性的工作与项目区分开来。项目负责人(负责项目的个人或集体,也是风险的主要承担者)或项目经理必须了解这两者之间的差异,在明确这种差异的基础上,项目经理的职责就是要搞清楚,整个项目管理的过程要依赖

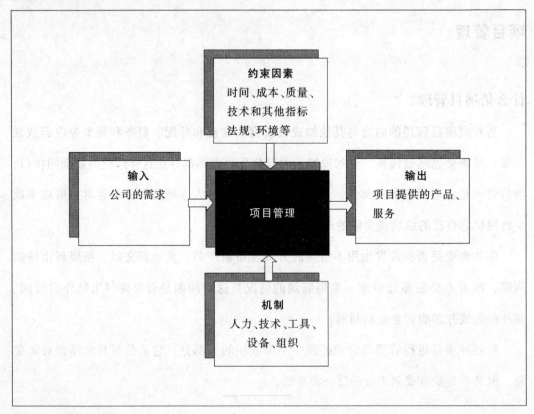

图 6.3 项目管理过程

于人力资源、财务管理和信息技术等保障系统的支持和协助。

不同项目在复杂性和预算方面的差别很大。但即使是最简单的项目，也要明确谁是项目负责人，也就是说项目是属于谁的。项目负责人需要明确项目的时间期限，并提供预算和其他资源支持，这些都需要进行计划和组织协调。最简单的项目通常会用最简单的项目管理办法去完成。但是那些对你公司影响很大的项目明显需要一种更程序化的方法去完成。

大部分项目是从仔细识别公司的需要、清晰的新点子或顾客需求带来的市场机会开始的。接下来进入概念评估阶段。在这个阶段，项目的不同方面都要考虑到，最后决定是否实施该项目。企业的项目就是在这个阶段形成的。

对项目应该进行充分的细节描述，使项目的机会和项目的整体目标能被人们了解。这可能被称为概念陈述、需求陈述、书面要求或者类似的说法。它应该简洁明了，而不是项目的细枝末节的描述；应该将描述重点放在项目的目标是什么，而不是目标是怎样达成的方面。

项目策划书要说明为什么需要项目、带来哪些变化，等等。因此项目策划书应该包括下面几个部分的内容：

- 目标；

- 可行性；

- 时间；

- 成本；

- 技术因素；

- 风险和机会；

- 安全；

- 质量。

还有其他的绩效要求。项目策划书还可以包括以下信息：

- 竞争性影响；

- 资源需求；

- 组织影响；

- 关键业绩指标（KPIs）；

- 关键成功因素（CSFs）。

这些因素的影响与其他形式的评估结果，例如环境评估、社会影响等一起，在项目的进展阶段应该说明清楚。

尽管关键业绩指标与关键成功因素这两个术语经常被混淆使用，但两者之间是存在差别的。关键业绩指标通常用作项目评价的量度手段，评估项目成功与否。而关键成功因素则是那些在项目环境中提出来的行动因素，对项目的成功有指导作用。

关键业绩指标描述了如下指标：

- 在项目的起始阶段决定的指标；

- 在项目的主要目标中直接反映出来的指标；

- 提供了在项目实施过程中决策判断的基础。

在项目完成后，这些关键业绩指标能够：

- 成为确认项目和产品被各方接受并判断是否成功的评价依据；

- 按照某种方式在某个时间或者某个层面进行考评。

同样的规则应该适用于那些考虑把项目用来进行招投标的公司和项目负责人。竞标者如果想赢得投标，应该认真阅读项目的商业计划。

项目负责人作为负责编写项目策划书和实施计划的人，应该成为项目的"业主"。

项目策划书应成为制定项目关键业绩指标的主要依据。

必要时应及时根据项目进展情况调整项目策划书，这通常是在一些关键的"投资时点"需要考虑的事情，与那些正式的战略评估工作可以同时展开。

一般，项目策划中的所有主要的参数都应该服从于投资/商业评估，只有这样才能综合评判整个生命周期的成本和其他可行选择。如果投资评估表明项目带来的改变不能弥补金钱所提供的价值时，就需要考虑其他可行选择了。

在项目完成后或者项目主要阶段完成后，应该有一个正式的评估，确定是否获得了预期的商业利益。

在项目一开始就按照约定俗成的方式确定项目的成功标准，这是确保项目成功实现的重要手段。所有项目都是承上启下的，都有不同的成功标准。从一开始就决定与标准达成一致，将从根本上解决怎样管理和考评项目的问题。

成功标准应该被书面记录下来，要达到的标准要求应该在文档里用明确的方式表达出来，这是在项目管理计划中要做的，是在整个项目的计划、监督、实施中最重要的文件。

对项目经理的要求

成功的企业无论什么时候都达到好的项目管理——这也许是成功的企业家对项目管理的直觉。对项目经理的品质要求已经在英国标准 BS6079 中明确了，如下所示。所有这些在企业家身上也有可能找到：

- 热情；
- 奉献；
- 动力；
- 决心；
- 正直；
- 洞察力；
- 幽默。

其中能包含鼓励所需的：

- 向上、同步或向下管理；
- 如果既定利益与项目利益相违背，坚决放弃既定利益；
- 即使一个项目的价值不大也要坚持到其结束；

项目管理协会所要求的项目经理的特点

1. 态度——外向的、积极的"务实"态度，这种态度能够促进沟通、激励和培育合作。

2. 判断力——感受和发现有效的、直接的、低风险的和不复杂的解决方法的能力，例如准时完成的 90% 的合格率比太晚完成的 100% 合格率要好得多。

3. 开明——一个人总是对新想法或实务方案，尤其是涉及这个方面的不同的观点给出公平的评价。

4. 调整——只要有可能就要避免僵化的思想和行为模式。根据项目的需求、项目负责人的需要、项目环境和项目中的人员状况确保成功的结果。

5. 创新——从一个人身上或通过与项目团队的其他人的交流找到创新的战略和方法。用不同的资源，识别工作方法，以达到项目目标。

6. 谨慎对待风险——具有识别和承担风险的意愿和能力，但是不会不明智而且不计后果地采取冒险的方法。

7. 公正——公正公开地尊重所有员工的价值观的态度。

8. 保证——对项目成功和使用者满意的最重要的承诺，强烈的目标成就导向。

同所有其他管理形式一样，项目经理通过计划、组织、激励、贯彻和控制过程，带领其他员工把事情做成。

- 即使一个项目的实施可能危及自己的职位甚至就业，也要坚持做下去。

项目管理过程

项目管理过程的说明如图 6.4 所示，过程的复杂性也反映了项目的复杂性，因此在这里不可能完整地说明所有的东西。但图 6.5 基本上大致说明了在项目管理过程中需要

机会识别	设计和开发	实施	移交	后期评估
新点子或 市场机会	设计方案模型 采购供应	加工 制造 测试	测试 验收 开始运行	运行 维护 综合物流

图 6.4 项目生命周期

资料来源:APM Body of Knowledge

<table>
<tr><td colspan="5" align="center">**概要**</td></tr>
<tr><td colspan="2">项目管理</td><td>程序管理</td><td colspan="2" align="right">项目内容</td></tr>
</table>

<table>
<tr><td colspan="5" align="center">**战略方面**</td></tr>
<tr><td colspan="2">项目成功标准
战略/项目管理计划</td><td>价值管理
风险管理</td><td colspan="2" align="right">质量管理
健康、安全环境</td></tr>
</table>

控制	**技术**	**商业**	**组织**	**人员**
工作内容和管 理范围 时间表/阶段 资源管理 预算和成本管 理 变革控制 增加值管理 信息管理	设计实施和移 交管理 需求管理 评估 工艺管理 价值工程 定型/测试 结构管理	商业环境 营销和销售 财务管理 获得物 法律意识	生命周期设计 和管理 机会 设计和开发 实施 移交 项目评估检查 组织结构 组织职责	沟通 团队工作 领导 冲突管理 谈判 人事管理

图 6.5 在项目管理中要说明的主题

资料来源:APM Body of Knowledge

说明的一些主题,在某种程度上达到了了解项目的范围和性质的目的。

实践和研究表明,所有这些因素对项目的成功实施的可能性都有重大影响。

这些主题都是项目管理的一般因素。每个主题在项目管理协会主办的《项目管理》

杂志上都有概括说明，更多的深入描述可以在 Pathways 出版社找到，根据需要提供不同层次的指导。

7

公司也能买和卖：并购和重组

并购目标

　　企业识别并购目标的进程预先假定，该企业已经从战略上把正确的并购活动看做是企业实现有机增长的一种重要手段。这个战略决策的前提条件很重要，因为按照这个战略决策思路所选择的并购目标选择标准将决定并购过程。最近一项由毕马威（英国）公司进行的名为"反击并购熊"的调查表明：有 72％ 的并购交易可以归因于并购方的市场扩张或多元化经营战略。他们普遍认为，通过并购一家已成立的公司来达到扩张进入新的地域和新的行业的战略目标，比自己从头开始要快得多，风险也少。这清晰地表明，在达到战略目标的过程中，如果对"并购"还是"自己构建"的选择进行了适当的评价比较，"'并购"往往比"自己构建"的决策更受青睐。

毕马威 (英国) 公司的"反击并购熊"研究表明，所有并购案例中，只有 30% 的并购活动实际上达到了"期望的目的"，这意味着 70 % 的并购活动并不增加价值，甚至比先前更糟，造成企业价值缩水。那么为什么仍然有许多企业偏好并购战略呢？也许这两个有趣的统计数字只是说明许多刚刚成立的小公司的并购活动实际上是在减少企业价值——我们知道并购是有风险的，但在公司刚刚成立时就进行以产品或地域多元化为目的的并购则更为冒险。

尽管企业并购有许多需要注意的方面，但对于许多公司而言，寻找机会并进行正确的并购仍是公司发展的关键策略。那么，寻找正确的并购目标应该从哪里入手呢？

什么是"正确"的并购

我并不认为对形成好战略的方法进行详细研究有什么用处。各种各样的学派提出了许多指导企业战略制定的理论和方法。然而那些创业型的小企业通常没有书面制定的战略，但企业家或高管层能够说清楚他们想做什么。因此在寻找可行的并购目标时，找到大家一致同意的被并购企业的评价参数和标准，并能明确表达出来并得到外界的一致同意，这是很关键的。在这种情况下，管理层在并购机会出现时，能迅速作出一致反应。很明显，评价目标企业的参数和标准会受到你是否想扩张现有业务进入一个新领域或实施多元化的战略思路的影响。每一个并购个案的侧重点会有所不同。

如果并购的侧重点是扩张现有业务，关键的考虑因素是：

- 产品/服务是否具有兼容性或互补性；
- 是否带来顾客的增加/冲突/互补；
- 是否有地理位置上的重复或新增；
- 目前公司的经营业务是否需要重组。

对于是否需要扩张的问题，管理层的决策明显会受到企业内部状况细节和能从中获益的并购对象的特殊能力的影响。例如，你不仅需要看到从需求角度讲的潜在利益，也要看到并购所带来的现有能力的制约因素，以及并购以后的规模经济效应如何。

如果并购的侧重点是实现业务多元化，关键的考虑因素是：

- 并购对象的产品/服务特征；

- 并购对象的市场/顾客特征；

- 并购对象的市场定位和竞争状况；

- 并购对象的地域限制；

- 是否打算进行业务重组。

当然最终会支持并购决策的细节问题将比这些列出的内容多得多，实际上最后的尽职调查比对这些问题的鉴别更重要。但是除非你能回答清楚上述主要问题，否则尽职调查将是低效和无用的。

在所有并购案例中，人员问题也是一个关键问题。在确立并购标准的阶段，很难对人的问题提出具体的指导方针，但考虑这些软件方面的问题是很重要的。如果你在管理上还没有做好准备，你已经打算在产品/服务或地域上进入一个新市场了吗？企业目前的管理层能有必要的时间和技能来介入被并购企业的管理吗？还是通过远程遥控？管理风格和企业文化也是需要考虑的因素，而且应该意识到，对企业之间的差别问题也应该给予足够的重视。

上述提出的几个问题实际上并没有超出一般管理问题的范畴。但是有许多企业并未投入很多时间在这些问题的研究上，但实际上花一定的时间把这些问题搞清楚，从长远来看，可以节约企业的时间和财力。

我参与许多跨国公司和国内小企业的并购工作的实践经验表明：如果这些基础工作做得比较好的话，能够节约并购中的许多时间和金钱，并能避免失望。同样重要的是，提出的并购评价标准体系要有一定的灵活性。我们发现有些标准制定得很细致，但在实际当中却只有少数公司能达标。实际上没有哪家被并购企业能够达到并购方所希望的销售额。如果并购标准的要求过高，就意味并购策略无法取得成功，但实际中的许多情况表明，在并购操作中对指标的把握比最初制定的标准有更多的灵活性。

所以在实际操作中应该把握的关键问题是要在实际情况与标准要求之间达到一种恰当的平衡，把握好哪些关键的方面必须达到要求，而哪些方面可以"最好能达到要求"。也就是说既要保持足够的灵活性，又要避免浪费时间。

如何寻找合适的并购对象？

在明确了并购标准的基础上，现在需要明确并购过程。但与标准的明确而具体规定相比，过程相对来说应该比较灵活。最终你会发现过程的最后确定要等到卖主接受了并购条款以后才能确定。在不恰当的时机找到恰当的并购对象并不能带来满意的结果。因此在考虑并购过程时，首先要作的决定是：你是否准备公开你的并购计划。与之相关的一个主要问题是，如果并购目标企业（卖主）本身是家上市公司的话，就很可能要遵守"产权交易章程"和"英国上市公司规则"（或其他的资本市场规则）的相关规定，这时候你就需要听取专业的咨询建议。在这里不再介绍这些收购上市公司过程的详细规定。在明确了并购是否需要公开或私下处理的决定之后，就能结合不同的方法来计划自己的并购过程了。

并购过程的关键步骤是确定目标公司在总体上能否基本满足并购标准的要求，并在此基础上尽可能地利用各种方法列出考察项目的优先顺序清单。并购过程中还要使尽可能多的人知道你打算进行并购，这才能确保你能获得最好的并购机会。把并购过程的这两个方面结合起来，提高了在恰当时机找到并购目标企业的可能性。最重要的是，不要让对并购机会的考察占据整个进程，针对试图淘汰的一家企业的过度调查意味着你可能错过了真正感兴趣的并购目标，或者错过了一些有利机会的截止日期。

在此我提出寻找并购对象的三种有效的建议，它们既能合并使用，也能单独使用。

让外界知道你的并购愿望

要想让外界知道你的并购意图，可以简单地在相关报纸上投放广告，在很多信息流通不透明的国家中这种办法很有效。但是在如英国这样信息透明的市场中，其效果比较有限。另外的做法包括借助于公共关系顾问来提升公司的总体知名度，通过宣传公司的战略目标和发展设想，可以使你的并购意图引起金融中介机构的注意。这种做法的主要缺陷是很多团体会提供帮助但不能带来具体的并购机会。

并购调研

并购过程不能忽视调研的必要性。调研可以从产业市场的角度入手，也可以从财务状况的角度进行，两种做法各有其优点。在现代社会不用离开办公桌就能获得广泛的信息，可以通过计算机网络进行广泛的收集，基本的财务信息收集起来既方便又快捷。从各种"行业协会"获得的信息一般都比较过时，因此在帮助你了解情况方面毫无价值。我们曾做过一个广泛的并购调查，我们希望获得的最重要的数据来自一个著名的跨国公司的专业人员，我们发现它们出版了一个企业名录，具体标明了每一个企业的专业人员数量。这是对并购机会进行评估的关键信息，通常只能在调研过程中逐步找到。

聘请中介机构和顾问

最后一种做法是把整个并购过程外包给中介机构或咨询顾问去做。但是需要把握好一些关键问题。是否选定一家中介机构来替你做这件事，还是从众多机构中找到一家最适合自己的机构？不同的做法各有其优点。调查的本质和规模会影响选择。专业性的和范围比较狭窄的调查，一般适用于目标企业的经营领域很容易识别并且关键的指标能够找到而且变化不大的情况，此时只需选定一个中介机构来做这件事就可以了。如果你打算在多个地方进行多次并购，那么建议你在每一个打算进行并购的地方都聘请一个顾问来帮忙，因为这样的并购方需要当地资源的支持。在一个确定的地区进行非互相排斥关系的并购时，可以把并购标准放宽一些，以鼓励中介机构提供尽可能多的机会。这些中介机构有自己的数据库并且能提供潜在并购对象的相关信息。

在上述三个寻找并购对象的基本方法中，可以根据不同方法的具体情况提出具体要求，以适合不同环境的需要。关于如何找寻并购目标，并没有严格的法则或规定，尽管在灵活的框架下坚持的标准是每次成功探索的要求。要记住，不是任何并购都能找到合适的目标，就算能找到，也未必能成功并购。认识到这样的现实情况对任何想进行并购的企业的管理层都很重要。完美的目标企业往往是并购方偶然发现的、卖主想要出售而尚未进行拍卖的企业。遗憾的是，目前的金融市场总是想把每一家好企业都通过竞价的方式出售，以此获得更多的拍卖收入。这就是本文开篇提到的简单问题，即唯一的好方法是说服一家理想的目标企业相信你的公司就是理想的并购者。

并购的关键问题

- 要预先明确并购的主要标准，以便能很快地评估潜在的并购机会。预先搞清楚什么是"好的并购对象"，它可能不期而遇。

- 如果聘用中介机构，要保证管理层有清晰的并购目标要求，而且咨询顾问的建议也有明确的依据。

- 不要低估调研的价值，同时也要认识到，在你自己公司的内部也可以找到很有用的信息和建议。

最后，无论采用哪种方式，要确保对意外情况有准备。

发展阶段	初始资本	筹建	投放期	成长阶段 1	成长阶段 2	稳定成长	成熟阶段
收入	无	最低限度	快速增长	高速增长	高速增长	稳定增长	GDP 增长
利润	无	亏损	亏损	盈亏平衡	盈亏平衡	赢利	赢利
净现金流	无	负值	负值	负值	0	正值	正值
客户	无	无	早期适用	<50%目标群	>50%目标群	广阔市场	广阔市场
市场营销	无	市场研究	意识	品牌构造	品牌构造	联想	再构造
产品	概念型	准备投放	功能	受欢迎	广泛使用	主流	便利商品
技术	尚未证实	测试中	使用中	按比例增加	改进	普通的	退化的
管理	创立者	创立者	起重要作用	起主要作用	配备齐全	配备齐全	配备齐全
机构内置	卧室	车库	暂时 HQ	持续 HQ	持续 HQ	持续 HQ	持续 HQ
到期成本	★★★	★★★	★★	★			
重置成本	★★★★	★★★★★	★★★	★★			
净资产法	★	★★★★★	★	★	★★	★★	★★★
决策树分析法	★★★	★★★★	★★★★★	★★★	★★	★★	★★
折现现金流法	★★★	★★★	★★★★	★★★★★	★★★★★	★★★★★	★★★★★
销售额倍数	★	★	★★★★	★★★★	★★★★	★★★	★★
利润倍数	★	★	★	★★★	★★★★	★★★★★	★★★★★
用户倍数	★	★	★★	★★★	★	★	★

毕马威英国公司财务

图 7.1　不同企业价值评估方法的比较

企业价值评估

如何评估公司的价值

对一家公司进行估值一般有三种主要方法：利润评估方法、贴现现金流评估法以及资产评估法。各种方法都有其自身的优缺点，可以根据特定情况采用特定方法。

利润评估方法

利润评估方法也许是评估私营企业最经典、最通俗易懂的方法。方法的第一步是决定公司可保持的利润水平。这涉及要考虑企业历史上的和预期的赢利性，对一次性的或非重现的条款作出调整。第二步要决定一个合理的利润倍数，用来把利润流资本

213

化，并核算出公司的衍生价值。传统的利润倍数是 PE 倍数（市盈率=每股市价/每股利润），复合的可持续利润指标是税后利润 PAT。最近的趋势是把企业的收入和支出综合起来转换成名为息税前利润 EBIT 和息税、折旧、摊销前利润 EBITDA 的指标，这些资本市场使用的利润和倍数指标可以消除不同的财务结构和会计核算准则所带来的利润变动。

贴现现金流评估法

贴现现金流方法按照企业的预计未来现金流评估企业价值，典型的是用 3 年期、5 年期或 10 年期的明确预测期间的现金流核算。预测期间期末对企业未来现金流假设为永久。这是指最终值期间和暗含的假设是企业在这段时间要以平稳状态和低增长模式经营。

企业的未来现金流（明确预测期间和最终价值期间）以一个恰当的资本成本率折现成今天的价值。资本成本率也称贴现率，是考虑预计现金流发生和货币的时间价值的内置风险水平。

资产评估法

采用资产评估法对企业进行估值很可能是三种方法中最简单的。它试图采用市场价值而非账面价值来标注公司报表上的资产和负责。企业总价值就是净资产的市场价值或公司股份的市场价值。

公司价值的影响因素

小公司就像创立它的企业家一样很独特。但是，一般而言，下列因素会对公司的价值产生严重影响。在讨论这些因素之前，有必要指出企业价值评估是主观的，并以未来为导向。由于公司价值随时间而改变，那么对公司的看法也会发生改变，公司当前的市场情况是很关键的决定因素。

赢利性和现金流

假定广泛使用利润和现金流评估法，则赢利性和现金流是价值的基础。这是因为企业的购买方或投资者想要获得投资回报，而投资回报必须由公司的赢利现金流产生[1]。但是，反映公司未来赢利或现金流产生回报的信息并不是历史财务业绩，因此，任何价值评估中，对未来赢利和现金流的预测很可能是最关键的因素。

公司的相对市场地位

所有公司，除非是垄断企业，都在市场上竞争。公司的相对竞争地位以及期望在将来如何改变对估值是很关键的，因为它决定了公司将来在市场上的表现如何。相对竞争地位具备很多特性和很多模式，这已在许多管理理论[2]中得到解释，你应该尝试着去分析、理解并最终改进它。

按照一定的公司价值评价模型，公司的相对竞争地位可以用利润的倍数来表达，也可以按照未来现金流的贴现率来表达。把相对竞争业绩归纳为一个单一数字的过程很复杂。如上所述，这种表达同样是具有主观性的，并要求有当前市场状况的合理知识。

管理水平

对私营企业而言，第三个对价值有影响的关键因素是企业家和他的核心管理团队的发展思路。小公司的投资者普遍承认：决定是否投资的关键因素在于管理团队的素质。因此，如果一位成功的企业家想退出经营，要么现在，要么将来，最好能确保公司获得最大的价值，以此来降低公司对企业家的依赖。

---

[1] 一些投资者,例如私有权益基金,可能会利用公司的部分或全部,以及其相关利益的销售额或浮动资金来取得回报。这种回报最终由公司的赢利性和现金流驱动。

[2] 包括 SWOT(优势、劣势、机会、威胁)的传统模型和 PEST(政治、环境、社会、技术)的分析,以及波特的竞争优势理论,或其 5 种驱动力分析可用来评估相对业绩。

避免常识性错误

尽管企业价值评估是一个简单的概念——无非是说，一个公司的价值就是想买它的人愿意为它所支付的价值——但是评估一家公司的价值却是很复杂的事，就算运用所有新技术，初学者或毫无经验的人也会犯错误。

搞清楚是公司价值还是权益价值

股东拥有公司，然而有两个群体对公司的利润和现金流享有索取权，即公司的债权人和股东。公司价值指的是公司的总价值，即债权人所拥有的债权价值加上股东持有的净资产价值的总和。而权益价值仅指股东持有的那部分价值。

这里有一个最好的案例来说明。如果企业 A 具有企业价值 1500 万英镑，债务价值 500 万英镑，那么它的权益价值（即股东拥有的价值）为 1000 万英镑（即 1500 万英镑减去 500 万英镑），企业的财务杠杆（或负债）程度越大，则企业价值和所有者权益价值之间的差异越大。一些估值方法给出的是企业价值，而另一些估值方法给出的是所有者权益价值。把这两者弄错就会损失现金。

不要忘记税务

税务是企业的实际成本并影响到企业的估值。考虑这样一个情景：你评估的两家公司，其他方面都相同，只是一家不用缴税，另一家缴税 30％，哪家价值更大？很明显是没有税务负担的那家，因为有更多的利润和现金流用来投资，或作为投资者回报支付给股东。所以税率相对较低的公司价值更大。

别忘了，如果你以打算出售企业的意图来评估企业，无论如何都要对收入纳税。这是很复杂的领域，你需要专家的咨询建议，并保证已考虑了税务的影响。

准备好面对挑战

为何要对企业进行估值，肯定是有不同的目的或原因。但估值结果经常与第三方有关系。估值是主观的，第三方的利益可能与之不同，甚至与你的利益有冲突。如果不同的第三方对你的企业的估值结果存在差异，你就必须确保它有很强的说服力。

总结

估值是灵活的，它考虑了公司的经营环境、市场地位以及企业家素质等三个方面。有三种主要的评估方法：利润评估法、贴现现金流评估法和资产评估法。各种方法都各有其优缺点，这取决于你的公司情况来选择哪种方法更适合。许多因素会影响估值，但最关键的三者是：赢利性、现金流、公司竞争地位和管理水平。

估值的概念很简单，但初学者和毫无经验的人会犯错误并造成损失。通常的错误有：混淆公司价值和所有者权益价值，忽视了税收因素，忘记了你要捍卫公司价值，必须对抗那些与你有不同利益甚至竞争关系的第三方。

并购后整合

尽管兼并和并购活动仍然是很多大公司增长战略的核心部分，但是对并购是否真正创造价值的问题仍有争议。毕马威（英国）公司的产权交易部在 2003 年进行的名为"反击并购熊"的调查表明，只有 34％的并购交易增加了股东价值。而这个结果比以前的类似调查结果（1999 年的一个相似调查 [1] 表明成功率仅有 17％）要好，这表明在提升并购价值方面仍有巨大的改进空间。

并购成功的要素

毕马威（英国）公司的研究 [2] 表明，长期并购交易要取得成功，交易前要强调 6 个关键因素：

---

[1] 发挥股东的价值：走向成功的关键.KPMG LLP 英国.

[2] 同上。

- 并购前的尽职调查；

- 对并购协同效应的正确评价；

- 并购后的整合计划；

- 选择恰当的管理团队；

- 解决好文化冲突问题；

- 有效的沟通。

除了并购前的尽职调查外，其他几个因素都是并购后整合过程的组成部分——这充分说明并购后的整合何其重要。

什么时候开始整合

许多公司会犯的错误通常是把整合留到其取得所有权的那天才开始，并称之为兼并后的"第一天"。这由很多因素导致，例如缺乏管理资源，或在并购不完全确定前不愿投入时间和金钱。然而，这样就显著削弱了原本明显的战略优势。至少，在到达"第一天"之前的期间应该做好以下这些事情：

- 识别并接近并购目标企业的管理层和员工。对于目标企业的雇员而言，这期间的不确定性很大，有能力的员工已经开始另谋职业。如果你能向关键员工保证他们是你的目标人才的重要组成部分，将有助于减少潜在的混乱。

- 提炼并确定协作目标，策划好"快速成功"。即首先抓好那些可以很容易并很快体现出并购效益的业务，比如说停止重复的广告开销、合并采购以获得更好的价格折扣等。

- 做好取得所有权后的前 100 天的计划——研究表明这期间是计划两个企业合为一体之后的"有利或有害"的时期，因为这个时间长度恰好是目标企业员工（很可能也是你的雇员）对你持迟疑态度的一段时期。如果到第 100 天结束时，你对被并购企业的看法还是不明朗，你可能会丧失该企业员工的信任和期盼。

整合成功的关键因素

显然，并购交易不同，则整合的范围和规模也各不相同。例如，从一种最低协作的伙伴关系式并购，到以协同效应提升价值为目的的大规模生产过程的合作式并购，整合的程度是完全不同的。但是，有一些经验教训是普遍适用于各种并购后的整合过程的：

- 把整合策略整理成书面文件。为了避免浪费精力，负责整合的管理团队必须明白高层的整合策略，例如，你是想从目标企业中学到行业的最佳经验，还是只想把它纳入你现有的经营管理体系中？要明确哪些方面的决定，比如说合并后的总部应该放在哪里、董事会关键职位的安排、采用哪家的信息技术平台等，是不容讨价还价的。如果已经作出了决定，即使多少表现出了对目标企业的不尊重，也没有必要再浪费宝贵的时间去商量和争论。

- 让负责整合的团队参加并购前的准备工作。负责整合的团队是具体整合工作的承担者，让他们参加对目标企业的评估并参与决策，有利于让他们更好地理解高层的并购战略思路并很好地贯彻并购战略。比如说，如果负责营销的经理没有很好地理解并购后的品牌策略设想，就不可能很有积极性地去实施这个策略。

- 不要低估计划的重要性。整合是那种"越犹豫越慢"的典型例子。对并购完成前后阶段的周密计划将取得事半功倍的效果。例如，在最近的并购整合项目中，我们在并购前花了许多时间去策划到并购执行"第一天"之前的工作计划。由于已经对需要决定的事情都事先做了安排，整合一开始就迅速取得了成效，我们只花了最初计划时间的一半就进入了并购后的整合实施阶段。

- 要有一个专职并得到授权的整合负责人。即使是最简单的整合也需要有专职的管理人员来负责，找到恰当的整合负责人是整合成功的关键因素。他必须是个良好的沟通者，采取灵活但坚定的工作方法，必须被企业内部人员所尊重，这

样才能在高层进行管理。整合负责人还要得到企业管理层的支持、信任和授权，这一点也很重要。

● 沟通，沟通，再沟通。沟通是自始至终地贯穿于整个整合过程的重要因素，对目标企业的员工和自身企业的员工来说，并购整合都是一段存在不确定性的阶段。沟通应该是公开和坦诚的，因为人们普遍都会宁愿相信坏消息而不愿相信什么都没有发生，因此坦诚而公开的信息发布将有助于减少由工作不确定性给人们带来的混乱。

总结经验教训

在过去几年，许多公司已经意识到总结并购交易的成功经验的重要性，但是仍然不太擅长将并购整合的成功与交易前的评估联系起来。缺少这个环节，就无法判断并购交易是否达到了它的主要目标、真正为企业创造了价值。因为这个真正的目标很容易会被并购企业的现实所扰乱，实际上许多事情总不能尽如人意，因此会让你忽略了那些本来应该有所计划的事。

把交易前的价值评估目标与整合计划的目标相对照，这样的对照评价能够明确地识别出整合过程的可控制因素和不可控制因素，并涉及潜在的财务效益和诸如员工素质之类的非财务效益，给你提供了哪些事情进展顺利、哪些事情进展不顺利的关键信息，那样的话，下次你就能做得更好。

管理层收购

选择适当的时机

像任何商业决策一样，管理层收购的时机对其成功很关键。你必须判断当前的所有者是否愿意出售企业，现在这个时间是否合适购买。所有者想出售企业的原因很多，一般而言可能是以下这些因素：

- 所有者的母公司经营出现困难；

- 所有者已经制定了放弃非核心业务的战略决策；

- 创立企业的所有者打算退休；

- 所有者个人想要追逐其他利益或想很快获得现金。

一旦你确信所有者打算要出售公司，那么公司的商业地位及未来管理者的个人地位是决定管理者收购能否成功的关键因素。

处理好潜在冲突

然而，管理者一旦打算把企业买下来，就必须明确意识到存在于管理层收购中的潜在冲突。一方面，你必须履行管理责任和雇员责任，并以公司利益及当前股东的利益为重；另一方面，你要从自身最佳利益的角度出发来收购公司，争取通过最优惠的价格，让自己成为新的股东。

能够处理此冲突的唯一方法是，从下定决心的"第一天"起就公开面对公司股东以及公司的独立董事。你必须按照管理层与公司之间的聘任规定条例行事，具体如下：

- 允许管理者考虑管理层收购的可能；

- 允许指定财务顾问；

- 允许利用公司信息并披露信息给财务顾问和潜在的投资者；

- 要与公司股东就你能以多少工作时间投入到管理层收购事务的问题达成一致；

- 证明你自己将尽最大努力做好收购前的日常管理工作。

缺乏这些规则的话，收购不太可能成功。有很多关于管理团队由于违反责任而被炒鱿鱼例子。但实际上每年也有许多管理层收购成功的案例，这说明这类冲突是能得到有效解决的。

接近公司的所有者

要想达到无论交易是否进行都不影响你自己地位的目的，接近公司所有者的方式需要仔细地考虑和设计。有些所有者会把管理者的接近看做是搞阴谋诡计的标志，而另外一些人则会对公司管理层很信任。很明显，无论他们作为个人还是公司法人，他们的看法更多地取决于你与他们的关系。除了接受他们的方式、方法之外，你还必须考虑到你作为雇员的契约责任，包括作为管理者的信托责任（如前所述）。

估计公司的价值

估计公司价值过程中应该考虑的正常因素，如历史利润和未来利润、品牌效应、公司的地理位置、未来的预计需求、价格竞争等都应该考虑到，还要通过与同行中的类似交易进行比较，并考虑到其他潜在购买者愿意出多少价的因素，综合估计公司价值。采用管理层收购，你必须密切注意收购完成后的头几年内预计现金流的来源。大多数情况下，管理者收购公司的资金有一部分需要采用债务融资，这需要利用收购后的企业头 5~6 年间产生的现金流来偿还。这种价值评估有助于为企业设立一个合理的收购价格基准。但是，也可能的情况是卖主已经定好价格，不管合理与否。

管理层团队及其投资

管理层中各成员的投资比例及其相对控股地位必须在融资过程的早期获得每个人的赞同并达成一致意见。很可能团队成员中的个性氛围意味着某些人比另外一些人更有实力或更乐意投更多的钱来收购企业。大家的最高目标应该统一到收购企业的决心上来，而不必给个人施加太多压力。按照一般通行的做法，管理层的每个人拿出每年薪水的 75%~100％来投资于收购，应该是一个合理的起点。具体数字可以按照上述因素合理调整。由于许多管理者资金不足，收购顾问应该帮助安排一种低税的融资方式，比如说，通过给企业提供贷款的银行来为管理层提供资金支持，当然要根据每个人的实际情况决定是否需要银行的支持。

吸引其他投资者

为了筹集收购的资金，管理层应该在收购顾问的帮助下编制一个内容全面而且目标明确的商业计划，这个商业计划要详尽说明企业的具体状况和未来的收益预测。该计划是关键的文件，会给潜在投资者提供识别投资机会的第一印象，并明确地展示企业能够满足关键投资标准的能力。商业计划要回答四个关键性的问题：

- 你的企业所在的行业及你的企业存在增长潜力吗？
- 你所提出的商业策略是挖掘这种潜力的最好方式吗？
- 你们的管理层有能力实施所提出的策略吗？
- 作为投资者可以在中期回收全部投资吗？

除了这些问题以外，商业计划还必须具体说明企业的市场状况、战略思路、管理团队构成以及投资者的退出路径等。不同的投资者对退出路径的重视程度不同，对退出时机的考虑也各不相同。收购顾问将帮助你把计划中的这部分内容转达给投资者。

除了上述问题外，商业计划还应包括一套完整的财务预算，以及支持此预算的具体假设。该预算要预测未来 3~5 年间可以达到的经营绩效并提出一个既具挑战性又具现实性的发展目标。潜在的投资者也应该能看到企业未来可能出现业绩下滑并面临风险时会出现什么局面。这可以通过对主营收入和主要成本变化的敏感性分析、对于不确定性的注解和未来市场变化的描述加以解释。

管理层收购的好处

管理层收购的利弊取决于许多因素，主要是收购所需要的权益资金的总量，以及管理活动对企业成功的重要性。因此很难描述一般情况，尽管它合理遵循了期望以较小代价获得较大利益的原则。实际上，除了收购顾问会提到的某些宣传口号式的好处外，还有不同的交易安排机制。这些因素在收购交易中综合起来，会在不影响企业财务结构（不过度融资）的前提下增加你的投资回报。一旦你掌握了最初的财务信息，在与投资者开始讨论之前你的并购顾问应能给你一个你可能获得的权益程度的暗示，包括基于商业计划的各种假设可以获得的潜在退出权益收入。

收购过程

从开始与所有者讨论到最后完成交易，一项典型的管理层收购会耗费 3~6 个月的时间。那就是说，更复杂的收购交易会耗费一年，一项完整的收购过程的完成不可能少于 10 周。这期间，管理层除了要发挥保持企业平稳运转的卓越作用外，还要投入大量时间在其收购上。这期间，收购顾问的主要任务是减少收购交易对你的干扰，那样才能达到交易前制订计划的目的。

一旦你选择了引进外部投资者共同发展的方式，将会有来自投资者及其顾问的大量信息需求。迅捷、精确地满足这些需求是一项你和你的顾问不得不处理的重要工作。作为一个团队，在整个收购交易中，你们将处于公众的注意下，持续提供的信息内容以及提供方式很重要。特别要重视在收购过程中始终通过及时的正面新闻对交易施加有利的影响，尤其是针对那些偏好消极信息的投资者。

潜在的风险和收益

如果收购谈判破裂，管理层首先要想到应该处理好两件事情：首先，要避免收购顾问收费太高；其次，要继续与所有者保持良好而且持续的工作关系。要处理好第一件事，如果顾问不打算向实施管理层收购的人收费，只有建议他向卖主收费。第二件事比较难处理一些，但可以让顾问作为代理与卖主直接面对面谈判，并在私下建议你采取适宜的行动步骤，来避免你直接与所有者讨价还价的尴尬，这也有利于相互之间继续保持良好的工作关系。

收购交易后企业会失败吗？因为投入的资金成为资产权益，再也不可能恢复。风险肯定是存在的，但是，你的法律和财务顾问会确保你开始时已经充分理解并考虑了投资的风险情况。

总而言之，管理层收购的成败在很大程度上取决于管理团队的表现，以及企业的经营状况，经营好回报就大。在一个典型的收购案例中，在 3~5 年后企业应该回报给管理层的权益资本预期的变现退出价值应该是实际投资金额的数倍乃至数十倍。

结论

管理层收购是一个密集、耗时的过程，收购前和收购后都是。在该收购过程中，管理层的财务和个人投资很大，并受内在风险控制。因此，你的团队需要完全投入到企业中以保证成功。然而，要素都到位了吗？你们自己作为团队的表现将直接影响回报，而把这些正确的建议考虑进来的话，能够证明在财务和个人方面都是正确的。

出售企业

对于许多企业家而言，通过出售企业而退出经营是其一生中功成名就的顶点。更重要的是，这是"一生中只发生一次"的交易，只有一次机会，因此必须处理得当。

本节涵盖了想退出经营的企业家们向毕马威（英国）公司财务部提出的关于出售企业的十个最常见的问题，以及相应的解答。作为财务顾问，我们的工作就是对顾客提出的问题进行适宜的解答。

1. 何时出售企业

当然，时间控制很重要，如果出售时机到了，应该对市场环境、行业状况及整个经济形势有一个总体评估。在某些环境下出售企业很容易，而不用考虑具体时间，比如说，企业在一个细分市场中经营，有着良好的信誉和优秀的消费者群体。

咨询顾问会为你提供何时出售的最合适的咨询服务，如果他们认为出售的时机不恰当，会直接告诉你。那些知名的顾问机构能提供现实的建议，一般不追逐短期利益，更看中的是自己的声誉。

2. 企业价值多少

只有一种方式能够精确地评估企业的价值——就是把它卖掉！所有其他方法都带有一定程度的主观性，因为它涉及预测企业的未来状况。说实话，不是人人都同意类似的评估方式。

然而，要评估公司价值，所有者需要考虑大量的因素——追踪原始记录、未来潜在的赢利趋势、竞争对手的行动、净资产以及财产价值，等等。此外，同行业最近的交易能够提供有用的提示：潜在买主可能会支付的价格是多少，该信息可以从认真专注的价值评估机构获得。

咨询顾问在出售公司方面的经验，以及他们具备的广泛的行业知识相联合，使得他们能在你想出售公司之前为你提供良好建议：你的公司价值几何？

3. 出售公司需要多长时间

一般情况，出售过程耗时 4~6 个月。然而，没有现成的公式来预计这要耗时多久，一些公司几周内就出售出去了，而另一些公司耗时则要久的多。

一旦出售公司的目标价格和出售过程的关键问题确定，公司所有者就能获得对所需时间的坦率的估计。

4. 做什么准备

所有者自己的精心计划能够对出售价格产生直接影响。企业所有者何时开始计划最终退出的途径或程序都不晚。应该考虑的是如何最好地定位自身来提高潜在价值或给股东的潜在利益。

与在经济周期的某个恰当时机成功出售公司的情况明显不同的是，所有者应该确保公司在经过一定准备精心策划包装以后再卖出去，以卖得一个好价钱。

5. 能保密吗

当然很可能。保密很重要。把即将发生的出售公司的信息先告诉客户还是员工，这是需要适当平衡的问题，与此同时，要确保他们没有听到小道消息。两种情况都会损害信誉和员工的忠诚度。

大多数顾问会推荐或帮助你设计一个沟通计划来处理这类问题。

6. 如何寻找买主

回答是你不用找，可以委托顾问通过很多渠道去找。顾问拥有打算收购的公司的深层次信息，并通过国家之间或世界范围内的互联网与其对应部门经常联系。此外，大型咨询公司雇佣专门的研究分析师来追踪企业产权交易活动。

7. 出售怎样进行

一般的出售过程大概包括以下几个阶段：

- 计划和准备阶段：准备出售公司，起草一个介绍企业情况的备忘录，寻找潜在的购买者。

- 营销和谈判阶段：散发介绍企业情况的备忘录，评估潜在购买者感兴趣的程度，接受购买报价，并达成出售的初步协议。

- 签订合同和完成阶段：请律师起草正式的合同文本，进行出售之后的税务重组，协助购买者进行调查，完成出售程序。

8. 需要哪些信息

要精心组织准备介绍企业情况的备忘录并控制好提供给潜在购买者的信息，信息过多或过少，或者对一些不需要强调的东西的错误强调，都只会起反作用。

另外，在出售公司时，你必须向购买者提供足够的商务状况信息和财务状况信息，以使他们能测算并确定竞标购买公司的恰当报价。

9. 什么时候能拿到钱

公司的所有者能够通过不同的方式拿到钱，比如说，以现金、债券或购买者所持有的股票的方式。不管什么方式都可以在合同中加以约定。除了双方事先约定按赢利状况付款（即出售公司的价格与公司未来的利润挂钩）的情况之外，出售公司的大部分收入（如果不是全部的话）将在出售过程完成以后交到原所有者的手上。

10. 有哪些风险

出售公司总是会存在风险。也许最常见的风险在于，无论出于什么原因，交易双方最后没有达成交易，但是浪费了不必要的时间和前期费用。

但你可以在一开始就与资深专业咨询机构合作，以获得对风险的客观且坦率的评估，这样在任何情况下，公司所有者都可以在交易中处于主动地位，并在情况发生变化时采取措施避免风险。

当然，最大的风险是所有者可能会对自己的公司估价过低，从而低价出售公司。对这种情况，咨询顾问会尽力去阻止所有者犯傻。

8

钱！钱！！钱！！！

融资

银行与中小企业客户之间的业务方式在不断改变。首先，它定位于建立和保持一种良好的私人关系，防止客户的流失和流动。所幸的是，这种趋势越来越偏向一种与客户之间的更紧密的关系。

在成长型企业与其贷款银行或其他贷款者的关系之间存在两个基本现实：

- 私人所有的成长型企业主要依赖于自有资金或贷款来维持增长，而不是靠现有股东增资或增加新的股东。

- 对公司贷款的借贷者必然是愿以最优惠的条件向该公司提供资金的少数几家金

融机构之一，尽管此时借贷者并不知道自己是否愿意接受这个企业及其主管的贷款申请。

虽然银行在处理与客户关系上的工作方式有所改进，但如果成长型企业能管理和控制好以上所说的两个方面的问题，那么企业与银行的伙伴关系将会发挥出更好的效果。

银行是否想贷款？

正如一位银行客户直截了当所指出的："反正是你的钱。"因此一种广泛的看法是，那些放贷者特别是大银行在看到一个好的项目时，无论后果如何都倾向于发放贷款。这带来一个问题：每一个放贷者都必须对贷款给某一个特定的客户是否明智作出明确判断。

另外必须记住的一点是，进行信用风险评估的大多数数学工具，无论是信用等级模型还是个人信用评分，都只是对各种风险因素的权重进行的集中评价。在大多数信贷业务中，这种评价还被移植到银行对日常客户的评价中。原因很简单，就是决策过程中的影响因素太复杂，以致只能把它们归纳到信用评价上。

由此可以设想，欲贷款的公司在了解银行贷款的决策过程后自然应该竭尽全力地提高自己的信用形象。

改换银行

对企业来说，改换已经建立了一定信誉的银行账户虽然不是经常发生的事，但却是一个隐性成本很高而且复杂的过程，特别是对许多成长型公司而言，情况会变得更糟。其中最大的问题是，在银行对企业贷款申请最终作出客观判断及主观评价之前，银行为保证其所贷资金利用率最大化需要很长一段时间来了解、熟悉企业及其关系和效率，这虽然对银行来说是一个非常重要的过程，但对企业来说是一种巨大的时间成本。

在竞争委员会对向中小企业提供贷款服务的银行进行调查之后，政府就试图通过制定一系列合理的基本原则来改变过去那种繁琐的贷款过程。这些基本原则包括缩短处理时间、改进直接贷款的转账速度、加快担保金的转账速度，以及提供便携的信用记录等。

不幸的是，对于典型的成长型公司来说，它们面临的两大问题不是那么容易解决的。由于它们已经接受了银行提供的各种各样的服务，如果一旦改换银行，短时间内是理不出头绪来的。这不仅要付出时间上的代价，而且还可能要付出生产经营上的直接代价，更重要的是，即使过去的信用记录可以转到新开户的银行，但它并不能代替公司与银行之间通过一段时期才能建立起来的信任感。那些因为与银行之间相互信任而从中获益的企业几乎不会公开讲这些事，但实际上这种企业是大量存在的，只是有些企业并没有意识到这种好处而已。

尽管鼓励企业改换银行账户是政府的一个长期目标，但成长型公司最好还是立足现有银行已经建立的关系，以获得有利于自己发展的服务。维持两个不同银行的账户就是一种可行的选择。

处理好与银行的关系

与贷款银行保持良好的关系是公司生存发展中的一件大事。然而，众所周知的一种常见现象是：某些人刚刚与某个银行家建立了较稳固的关系，转过来很快又去联系新的人选了。

因此，所需要的是与银行而不是个人的强有力关系，这个概念就好像更赞成与计算机而不是与人打交道。实际上，这意味着在银行里有关本公司的所有文件都将尽可能被保留下来。当然这并不能确保（这种做法）不会造成本该有利于自己而实际上却不利的情况，但其目的就是要尽最大可能获得最好的结果。

让我们从银行角度来看一下收到关于项目的资料后会出现什么情况。一般，如

果有关系的经理把项目提出来，这至少表明他个人是赞同这个项目的。然而，事情不可能全部由他来决定，或者关键性的时刻他并不在场。此时下面几个做法或许会有所帮助：

- 提交最新的业务情况介绍。在每次审查时都如此做。内容包括图片、与前期业绩的比较预测以及公司的主要变化。这种方式能使银行像你一样更准确地了解企业的最新情况

- 重新核算预算指标。银行家通常缺乏确实判断项目的管理层的真实能力的手段。在这种情况下，按你自己的标准看预算指标不恰当，即使你的同行认为项目非常成功也没用。

- 现金流量留有余地。考察营业收入及其他决定性要素的高低变动状况及最差情况下的最低水平。如果银行对所提出的贷款数额不满意，要准备好让它了解在较少资金支持的情况下项目如何运作。

- 当时间安排很紧凑时要强化细节。如果必要的话可以改变资金预算单位，明确到以日计算，并且可能时要告诉他们能达到的成果，而不是说如果一切顺利或运气好会如何。

- 考虑其他融资方式，比如考虑发票折扣或别的方式。这些融资方式在本书中有详细介绍。当然，与金融市场保持紧密联系是不存在其他方式的。

出问题怎么办

事情进展不顺利、审核通不过是企业经常面临的情况。这里有四条无论银行参与与否，企业都很适用的应对原则：

- 全面了解出现问题的前因后果；

- 明白任何事物都是祸福相依的道理；

- 以正确的态度承认和面对问题之后将出现的结果或影响；

- 为解决问题、恢复正常情况制订一份切实可行的计划。

结论

银行就是靠提供与金融有关的全方位服务来赢利的，因此，对它们来讲，与现有的成长型企业合作总比再去找一个这样的新公司合作要容易些。

作为企业自己，要使银行方面的工作尽可能便利些，然后尽可能争取银行的最优惠的贷款条件、贷款利率，来满足企业的资产和现金需要。如果有疑问可以向专业顾问咨询。

财务职能

在当今时代，从以前的基础职能到今天所要求的财务分析，市场对财务职能提出了越来越多的要求。这集中体现在财务部门必须遵守许多法定的强制性规定。例如，提供每年的财务报告，这是管理控制工作中必不可少的环节。财务报告的内容应该包括日常的管理收支情况，用以评价过去一年中的收支是否平衡，而后在此基础上来计划来年的收支预算。这些财务信息通常是根据法定的会计标准及历史数据所综合而成的格式化内容。

财务职能的角色

一般的关于财务职能的阐述是不可取的，它非但不能够提供有价值的内容，而且还可能导致出现资源的误用，对于企业而言，这是一种危险。对企业来说，财务职能意味着根据企业需要，提供一种被认可的、使人能理解的、相关的、高效率的、有时效性的财务信息。这不仅没有弱化财务职能的重要作用，而且强调了它在企业整个决策过程中及在同类企业的相互竞争中提供有效信息的重要作用。

目前的状况

我们在开头便指出了财务职能在今天的市场中的重要作用，这就应该考虑怎样配置目前已有的资源，以及配置过程中是否能够以对环境的最小破坏为前提，从而使资源得到更好的利用等问题。

具体有以下几方面的考虑：

- 资源配置过程的正确定位是什么？怎样进行这一过程？是否确定了进行这一过程的大概范围？

- 财务职能的责任是什么？目前的情况是否能很好地承担这种责任？

- 财务职能的最终产品是什么？谁是财务信息的接受者？是否可以容易地使用和解释相关的格式化信息？

- 财务职能所提供的财务信息是否建立在具有时效性的基础上？

- 财务职能是否能够很好地适应企业管理信息系统的要求？

设定目标

为了创造价值，企业在组织结构的各个方面需要有一个整体的、连贯的战略规划，财务职能也不例外。为了达到这个目标，财务职能就必须对企业的各个方面设计一个清晰明白的衡量指标，并形成一种内部企业制度。

组织结构因素

企业组织结构的性质决定了企业在法定业务范围内的财务运作方式。这势必对企业内部独立于其他部门的财务活动产生不利影响。这种影响可能导致财务部门与企业其他部门的工作及沟通不能顺利进行，甚至成为形成整个企业组织的不良文化氛围的导火索。正如单个企业一样，财务部门为了获得其他部门的信赖和尊重，必须具有能很好地为信息使用者提供其所需要的财务信息的决心和能力。

业绩指标和管理信息

比起财务控制，每月的财务账目管理因其频繁的特点而显得尤为重要。为企业提供所需信息，帮助企业制定监督、控制工作业绩的指标，这些不但扩大和强化了财务部门的职能，而且也使其在为企业内部各单位提供各种信息的过程中获得了更多的尊重。虽然我们再次认识到企业资金的使用不仅仅依赖于财务部门的单独工作，还依赖于其他部门的共同合作，而且这一点对企业来说很重要，但同时我们也不得不看到财务部门以其丰富的资金运作经验，按照企业的要求使资金得到了最优化的运用。因此，财务部门成为企业管理工作过程中重要的四大关键部门之一，消除财务部门的工作障碍，使其真正融合到整个企业的大组织中来，对企业来说是非常重要的一步棋。

外部信息

要保持竞争优势或及时抓住市场机会，对企业来说就必须时时更新来自企业赖以生存和活动的市场的各种信息。对市场上的近期重要事件、新产品情况、价格变化、促销活动等信息的收集可以使企业了解市场动态及潜在的市场机会。收集信息资源并提供信息，可以维持和提升企业的市场地位。这一点很重要，但对许多企业来说却做得不是太好。财务职能的出现恰恰可以很好地弥补企业在这方面的不足，从市场分析到隐含价格信息的收集，它都能做得很好。

赢利性分析

企业的赢利性分析工作目前还仅仅停留在部门层面上。许多企业花太多精力来计算从客户或产品上获得的收益。尽管这种核算也是很重要的，但我们必须要改变目前这样的赢利性分析办法。具体有两个关键方面：首先，有一个有效的财务管理系统记录来自客户或产品线的相关信息；其次，要形成对成本划分和分摊的统一规定。

其中，第二点要求不是仅仅记录产品及其标准成本的信息。懂得利用资源而不知道控制直接生产成本，对企业来说是一种令人沮丧的悲哀。比如说按照生产量的大小来分摊企业管理费便是一个较为典型的例子。这种做法虽然看似简单，却会为企业带来资源配置上的错误。有一些其他如活动分析等新的成本分摊方法在本书的其他章节专门介绍。

在分析企业毛收入水平（即销售收入减去直接成本但不包括间接管理成本）时必须小心谨慎。再次强调，这种计算并没有包括由于满足客户需求和产品改进的新要求，而导致企业需要不断对基础设施进行投资的实际成本。因此，企业对这部分成本进行分摊的不同方式，将会直接影响到其赢利性水平的分析，而更多取决于企业获得相关信息的难度和整个企业经营模式的复杂性。

预算和预测

对任何一个企业来说，制定预算并监督其执行情况都是保证企业正常运作所必不可少的关键环节。企业预算应该反映企业在未来一年各项活动的收支情况，包括预期收益、预期资源的获得以及在生产过程中的成本控制等几方面的内容。预算过程是一个动态和连续的过程，其中关键的就是要随时监控实际生产与预算计划所产生的差距并及时找出原因。财务控制的作用也不仅仅是发现企业生产运作过程中的潜在问题或变化，更重要的是，企业预算可以帮助企业思考怎样最优地配置资源，并从一开始就拥有使其生产运作围绕企业的整体发展战略来开展业务的正确思路。

在这一过程中要获得预期的最优结果，在制订企业预算计划时就必须立足于企业实际，同时尽量避免由于企业惯性可能导致的失误、重复建设和把预算作为表面装饰以及制定很容易实现的企业目标等行为的出现。本章所阐述的方法不一定可以涵盖所有的有效方法，但已经包括了主要内容，在此要强调指出的是，滚动预测可以用于更新企业的日常生产活动，同时也可以减少企业年度预算的工作量。

业绩指标

　　对大多数企业来说，企业的中心工作集中在利润的增长上，因此，许多用于衡量企业利润的财务指标应运而生。然而，这些指标通常不能充分地说明企业是怎样获得利润的，它忽视了企业获得利润的真正价值驱动和关键因素所在。业绩评价不仅为企业目前的运作情况提供一种参考标准，而且会对企业各方面的活动产生影响。有先决条件的、不切合实际的、不具建设性的业绩评价指标比没有任何业绩评价指标会给企业带来更大的伤害！合适的评价指标不仅要涵盖基本的财务目标，而且要使企业各方面的活动得到均衡反映，而不是简单地仅仅根据财务术语来制定。这就要求企业把质量指标、交货和服务情况、生产管理消耗量、客户满意度、市场占有率以及员工培训计划等因素都考虑进去。业绩评价指标是决定企业对外活动的关键因素，同时，它也是确认在知识经济时代的要求下建立的常用企业信息系统的基础性标志。

理解信息

　　考虑财务部门收集来的信息怎样变为信息最终使用者从非财务专业角度看起来更容易理解的信息，这对企业来说十分重要。一个常见的例子是在每月召开的管理工作会议上，对那些损益账目中的细节性内容必须要有专业人员在旁边解释和说明。若是碰到那些既不集中又难以解释说明的信息，加之信息使用者又是非会计人员，那么情况便可想而知。总之，财务信息应当以一种通俗易懂的方式表达出所包含的关键内容，能够被所有人理解和交流。

实时信息

　　虽然这是不言而喻的道理，但在财务信息的产生应该具有实时性方面，工作效率还应该提高。信息滞后，这在管理会计人员看来是再普通不过的事了，以至于他们可以将财务信息延迟一至两个月呈报也无所谓，这严重挫伤了一线生产部门及时

提供信息的积极性。如果不在规定的期限内完成信息呈报工作，那么无论什么想提供高质量信息的想法都是徒劳的，所提供的信息质量再高也没有任何价值，最后对企业的资源配置没有任何作用和意义。

总结

财务职能所能提供的有价值的信息和经验关系到整个企业组织的发展，它根据企业的需要来满足其信息需求，能够带给企业一种真正有利的潜在利益，从而使企业具有真正的市场竞争优势。了解并懂得财务职能的运作方式，能够使企业在生产运作过程中实现一种标准化的记账方式和财务控制，能够使企业为其创造价值和长远发展最优化地配置资源。很明显，对于一个成功的企业来说，从外部市场和内部运作获得相关信息是尤为重要的一个问题，这些信息将成为企业做出最后决策的关键因素。

融资选择

当一个企业需要额外资金的时候，它通常都是依靠现有的贷款银行或股东。然而，如果这些资金提供者对企业失去信心的话，为企业提供资金对他们来说将是一件极不情愿的事。为什么会出现这种情况呢？

银行经常特别关注企业经营可能出问题的一系列触发因素，尽管这些因素如果仅是单个地偶然出现并不意味着什么问题，但是如果这些因素大量出现，银行就会认为企业经营出问题了。以下是一些很具典型性的问题因素（但不是全部因素）：

- 未完工程出现负现金流趋势；
- 出现关于营业执照或注册证的罚金；
- 管理信息延迟收到；
- 出现来自债权人压力增加的征兆；
- 营业收入降低；

- 出现亏损；

- 银行账户经常出现超支现象；

- 抵押品价值贬值；

另外，还有以下两个问题会影响贷款银行的态度：

- 银行是否看好企业所在行业？银行对一个行业的看法更多的是依据诸如行业发展趋势、行业法律、政策环境及它们对该行业的介入程度等因素来考虑。如果它们认为有问题，就会降低对这个行业的介入程度。

- 企业和银行之间的关系如何？如果企业董事长觉得他们与银行的关系良好，而银行却不这样认为，那就意味着有严重的根本性问题亟待解决。

企业自身的使投资者的信心受到严重削弱的危机诱发因素会表现在以下三个方面：

- 误会。一个企业若是不能以适当的方式同出资者很好地沟通交流，将会使企业蒙受误会甚至遭到错误的评价。在缺乏清晰明白的沟通信息的情况下，投资者或贷款银行就只能在信息不完全或不准确的基础上对企业作出判断评价。因为企业传达信息的效果和它所期望的并不一致，这种在管理上的失误将使其未来发展受到影响。

- 不可信的承诺。无论是面对公众还是面对股东，过于乐观或不切实际的演说和预测都将有损企业管理层的信誉。实际内容与承诺内容不一致是导致企业失去信任和商誉的一个重要原因。

- 不受欢迎的意外。投资者和贷款银行都不欣赏那种意外的惊人事件。利润告警、短期急需的额外资金以及被发现的账目问题等，都会严重削弱出资者对企业的信任。

然而，大多数出现以上一个或几个方面问题的企业都能够改善自身所处的危机局面。这里主要有5个步骤的工作可以帮助企业让股东恢复信心、重建商业信誉：

1. 明确目前自身所处的位置。只有在所有股东从客观方面及细节方面都认同其长

期投资战略的情况下，企业才能规划自身发展的宏伟蓝图。

2. 制定一个强有力的企业发展规划。企业经营者必须清楚产生企业利润的关键驱动力以及影响企业的各种因素。他们也必须认识到企业自身所具备的能力，在此基础上制定一个切实可行的企业发展规划，这个规划是经过谨慎思考的，明显不同于以前的战略规划。签署这份规划书将关系到企业经营者的声誉。

3. 保持控制。因为没有任何事情可以完全按照计划进行，所以企业需要时时监控其生产运作情况和过程以保证出现问题时能够快速反馈。意外应急计划应该保证企业可以一如既往地兑现自己的承诺。

4. 尽早地进行清晰的沟通交流。迅速有效的交流沟通是影响企业洞察力的重要因素，它能够及时消除谣言和对企业不利的负面新闻。企业经营者应该明白，贷款银行和投资者都有其自己的观点和想法，他们会对所关注的事情采取必要行动。

5. 重塑形象。企业利润的增长可以很快地重建投资者和贷款银行的信心。企业应该迅速确认已取得的哪怕是很小的成功并将其公布，让股东也认识到企业仍是一个能使他们成为一分子的充满生机和希望的组织。

以上这些工作可以使处于发展十字路口的企业出现新的转机，使企业恢复正常并为一直支持它的现有贷款银行和投资者创造更多可能的潜在收益。正如危机管理可以拯救企业一样，一个走出困境的企业将会变得更具吸引力，获得更多资金提供者的支持，这其中包括风险资本家、融资租赁者和其他贷款银行。融资选择一旦启动，企业情况将会对出资者考虑的各方面因素产生影响。这些关于融资竞争因素的介绍可能会为融资双方带来一种更为理想的问题解决办法。

当然，更为重要的是融资的类型必须与企业的要求相符，诸如临时透支这类短期贷款就不能用来购买资本设备这样的长期固定资产。例如，从本质上说，银行就一贯反对为企业提供抵押金额之外的财产价值的资金。它们要求从短期信用贷款到担保抵押贷款的所有类型的资金都得到安全保证，有时甚至还需要来自企业所有者的私人担保。

在其他融资渠道中，票据贴现和赊销对成长型企业来说也不失为一种被广泛认可的合适方案。例如，分期付款购买设备就是一种具有很大灵活性的融资，但是某些因素却使得这种融资不具灵活性：

- 信用度限制。如果企业超过了既定的信用度限制，票据贴现则不能用于为企业进行融资。

- 海外贸易。许多代理商和销售折扣商的财务发票具有特定的海外权限，但是在本地，销售风险却非常大，以至于有可能使其销售降低。

- 扣除额。这主要适用于那些对契约性销售和柜台销售产品拥有退还权的客户。

许多代理商和票据贴现机构都以每张发票所允许的最大贴现百分比为基础。一个成长型企业应该定期审查最大贴现额，否则有可能对企业的追加融资产生阻碍。

当销售额下降时，债务融资的另一个缺点会显现出来：由于折扣发票的减少而导致融资额的减少。与此同时，成本却居高不下，这样就导致现金流入和流出之间出现不平衡，势必给企业带来财务危机。

为了避免出现这样的结果或出现任何可能威胁到企业生存的其他问题，企业不应该回避寻求其他方面的帮助。企业可以向专业机构进行咨询，在专业人员的引导下从多种可选方案中作出正确选择，或者作出一个过渡时期对财务专业人员的任命决定，以此来援助并支持现有的管理力量。特别要指出的是，企业领导应该正确积极地看待这样的任命，并把它当作是企业在认真处理重要事务的过程中的一种必然现象。

风险资本

"天使"一词来自于戏剧行业。在那里，人们鼓动许多狂热的戏剧崇拜者拿出他们自己的钱来支持新的戏剧在所希望的小戏院中上演。但这些钱的数量有限，因而他们那种想组建百老汇的梦想不可能成为现实，然而他们依然为那些石沉大海的投资及根本不确定的演员感到开心和快乐。

商业上的天使投资者也和上面所说的有很多类似之处。他们拥有资金和丰富的成功商业投资经验，他们有时间和精力来洞察能获得高额潜在收益领域中的每一个投资机会，他们把自己的资金和技术投向那些对企业具有挑战性和广阔发展前景、并能使企业走向成熟和成功的商业领域，他们有需求和抱负，投资的经验能使他们成为真正的企业家。

正如他们对企业的投资一样，他们也希望从高风险的投资中获得丰厚的报酬收益，这和人们从自己所从事的工作中获得个人满足感是同样的道理。

成长型公司的融资来源

适于商业天使投资的领域在哪？事实上，投资者经常将资金投资用于支持那些需要发展但又不能获得银行担保抵押贷款的小企业。无论这些小企业有多好的创意和发展计划，由于缺乏运作资金，所以根本无法得到银行的青睐。这样的情况进而使他们失去了那些非常不愿意承担风险的客户的信任和支持。

大的有限责任公司通常比较容易获得投资资金，而小的成长型公司则被认为具有高风险而很难获得资金支持。小企业的那些新产品、新服务以及需要资金支持才能变为现实生产力的好创意一般很难得到了解和恰当评估。由于缺乏管理技能，对这样的小公司来说，在创立之初，负债经营并不是一种好的选择。

无论是质量还是潜力，这样的企业都没有记录可追溯，而直接被认为有风险。这是从商业而非社会角度判断的，所以并非像听说的那么糟糕。对这些企业而言，商业天使或天使银团是其正确选择。但它强调了一点：对成长型企业的投资并不适合那些想保护其资本的金融机构。

资金以外的支持

商业天使总是使自己处于商业风险之下，他们明白有高风险就有高回报或高损失，他们把这看做是一种极具吸引力的挑战，他们熟谙市场并了解公司运作。测试自己的勇气、运用自己的商业投资技能对他们来说是一种将自己放在成功位置获得回报的经历。他们只不过将风险看做是投资运作过程中的重要素之一，这些风险要么使他们万劫不复，要么使他们获得傲人的成功。

和他们向企业注入资金一样，他们同时也会带着小企业最缺乏的管理经验和专业技能一起进入企业，不言而喻的个人承诺及责任也会随着资金融入企业中。如果投入了大量时间精力和资金的企业膨胀起来的话，给他们带来的是惊喜而不是灾难，因为给他们带来的信心的增强比他们的银行账户上的支出的增加要大得多。

许多商业天使是从企业家的朋友或家庭成员演变而来的，或者来自于没有中间商参与的纯商业伙伴，因此这方面的统计值很难做到覆盖整个市场。看看一家名为NBAN 的网络中间商提供的报告。这家中间商主要从事中间业务并为企业和投资委托人之间的商业秘密提供保护，因此它可以帮助我们获得一个概括性的结论。

税收优惠激励

作为独立的个人或企业组织的一部分，商业天使通常的投资水平都维持在 200 万~500 万英镑之间，报酬收益对他们来说很重要。虽然一些商业天使也会损失部分或全部投资，但是，在五个投资者中有一个会获得 50% 或更大比例的年投资收益。此外，在《企业投资计划》的指导下，有更多激励投资的优惠政策使得商业天使将他们的资金和技能投向成长型企业。目前，在每一个税收年度，按照新的投资额度，他们对有限责任贸易公司的投资可以上升至 200 万英镑，并且投资收益所得税可以降低 20%，同时，只要他们持有被投资企业至少三年的股票份额，将可以免除缴纳增值税。

这样，商业天使一般的投资周期就变为三至四年，那么企业就可以依靠这些商业投资天使为企业的长远发展战略出谋划策，因为这时他们的投资收益更与企业的发展息息相关。在这样的情况下，企业就应该制订合理的发展计划和健全的财务制度，为企业未来的发展创造更多的融资渠道，以获得更多的资金支持。

有发展潜力的小企业

虽然在具备最大投资能力的条件下，商业天使的投资规模不会每个方面都接近，但从社会学和经济学的角度看，认识到每一个被投资的小企业的经营水平对投资者来说非常重要。因为老企业会衰退或失去发展方向，市场也以不可预计的速度发展变化，所以经济的持续增长要依赖于新理念、新的热情和新的有生命力的企业。

商业天使拥有资金，这只是第一步，因为对一些有发展潜力的企业而言，在它们的发展过程中不仅仅依靠外部投资，而更多地依靠自己的私人资金。

不必惊奇，当商业天使把他们的精力和资金投入企业时，会使一些潜在的出资者因为已经铺好了进入风险资本投资的路而对企业产生兴趣和信心，进而极有可能成为进入创业板市场的上市公司。

从某种程度上讲，创业板市场正是依靠商业天使的投资获得了一种顺其自然的发展，因为这种投资方式确保了那些曾经在公司最重要的发展时期作出重要贡献的人对公司的有效控制，而创业板市场又为这些人提供了出售股票获得投资回报的可能和机会。

当我们回顾从最初建立企业到企业业绩开始产生的整个过程时，我们发现企业在市场中的地位和商誉以及对市场的洞察能力日益得到提高。即使是当市场出现周期性波动而致使企业遭受挫折的时候，企业的求生能力和对兴旺繁荣的期盼仍会使企业以积极乐观的态度面对困难，挫折不会成为阻碍企业发展的绊脚石。这样的发展过程周而复始，同时，企业在这个过程中也变得更加成熟。获得资金、占领新市场对企业来说已不再是困难的事情。

现实可行的办法

虽然有大量的例子证明相反的过程，但不言而喻的是，大企业总是从小企业发展而来的。如果资金不能从传统的融资渠道获得，那么，无论拥有多么有发展前途和希望的想法的企业也不得不寻找另外的融资渠道。

这样的需求正好可以通过商业天使和私人股权投资得到满足。NBAN 在这样的市场中处于中心位置。它是一个非营利性组织，它的目标是通过操作系统，为它的网络专业伙伴与尽可能多的商业投资天使就可行的商业合作机会进行牵线搭桥。对个人而言，商业天使更愿意以匿名的形式进行沟通，就是对拥有良好发展思路的企业，商业天使也不会轻易暴露自己的目的，保守秘密直到他们真正准备付诸行动的时候。因此，保密性是尤为重要的。

商业天使前期做一些调查准备是很有必要的。要获得高回报的成功投资必须对投资作出实事求是的评估。在税收激励的条件下，他们还应该对新的冒险坚持到底。同时，在整个投资过程中，也需要有过人的勇气、决心和毅力。

投资伙伴关系

投资伙伴关系的含义确实存在不少让人混淆的解释。在美国，它通常是指对一个公司拆分出来的新公司的内部投资。另外，投资伙伴关系只会发生在大的股份公司而不会发生在小公司中。

在英国，投资伙伴关系被简单定义为一个公司为了获得另一个公司的管理理念、技术和服务等，为其提供资源或资金支持。在实际中，大企业和中小企业之间的投资伙伴关系通常是建立在中小企业为大企业提供一种特殊技术、产品和服务的基础上的。很显然，它们的目标是获得比各自经营情况下更大的协同效应和收益。在投资伙伴关

系的项目之外，各个合作伙伴仍保持着各自的独立性，可以按照自己的发展道路经营企业。

企业的观点

对成长型企业来说，要发展壮大就必须寻找新的市场机会，获得新的市场空间，但是，如果没有发展所必需的资源和资金，这一切都不可能实现。大企业依靠它的合作伙伴为其提供一种现有的技术方案来充分开发和利用自己的潜在生产能力和资源，从而以低风险、低成本获得高额利润。

小企业的发展一般是依靠其自身的创新能力和承担风险的能力。和大公司不同，它们通常不可能拥有占领市场的力量和强大的支持系统，它们非常缺乏管理技能和发展资金。

与一个大公司合作能够为他们提供实现发展计划所需要的机会，此外，这样对合作双方来说都是双赢的。大公司能够帮助它们增加收入并使其市场地位在开发更广阔的市场空间、获得更有利的市场营销技术和销售渠道的过程中更加稳固。

大公司可以为小企业提供使其创意和专利技术转变为市场所需产品的必要条件。这种情况在小企业和高校中特别多，它使许多有价值的创意和技术真正转变成商业发展中实实在在的生产力。

规避风险

大公司通常更愿意安于现状，但它仍然需要通过不断开发新产品、新工艺和新服务来确保自己作为大公司的市场地位。因此，它也必须考虑寻找小企业作为合作伙伴来为它的需要提供专业技术或人才，这样才有可能充分利用它的潜在生产能力。战略合作能够帮助它们提高生产效率，充分利用资源并规避风险。

当缺乏投资资金支持的时候，战略合作不失为一种避免卷入资本市场的好方法。

和 NBAN 一样，英国投资伙伴关系协会是一个非营利性组织，它所建立的投资服务数据库可以在这个日益发展壮大的风险投资市场上为大公司和小企业提供一种秘密的中介性投资伙伴关系引导服务。这样，那些需要投资的企业就可以进入到一个全国性的数据库，在那里，它们可以提出自己理想的商业合作伙伴的要求，同时，可以简要描述它们能够提供的以及所需要的条件，还可以为确定潜在合作者进行讨论。

实际上没有风险

任何一个想要生存和繁荣兴旺的企业都需要为自己的发展制定战略规划，并为应对市场和环境的不断变化做好充分准备。商业天使通过资金的注入和提供外部信息的支持方式确实可以帮助大部分小企业走上快速发展壮大的道路。除此之外，通过与大公司建立投资伙伴关系也是一种能使许多小企业迅速获得市场认可并以低成本、低风险运作获得利润收益的有效方式。同时，小企业也可以因此获得大公司能够提供的有利于自身发展的其他方面的援助。

私人股权投资

私人股权投资把风险资金投资到那些资金需求超出银行能提供的贷款的很多企业，只为了能够获得使股东价值明显增加的机会。根据部门、规模及发展阶段的不同，不同的私人股权投资适用于不同类型的企业。本章主要是集中阐述那些已经设立并处于市场中级阶段的快速发展的企业，而并非那些按传统方式需要风险资本、刚起步或处于早期发展阶段的企业。然而，虽然我们一直强调这些企业的概念以及它们被市场认可的程度，但在这里所描述的需求和特征大多还是适用于有大额资金需求的、处于早期发展阶段的企业。

何时需要私人股权投资

以下是私人股权投资使用最为常见的情况，通常是作为对银行贷款的补充：

- 发展资本。投资是为了对一个已经存在的公司进行扩张，它用于投入一条新的生产线或占领一片新的市场，或者创造一种新的生产能力。

- 收购资本。私人股权投资可以帮助公司收购一家新企业并能与目前公司很好地整合在一起，能够创造出高于各自独立存在时所创造的总共的股东价值。

整体策划	• 搞清楚投资各方的共同目标，明确关键的企业价值体现要点，确定企业的管理团队及其投资比例，估算未来的投资收益，初步确定融资结构，明确说明投资的估值方法和退出办法，并进行必要的税务策划。
制订商业计划并识别潜在的投资者	• 商业计划要尽可能清楚地介绍企业的情况和融资项目的前景。列出可能的潜在投资者，准备好管理层的宣传介绍材料，并进行必要的宣传介绍排练。
进行融资推介，初步确订感兴趣的投资者	• 为了吸引投资者，应选择专业的私人股权投资机构进行融资推介，通过该机构的非公开渠道进行融资宣传有利于吊起投资者的胃口。要通过协议规定按照私募方式融资，发布融资的商业计划和具体时间表，并对感兴趣的投资者进行宣传介绍。
重点筛选出符合条件的投资者	• 对感兴趣的投资者提出的投资条件进行分析，在此基础上明确融资结构和融资条件。同时，在综合考虑投资者的退出条件、投资回报要求及企业经营者利益的基础上，确定投资者的选择标准和选择程序。最后按照以上标准和程序筛选出符合条件的投资者。
与投资条件更好的投资者进行谈判	• 与投资条件更好的投资者进行投资谈判，商谈具体的投资条款，并签订投资的意向协议。并着手对投资项目进行财务方面、法律方面和商务方面的最后审查。
完成最后审查，并与谈判成功的投资者签订股权合同	• 请律师把投资的意向协议转化为正式的投资协议、股东协议和服务合同，供股权融资的参与各方正式签署。

图 8.1　股权融资的过程

- 管理层收购 (MBOs)。利用私人股权投资，现有的管理层可以收购所管理的企业，以所有者的身份经营企业并成为企业的股东。

- 外部管理层收购 (MBIs)。拥有企业内部信息的外部管理层利用私人股权投资收购企业并以私人股权资本出资者的身份成为企业的股东。通常情况下，这个执行收购的管理层包括很大一部分被收购的目标公司原有的内部及外部成员，此时又被称为内外管理层收购 (BIMBO)。

- 部门收购。企业成员或部门利用自己的资金或银行贷款通过私人股权证券的形式收购企业，这对于企业内部资深并持有权益股票的管理者来说是一种激励。

私人股权投资是一种融资渠道

相对于所有的融资渠道而言，私人股权投资有其自身的优点和缺点，因此只能在适宜的情况下使用。以下条目简要阐述了私人股权投资与其他债务融资和权益融资相区别的一些主要特征：

- 虽然对私人股权投资来说，一般的投资收益率为7%~10%，但每年的收益来自于企业实际销售额的资本盈余，而不是通过固定的投资收益率来支付。

- 虽然在资金提供者中，私人股权投资的投资期会有所变化，但典型的投资期跨度为3~5年。

- 私人股权投资者在董事会中有一席之地，他们根据许多契约性的机制条款使自己的投资权益受到保护并加强他们对企业的监督控制。私人股权投资者拥有一种名为"伴随拖延"的权利，无论他们持有多数还是少数股份份额，都可以在一定程度上拖延企业其他股东作出的投票表决。

- 私人股权投资者的目的是调整企业其他股东作出的决定。他们要求管理者投资于股权证券并从中获得超过计划的潜在最大收益。

- 为企业提供超出传统银行所能提供限额的长期资金。

- 私人股权投资者在自己的投资决策领域积累了丰富的经验和相关知识信息，这就可以为企业洞察外部环境提供一双敏锐的眼睛。他们所拥有的知识和经验对企业来说是一种很好的咨询基础。
- 私人股权投资者在其他企业的投资合作可以给本企业带来一种双赢局面。
- 私人股权投资者的存在可能成为企业运作经营控制权逐渐从管理层手中失去的威胁。

私人股权投资者要求什么?

为了获得潜在的私人股权投资机会，我在此用"4S"，即 Sector（行业）、Strategy（战略）、Skills（技能）和 Sale（销售）来做一个简单的描述。许多对私人股权投资者来说具有吸引力的企业都能够满足以下四个属性特征：

- 行业。企业生存运作的市场是需要成长的，与此同时，企业的潜力也需要得到支持，使其在市场中成长。因此，市场中各行业的摘要统计资料以及有竞争力的领域都将成为投资者密切关注和分析的对象，以此来令自己对企业的扩张计划放心。
- 战略。企业管理层制定的战略计划应该清晰明白地表明企业在面对市场机会时打算如何开发利用。投资者只会对采用低风险方式从市场机会中获得不断增加的潜在投资收益的战略计划感到满意。战略计划中必须明确几个关键性问题：企业怎样巩固自己的市场地位？企业的优势竞争力是什么？怎样保持这种竞争力？企业怎样设置防止潜在竞争者进入市场的壁垒？
- 技能。管理层的经营技能、经营动力和经营经验应该与已制定的战略计划的目标要求相称。这其中包括管理者独立工作的能力和与其他人合作的团队工作能力。管理者的素质成为决定每次投资机会价值高低以及投资者作出最后投资决策的关键性因素。

● 销售。任何股权证券投资者都必须明白他们怎样来认识评价自己的投资决策。股权证券交易所并没有什么不同，它们只是想看到清楚地存在于媒体术语中的根本原则。它们通常以传统销售、发行或在其他证券交易所销售的形式出现。

当前的融资环境

在过去两年中，以各种形式出现的股权投资资金需求正在上升。这样的融资环境已经不是什么秘密，而且形成了一股十分重要的强劲势头。前些年，大批中间市场投资者拼命把他们拥有的许多资金投放到资本市场中，私人股权投资也逃脱不了这样的熊市投资气候。然而，资本市场在过去 6 个月当中却有了好转的上升趋势：尽管在 2004 年最后 6 个月中对这种股市回升的说法还在继续争论，但市场信号却是鼓舞人心的。许多证券交易所由于在 20 世纪末那些经济不景气的年份里聚集了大量资金而至今还承受着巨大的投资压力和向投资者分红的困境。这样的情况又受近几年私人股权投资兴起的影响而变得更加突出。另外，随着人们为争取提供资金机会的欲望的出现，企业估价现在比过去两年显得更加可靠。所有这些因素导致的结果就是在合理估价的基础上，对好的市场投资机会的需求十分强烈。

国际财务标准

2003 年 7 月，英国工业贸易部宣布，从 2005 年 1 月起，所有英国公司可以在公认会计准则（GAAP）和国际财务报告标准（IFRS）中进行选择，后者可作为前者的一种可供替代的方法。

欧洲法律要求，那些上市公司在准备统一它们的会计方法时，从 2005 年起应该使用国际财务报告标准（2006 年将适于所有的 ATM 公司）。然而，公众要求，这一法律被拓展适用于英国的普通贸易企业，即这些企业也可以从相同的时间开始使用国际财务报告标准。另外，将允许其他企业和有限责任的合伙人在相同的时间在其独自或统

一的会计处理中使用国际财务报告标准。另外，税务局已经发表声明，国际财务报告标准是符合英国式税收目标的一个可以接受的会计基础。

国际会计准则委员会（IASB）已经放松了关于在 2005 年必须实行的会计标准。这被称为国际财务报告标准的"稳定的平台"。注意，这里简写的国际财务报告标准既包括由国际会计准则委员会发布的新国际财务报告标准，也包括现有的由国际会计准则委员会采用的国际会计准则（IAS）。

因此，国际财务报告标准是一个非常现实的议题，应该列入每一个公司董事会工作的议程。那么怎样评价国际财务报告标准的影响以减少企业风险，以及什么是由于耽搁而造成的风险呢？

1. 确定会计差异

根据公司的特征，国际财务报告标准可能对企业最终的财务成果、企业制度以及潜在的财务报告过程有关系的人们产生深远影响。一个高质量的国际财务报告标准执行应该考虑这些因素。我们希望企业将向国际财务报告标准的转换看作由五个方面组成的整体：（1）核算和报表；（2）经营因素；（3）体制和过程；（4）人员因素；（5）项目管理。

图 8.2 说明，识别国际财务报告标准和现行公认会计准则的差异仅仅是个起点（第 1 步），差异分析（所有的估价差异、分类的变化以及在 IFRS 下额外的披露）的结果测定了对于财务结果、正常经营以及为了获得新的/额外的国际财务报告标准数据所需要的制度/过程的变化所造成的影响（第 2b 步）。

最后，所有这些联合因素对组织都具有影响（第 3 步），提倡从开始到结束有一个全面的计划，全过程地管理这个国际财务报告标准转换。经验显示，不仅在第 1 步，实际上，在第 2 步和第 3 步中，你也可能面临很多困难，从而需要付出巨大努力。这一点必须事先预料到。在一些特殊场合，在国际财务报告标准转换中经常忽略

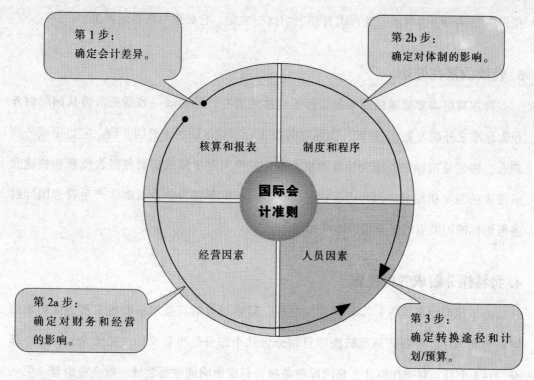

图 8.2 国际财务报告标准转换模型
资料来源：KPMG LLP(UK)。

了人的因素的影响。

2. 请董事会介入

很明显，国际财务报告标准与高层管理者有很大关联。例如，董事会应该能了解企业的财务报告运用什么样的国际财务报告标准，以及怎样对在国际财务报告标准下的企业收益的潜在波动进行管理。特别的，财务总监应该提倡和支持得到总会计师、信息总监、投资者关系部和其他机构首脑支持的国际财务报告标准转换项目。简言之，管理国际财务报告标准的转换就是管理整个企业。

欧洲证券规则委员会（CESR）建议，企业应该在当前的财务报告里向公众解释和说明它们的国际财务报告标准转换计划。在英国，我们已经看到类似解释开始在财务

报告中显现的很多例子。这再次直接表明这一主题，它必须尽快得到解决。

3. 转换的潜在好处

管理高层需要就国际财务报告标准转换的潜在好处达成一致意见（遵从国际财务报告标准之外的好处）。例如，国际财务报告标准应该便利于跨国并购。它也形成一些理念，将实施国际财务报告标准的机会和企业今天对于流线型财务报告流程和快速完成报告的需要相结合。因为所有这些倡议涉及的财务报告体系与那些产生符合国际财务报告标准的数据的财务报告体系相同。

4. 将转换分解成管理步骤

由于国际财务报告标准转换的复杂性、转换导致的日益增长的成本和为此付出的努力，将国际财务报告标准转换项目划分为几个部分是很必要的（见图 8.3）。第一部分（1~4 个月）对于理解什么是国际财务报告标准影响的主要领域、就企业沿着"第一次正确地做"的方向前进达成一致意见等方面来说是很必要的。第二部分内容是准备好所有必要的工具（如，会计政策、国际财务报告标准要求的例行年度报告等）、计划、为满足通用的国际财务报告标准报告编制所实施的必要的制度变革，以及就国际财务报告标准对员工的培训。一旦国际财务报告标准被恰当地引入组织，国际财务报告标准在企业的拓展，包括一个一年期的为了竞争需要而对内部的国际财务报告标准数据生产进行的平行管理，将一直进行，直到转换完全成功。

5. 预先确定应达到的成果

例如，第一步（国际财务报告标准范围和计划）的目标是致力于解决高层管理者提出的具有关键性的国际财务报告标准的影响问题（见图 8.4）。

下面列示的是这一部分产生的成果：

- 会计体系。

阶段	阶段	阶段
评估影响和计划转换	学习和形成工具	开展和平行管理

评估	设计	实施
• 动员核心团队 • 影响的评估 • 资源预算 • 对于训练需要的评估 • 管理决策 • 计划转换的方法	• 动员财务和信息技术发挥功能 • 针对国际财务报告标准的训练 • 建立工具（政策、财务声明、报告系统） • 转换机制 • 转换预算 • 首次试验和测试	• 组织运用 • 演习、排练 • 公开的资产负债表（如 2003 年 12 月） • 比较资产负债表（如 2004 年 12 月） • 在国际财务报告标准基础上管理企业 • 国际财务报告标准转换结束

图 8.3 国际财务报告标准转换的几个阶段
资料来源：KPMG LLP（UK）。

- 规范地报告存货。

- 差异分析报告。

- 国际财务报告标准的财务影响。

- 降低国际财务报告标准下收益波动的可供选择的措施。

- 制度差异分析和影响的评价。

- 国际财务报告标准的培训计划。

- 国际财务报告标准转换项目计划。

问题1：
什么是区域性公认会计准则(GAAP)和国际财务报告标准在会计处理和信息披露上的关键性差别？

问题2：
采用国际财务报告标准报告估计会对赢利和净资产造成哪些直接影响？

问题3：
对于制度和程序的影响是什么——迅速调整还是彻底检查？

问题4：
谁将在转换中受到影响，需要进行哪些培训？

问题5：
什么是高水平的转换计划？它可能会对资源造成什么影响？

图8.4 国际财务报告标准转换的范围/计划的第一阶段

资料来源：KPMG LLP(UK)。

6. 安排项目团队进行转换

要保证国际财务报告标准转换及时按照预算要求成功地完成，就需要在转换项目中引入多学科的技术资源：

- 国际财务报告标准方面的专业人士（如商誉、合并、衍生工具、养老金、延期税款、收益确认、分部报告等）；

- 业务/财务影响的专家；

- 规范/税款报告的专业人士（可以使用如银行/保险公司等组织）；

- 财务报告系统的专家（既包括资源方面，也包括合并问题）；

- 财务报告分析专家（在后台部门）；

- 项目/变革经理和项目/沟通支持人员。

一个清楚详细的国际财务报告标准转换任务计划需要在确定各部分边界和预期成果的基础上，对各个部分进行定义。应该根据上述技术需要设置不同的工作流程。

根据我们的经验，下面列出的是我们经常碰到的常见注意事项：

- 不要把国际财务报告标准转换简单看做一个会计项目。

- 在你对转换进行全面判断，从而准确地把握其方向之前，不要过多关注重过程细节。

- 不要低估那些用于转换过程的专用资源的需要量，以及内在于这一过程的变化的重要性。

- 不要把项目管理误解为对项目的管理——项目管理是一种独立的技能。

- 除非到了转换后期，否则不要放弃业务部门的参与。

- 在建立符合将来需要的数据收集结构和程序时，不要试图去找捷径，电子数据表不是一个长期的选择。

- 不要忽视对第三方利益关系人的信息的提供。更恰当的做法是，一旦你对国际财务报告标准转换所造成影响的方向和重要性有很多理解，这种信息的提供就要开始。

结论

上面简述的这一具有实效的方法很大程度上降低了国际财务报告标准实施的风险，在增加成本的同时，国际财务报告标准转换成功的可能性也会大大增加。在现实中，先动者往往处于利用这一方法的最好位置。他们可以及时评价国际财务报告标准对于组织的影响，并且开始与投资者和分析人士进行内部和外部沟通。拖延意味着草率的、不合时宜的沟通，将导致外部对组织活动的不理解，从而影响转换的成功。

下面是许多你应该自己回答的问题，用它们来评价国际财务报告标准的转换过程：

- 你的组织对那些应该参与到国际财务报告标准转换中的项目有正确的认识吗？

- 你对转换的各个步骤的界限确定和相关的活动都制订了详细、适时的计划了吗？

- 你对这一计划的实施过程进行跟踪了吗？你对此进行报告了吗？

- 你对进行的转换项目所导致的变革的前景满意吗？

- 你有一个项目团队和一个敬业的管理者吗？

- 你对区域性的公认会计准则和现在的国际财务报告标准的关键区别有清楚的认识吗？

- 国际财务报告标准转换对于资产负债表和利润表所造成的影响，你了解多少？

- 你知道哪些领域会导致波动发生，你有没有想到一些可以减轻波动的办法？

- 你知道国际财务报告标准转换还需要哪些额外的数据吗？

- 有没有对造成的影响进行系统分析，以确定需要什么样的工作环境，以及哪些方面需要加强？

相应地，落后者只有很少的时间用于财务报告的国际财务报告标准转换。并且，往往在转换期间不能在国际财务报告标准基础上对企业进行管理。这一爆炸性方法会导致更高的转换和运营成本。像其他主要的企业转换项目一样，草率地实施转换将导致企业的未来问题重重。

根据经验，我们将企业分为四种类型（见图8.5）。你的企业属于哪种类型？

内部审计部门有一个很重要的功能，就是在转换过程中，对项目计划和实施的有效性进行监控。这一点很有必要。这会使你确信，这一国际财务报告标准转换所引起的经营过程和信息系统的变革，体现了人们的工作方式，同时使企业可以继续得到所需的及时、准确的信息。关键是，在自身转换和前进过程中，它为风险得到恰当的管理提供了独立的保证。

1."落后的企业"
- 不对既定的项目进行细致的考虑。
- 没有项目团队和合适的项目计划。
- 对于所采用的规则,存在很多潜在的评论。
- 对于关键技术领域的过多的顾虑。

2."稳妥的企业"
- 组织项目团队。
- 采用各种方法对企业进行诊断。
- 深刻理解关键性影响。
- 对于关键技术领域的特定的认知培训(如 ISA39)。
- 制订高水平的项目计划。

3."跟随的企业"
- 专用性资源保护。
- 恰当的单个任务工作团队项目计划和进程安排。
- 很好的判断,恰当的方法。
- 对于财务影响的可理解的陈述。
- 很清晰的训练需要,进行很多培训。
- 对于造成的经营上的影响以及对转换所涉及的体制有很好的认识。

4."领先的企业"
- 组织趋向于一个财务机构,在这里,条款(如 IAS39)非常重要。
- 体制已经转换。
- 进行了很长时间的培训。
- 数据收集方面的模拟已经完成。
- 对于关键的业务影响很清楚。

图 8.5 根据准备情况划分的几种企业类型
资料来源:KPMG LLP(UK)。

9

做公司的两个大开销：选址与避税

企业选址

竞争被认为是健康经济的一个本质特征，它不仅可以为消费者带来低价格和更多的选择机会，而且在保护内生投资和鼓励创新方面也有很大作用。

企业或其制造基地的选址是企业决定如何进行竞争的一个很重要因素。对这一问题的决策需要认真地考虑各种因素，包括成本和企业环境。通常，这一决策也需要考虑关键人才的招募或重新选择，个人因素如生活费用、生活质量等也夹杂其中。

对于很多企业来说，企业定位或重新定位的第一步的合适做法是，对哪些地方是具有成本竞争力的区域进行高质量的分析。通过这一过程，能很快知道，考虑了经营环境、生活费用、生活质量等因素后，哪些城市是值得进一步考察的。这一问题与那些个体型企业及知识密集型企业的联系更为密切，它们需要在一个日益全球化的劳动力市场上吸引和挽留技术和专业人才。

2004 年 2 月，毕马威（英国）公司推出了一个关于国际竞争性选择的研究成果，它衡量了如劳动力、税收和社会成本等因素对 27 家区位敏感性企业运营成本的综合影响，涉及 11 个国家和 121 个城市。这个 1 年两次的研究比较的基础是 12 种专业类型的企业启动和运营的税后成本，收集了超过 2000 家个体企业的超过 3000 套数据。这项研究为企业提供了一个报告，包括国家和城市顶级水平的评价，以决定哪个地方能够提供最具有成本效益的企业位置。

2002 年推出的一份研究报告表明，相对于欧洲其他国家，英国和法国在这方面进展很快。由于拥有欧洲七国最低的成本结构，英国企业在欧洲的成本竞争力排名第一；在全球层次上，英国名列加拿大和澳大利亚之后，位居第三。

自从 2002 年的报告后，最重要的影响国际企业竞争力的因素是美元价值相对于其他主要世界通货的贬值。结果在所研究的国家中，美国的成本竞争力提高最快。在 2004 年的研究报告中，美国与德国相比有 13.9%的成本优势，而在 2002 年只有 1.9%。

借助于欧元的力量，相对于其他欧洲大陆国家，日本、加拿大和英国进展较大。在欧元的成员国，法国经历了竞争力的最大提升，这基本上是由于其更具竞争力的人力和补贴成本。

研究发现，不同国家在制造业和服务业上存在巨大的成本差异。英国在所有领域里的等级都很高。在制造部门，英国是所得税率最低的四个国家之一，这得益于英国卓有成效的研究和税制发展。此外，对于非制造业部门，英国是所得税率最低的国家。

从产业未来发展的趋势来看，英国在所有领域都面临竞争，包括宇航、汽车、电信和制药。然而，成本对于英国企业来说不是一个单一的有吸引力的因素。人才、技术基础和理论支持显然也是非常重要的。

各产业部门的成本

制造业

相对于其他部门，制造业的成本差异较低。在支付的人工、运输和社会成本等方面，英国、卢森堡和法国的情况强有力地支持这一结论。

软件业

软件行业的成本差异相对较高，人工是成本的主要部分。澳大利亚和冰岛在技术人才和专业雇员上的人工成本优势有力地支持了这一命题。

技术开发业

对于研发而言，成本的差异很大，这应归因于有经验、学问和技术的雇员的人工成本以及关于研发成本税收待遇的影响。意大利和荷兰在这方面体现明显。在最近几个月，英国政府颁布了明确的关于创业型企业研发费用的税收准则，以激励小企业进行研发。为强调科技投资对于经济发展的重要性，政府保证提高科技投资在国民税收中分享的份额。很多投资于研发从而导致科技发展的企业现在能够申请研发税收贷款作为其活动的特定经费。投资在软件、能源、燃料和水的企业第一次获得了税收减免的资格。研发税收贷款预算在英国每年高达 5 亿英镑。

公司服务业

在每个国家，公司服务部门的成本差异基本上由低技能的人工成本所左右。加拿大、澳大利亚和美国在这个部门的成本最低。

英国有竞争力的城市

这一研究也比较了国际上那些人口超过两百万的国际性城市，最具成本竞争力的城市是蒙特利尔，紧随其后的是墨尔本和多伦多。城市成本水平最高的是日本横滨，紧接着是法兰克福和伦敦。当比较了所有的大中型城市后，得出结果：进行经营活动成本最低的城市是加拿大的谢伯罗克。在欧洲，成本最低的是意大利的开塞特。

对所研究的所有英国城市的比较显示，最具竞争力的城市是斯托克城，接着是曼彻斯特、达拉谟、撒得兰德和贝尔法斯特。毫不意外，伯明翰和伦敦的竞争力较低。

2004 年毕马威（英国）公司发布的竞争力考察调查资料可以从网上下载或在线浏览。网址是：www.competitivealternatives.com.

房产税减免

自 16 世纪以来，房产税就一直被认为是地方社区获得收益的一种手段。在一般情况下，房产税是按照统一的房产税率乘以课税价值来对房产进行征税，这一点被财产增值者所熟知。每年的税率在 3 月公布，年应纳税款通常在从 4 月到次年 1 月的时间里按照法律规定分期交纳。

目前，每年国库的房产税收益达 180 亿英镑，房产使用支出中，房产税支出位居第二，仅次于租金支付。然而，很多管理者承认他们没有就关于怎样尽可能地处理好这一问题征求更多建议和意见。

一场关于英国和威尔士 174 万套房产的课税价值进行改革的行动即将开始，由此引起的税率提高将对很多企业带来不利影响。因此，管理者必须对企业的这一成本予以关注。

例如，2003 年颁布的地方政府法令中有一个变化并形成了一个方案（从 2005 年 4 月 1 日开始），据此，地方政府能够保留部分乃至全部由于经济增长产生的外部税收贡献。就像其他优惠政策一样，这一规定的目的在于激励企业和地方政府进行合作以促进地方经济恢复和发展。因此激励地方议会尽可能提供新的优惠和所需要的信息。

减少税务负担

现代意义上的房产税，是一个法定的对于房产占有的国民税收。税法上所谓的房产，包括所有的土地及其建筑物，不仅包括在地上的部分，也包括在地下的部分。

首先，一个房产不一定是完全由于企业经营所需才导致房产税。实际上，从家具、机器和设备等被安置在一个房产里的第一天起——纵使这些没有一个是实际用来交易的——纳税义务就产生了。然而，在一些不同情形下，税收减免是能够实现的。

在特定情形下能够协商占有时间。例如，假如一个新建筑或房产延伸物在企业准备出售之前是与家具、机器或设备相配套的，那么在配套使用和交易开始之间的这段时间里要不要纳税是值得商榷的。

此外，假如一个设备是机器或设备在实际进行生产之前测试的必需物，那么，就有必要在测试期支付税款问题上与征收单位进行谈判，从而可能获得对方的让步。

管理者应该认真考虑新建筑的建成或原建筑的延伸是分阶段进行的情形。假如这一活动是在一个特定时期完成而不是接连进行的，资产评估师将对整个项目进行估价，并在税款清单上列出一个单一的课税价值。征收单位对一个完整的建筑统一征收税款，纵使没有使用它的某些部分。

当一个建筑被阶段性拥有，那么与资产评估师和征税单位进行谈判，使对方在考虑每一阶段的占有时间的基础上，为自己获得一些补贴，这在实际中是可能的。

企业还有一个机会，那就是就某些当前未被使用的空地单独与征税单位进行协商，以求获得税款减免，特别是那些与企业未来发展相关的空地。

下面列举几种可获得房产税补贴或减免的情况：

- 迁移（职业或度假的原因）；

- 有预期收益或赢利能力的房产；

- 资本支出计划；

- 对新技术或替代技术的投资；

- 出于维护或更换安排所产生的停工期；

- 再装修和重组；

- 溯及以往地提供新的或重新修订过的账单。

对课税价值的申诉

企业应该根据要交纳哪些费用的标准，核对课税价值计算是否正确。对于 1995 年的估价清单，人们提出申诉的价值超过 150 万英镑，其中很多企业后来的税款减少了。

在通常情况下，不管使用什么方法，价值评估过程的目标是要确定一个房产的课税价值，它代表在一个特定的法律前提下，一个被合理预期的房产的年租金。

一个重估价过程由下面五个阶段组成：

1. 搜集租赁证据；

2. 分析租赁证据；

3. 制订估价计划以确保全国一致性；

4. 价值评估过程；

5. 制订和发表估价清单。

在英格兰和威尔士，每个房产的课税价值是由价值评估员——国内税收执行代理机构的官员来确定。价值评估员在一个来源广泛多样的租赁证据的基础上确定租税价值。它包括地方税纳税人对于收益结构信息的直接要求的反应。价值评估员经常关注实际已实现的年租金——它们在先前的估价日后被轻易而准确地获得（见后）。

为确保有一个通用的方法来评估所有的非本地房产，政府选择先行日期（AVD），在这一天对房产估价。比如，对价值评估机构 2005 年关于所有非本地房产的重估价，这一被选定的估价日期（先行日期）是 2003 年 4 月 1 日。

当前，在英格兰和威尔士，对 2000 年税款清单估价的申诉（即 2000 年 4 月 1 日的估价），要求截止到 2005 年之前提交，但是假如先于 2004 年 4 月 1 日提出，该申诉生效期仅从 2003 年 10 月开始（在大多数情况下）。于 2004 年 4 月 1 日或该日后提出的申诉将从那天有效。

大多数情况下，价值评估机构仅仅能在可继承财产形成的时间或税款清单变更已经确定年度的 4 月 1 日进行新的估价。

对于那些中小型企业来说，这些措施产生的税务节约通常是很巨大的。如果它们感觉被征了过多的税款，可以提出抗议。被过多征收的税款由于成功的申诉将随着利息一起被退还，但是如果某年度税款没有及时支付，该年度的利息可能会被没收。

建立内部税务流程

总之，识别不正确的估价，知道哪些情况下企业可以获得税收减免，从而使企业价值增加，这是企业经营活动的一个重要部分。

因此，获得专业的税收建议，形成合适的内部制度，及时地报告和沟通相关的年度和修订信息，这对纳税人来说是很重要的。

印花税

印花税是最古老的国内收益税，它的大多数立法起源于维多利亚女王时代。因此，在今天，毫无疑问需要对它进行修订。

国内印花税自 2003 年 12 月 1 日起实施，并强制要求纳税人交纳。只要国内利息已经获得，即使它没有正式的证明文件，获得者也有义务呈报收益并缴纳印花税，这在历史上还是第一次。现在，印花税的确定依赖于现金流而不是具有法律意义的凭证，这意味着其重点相对于先前的制度有了根本性转变。

印花税是基于凭证而不是交易的税收，因此，用两种不同的方法说明一次国内销售，会得到两种不同的印花税税收待遇，这种情况有时是可能的。但是在新制度下，这种情况发生的可能性大大下降。

不同于以前的印花税，只要交易发生在英国国内，印花税是一个应付的交易税。它适用于下列几种主要的交易类型：

- 不动产购买；

- 达成的新租约；

- 现有租约的废弃或安排；

- 限制性契约的松绑；

- 期权交易；

- 从御准（皇家许可）法案到 2004 年财务法案中规定的应遵从印花税条款的关联交易。

在所有类型中，税收应在交易"有效期"30 天内支付。当事人通过签订一份产权转让证书完成交易，产权转让书的日期通常是"有效期"。然而，这一规则也有例外。假如这一契约在产权转让证书签署之前就已经基本履行，那么履行日期就是有效期。

基本履行存在于购买者获得了占有财产的权利的地方，或购货款基本支付（超过90%）的时候。因此，仅仅合同签订和开始着手交易也可能会导致印花税，纵使购买者仅仅获得了许可去使用它，特别是对于那些新建筑。

计算应交税款

根据利息来源于终生拥有还是租赁的房产，有两种不同的税收计算方法。不动产、居住或商业房产被要求按照财产或土地的价值缴纳印花税。它们被列示如下。

居住房	税率	商业房	税率
60 000 英镑以下	零	150 000 英镑以下	零
60 000 英镑~250 000 英镑	1%	150 000 英镑~250 000 英镑	1%
250 000 英镑~500 000 英镑	3%	250 000 英镑~500 000 英镑	3%
500 000 英镑以上	4%	500 000 英镑以上	4%

全权所有的纳税

当需要就一份达成的租约支付一定的贴水时，双方遵循一个普遍的共识，即按照特定的规则，年平均租金在 600 英镑以上。

租赁资产的纳税

印花税计算租金要素的程序被极大改变了。税收是就租赁条款按照租金的净现值来计算的，按照每年 3.5% 的折扣计算，其最先的 150 万英镑是不需要征税的。假如已经征收了租金的 VAT，那么印花税将按照包含 VAT 的租金的净现值来征收。在这方面，税法以一个租约计算器的形式提供了一种指导。

其对企业的影响在两天内就可察觉到。首先，企业将需要确定按照新制度所需追加的资源。其次，对企业的影响是，按照先前的印花税制度，很多人在租赁上要支付超过先前四五倍的印花税，在很多情况下甚至是八倍的印花税。在零售和休闲部门，变化的影响更为明显。我们总是先看到对商业处理的影响，如承租人期望进行短期租借以减少税费。类似的，签订一份租约的额外启动成本正在消耗企业可用的预备性资金，很多零售商正在关注减少补偿税收成本的支出。

赢利回报的纳税

印花税是一种自我确定的税收，及时申报收益和准确计算是税收支付者的责任。对于不遵从规定者有严厉的惩罚，对于逾期者，开始是即时的 100 英镑的罚金，接着是追加一笔基于税款的利息。纵使没有印花税需要支付（如保险，如果金额没有达到规定的下限，或适用于免税条款），国内的交易收益表单还是需要的。唯一的例外是当报酬在 1000 英镑以下时，报告是不需要的。

国内交易收益表单必须由"义务人"（购买者或承租人）在凭证有效期的 30 天内呈交。企业不再依据"没有凭证=没有义务"的规则行事，一项费用的形成不再与凭证挂钩。例如，假如一个契约预约了 300 万英镑的初始价格，附加一个多余的 2000 万英

镑的对计划许可获得的支付，此时，纵使没有要求执行进一步凭证，这个计划的承诺也将导致基于契约和印花税收益的款项支付。

通常，精确的购买价格在交易完成时是不知道的，这也许依赖于对初始金额估计或偶发事件的准备工作，如计划的承诺。在这些例子中，购买者应该对实际的支付金额有一个"最好的估计"，并且在知道准确的数目时进一步呈报收益。在这些情况下，税款支付不能被延期，除非实际数目在有效期内是不确定的，并且款项支付至少被耽搁了 6 个月。在很多情况下，这将导致交易利润实现前的巨大的先期成本。

印花税的减免条件

当进行房产购买或租赁时，有很多情况可以得到减免。那些适用这些规则的企业可以进行进一步的调查研究。

15 万英镑以下的房产的减免

对于小企业和那些新启动的商业房产，如果其价值在 15 万英镑以下——低于印花税要求支付的下限——可以获得税收减免。

不发达地区的减免

为了激励企业和促进经济发展，在英国国内市场推出了一项新的减免措施。在英格兰和威尔士，有接近 2000 个选区被确定为不利区域。作为结果，在这些区域购买或租赁一个商业房产不需要承担印花税义务。房产价值在 150 万英镑以下且处于不利区域，就可以获得税收减免。如果一起购买六个或更多的住宅单元，就可以视它们为非住宅房产投资，并因此可获得潜在性的无限减免。

团体减免

集团减免使得房产在同一集团内部的企业转移而不需要支付任何印花税费用。然而，假如购买企业在三年内从企业集团分离，则可能不能获得税收减免并需要加税进行补偿。

购买企业的税收减免

当购买一个企业时，我们必须明白，购买价格是由财产、商誉、债务人、债权人、智力资本和许多可移动项目间共同决定的。对于除了房产和固定的厂房设备以外的所有资产，印花税已经被废除。

并购减免

获得减免应用于特定的一个发展中的企业的转让，并进而可以将税率从 4% 降低到 0.5%。当企业转让通过买方企业发行股份、责任承担或债务清偿获得圆满完成，减免的获得是可能的。简单的现金购买是不适当的。

销售和售后回租减免

很多企业积极出售它们的商业用地和进行售后回租以减少资金需求。国内收益法令已经允许对商业销售和租约中没有印花税的售后回租提供特定减免。这被拓展到覆盖从皇家资产法案到 2004 年财务法令所规定的住宅房产。

建筑公司的以旧换新业务减免

一个家居建筑企业用以旧换新的方式——通过提供一个新住房，取得了购买者的财产，这一房产的转让对于家居建筑者来说是免交印花税的。

雇员的重新安置减免

雇员正在向本国的其他地区流动时，很多企业通过购买员工房产的方式为流动提供便利。此时，雇主对于旧房产的购买将不需要交纳印花税。

结论

虽然英国的印花税在欧洲国家是最低的，但是，印花税对于企业仍然是很重要的、不能被忽略的成本。每购买 100 万英镑的房产，企业须面对 4 万英镑的税费，典型地，租金 25 万英镑的 10 年零售租约将导致价值 2.3 万英镑的税费。

印花税是完全意义上的新税种，其细节需要通过收益法令在实际中运用这些规则来加以显现。按照交易——按照新规则进行交易，会导致租赁费用和交易所需时间增加以及巨大的相伴随的行政成本——不应该低估新税种引起的企业成本。

现在，企业需采取行动，通过建立恰当有力的监控其国内交易的制度降低新税制对企业造成的冲击，识别导致印花税的原因，确定所有的按法令可获得的减免。

场所变动的税务

资产重置的递延减免

一个扩张的公司将会经常发现自己成长得太快，以致现在的营业场所不能满足企业需要，必须寻求更大的容身之地。要么租赁，要么购买（以全权所有为基础或以租借为基础）的选择受到大量的商业和税收因素的影响，还受到可获得的资金的制约。

一个拥有自身营业场所的企业希望看到自己的营业场所随着时间的推移不断增值。然而，这种增值通常会带来企业资本处置收益和随后的纳税义务的增加。这将减少企业实际可以获得的资产的出售收入，从而对企业再投资新的营业场所带来麻烦，这时，企业需要新的资金以进行扩张。

幸运的是，税收系统为这些情况设计了一个关于企业资产重置的"递延"减免的制度，从而为企业提供津贴。这一方案只应用于某种特定的资产，主要包括土地和建筑物（或建筑物的一部分）。它适用于那些出于贸易目的而占有和使用的资产，以及固定的车间和机械。

如果花费至少与这样一项资产的处置收入相等数量的资金以用于获得相应等级的其他资产时，认为这种处置方式既不增加收入也未导致损失，同时，认为新资产的获得成本下降了，其下降数量就是企业从原有资产中获得的收益。结果，以这种方式递延的收益，直到替代资产处置后才能得到确认（在某些情况下，这种收益会通过转向第三种资产再一次被递延）。这项新资产必须在这一阶段开始的一年前获得，并在三年后停止使用并处置，国内的税署有延长期限的权力，并会在资产处置或获得的延期问题上有很好的理由时行使这一权力。例如，当陷于在一个很萧条的财产市场中寻找买家的困境，或当得到计划许可很困难时。

当只是用处置收入的一部分购买新资产时，收益减少了相当于企业保留收入的部分（除非它多于收益），同时，新资产的购买成本下降了与收益同样的数量。

当一种新资产被认为是折旧资产时，需要采用特殊规则。广泛来说，这里的资产指的是预期使用不超过 60 年的资产（例如，租借）。一项来自于资产的收益最多可以推迟十年确认，但这一规则也可能适用于那些在延期收益明确之前就被获得的无须折旧的资产。

推而广之，由集团内部的一个贸易型企业就一项获得的资产所实现的收益可以被转移到集团的其他贸易型企业。那些资产供集团内其他贸易型企业使用的非贸易型企业往往就是出于这种交易需要被创造出来的。

其他规则包括各种各样的特殊环境。例如，资产部分用于交易、部分用于其他目的的情形；在拥有期间不能用于交易的情形；一个自然人以自有资产向公司进行投资，从而使他或她在公司至少可以行使 5% 的投票权的情形。

资本津贴

考虑资本利得税对于一个企业而言，潜在的有利影响是很重要的，这种影响是由资本津贴带来的，并对财产所有权的税后成本有影响。目前在英国的税收体系下，会计折旧是不可以作为税收扣除项目的，对于折旧的税收减免是通过资本津贴来实现的。

相关的资本津贴的几种主要形式是：车间和机器津贴（标准的是可给予 25% 的余额基础上的扣减，长期资产则给予 6% 的余额基础上的扣减）。在适当情况下，还有工业厂房的津贴（4%的直线法），同时也可能给予研发津贴（100%的即时补贴）。这些补贴对应税利润而言是可扣除的，因而可以降低其实际税负。

资本津贴制度是非常复杂的。单就资产的定义而言，就可能被划分为很多种类。这些划分不仅来自相关的法律规定，还来自重要的判例。但清楚的是，任何资本津贴分析的目的，理所当然地是要最大程度地增加可以获得税收减免的资本支出。一个典型的例子，在建设一座新的办公大楼时，资本津贴可以 7%~9% 的比例减少财产的税后成本。

在财产的获得或建造过程中所产生的花费是可以获得资本津贴的。这两种情况下，在一开始就对资本津贴进行规划是重要的。对于一项建设工程，你有必要获得足够的信息以增加获得资本津贴的机会，同时考虑怎样最恰当地将辅助成本（如专业费用等）计入工程成本中。对于一项获得的财产而言，情况可能会更复杂。因为在获得时通常只对一项财产支付一个单一价格。但在资本津贴条款中，财产由三部分组成：土地（没有减免可能）、车间和机器以及厂房建筑物（对于工业建筑物有可能给予补贴）。"捕手"则需要在"公平"基础上，在三个部分之间分配，进行单独的价格支付，以得到资本津贴。但是，在某种情况下，对于买者和商家有可能对交易要素的分配达成一致。

最后提醒一句，当合格资产以高于成本价或其目前的税收账面价值卖出，就会存在一个税收减免要求的加税补偿。但是，进一步，对于这些不测之事进行计划的机会是存在的。重要的是要记住：一项现有财产的处置，同一项新资产的获得或形成一样，是可以获得资本津贴的，同时，尽早规划很重要。

10

做公司一定有风险

企业风险管理

背景

对大多数组织而言，标准的风险管理被认为是一种外围行动。这些活动主要关注物理上的损失和其他与保险相关要求的预防上。最初的综合准则（2003 年 7 月最新修订）和随后颁布的坦布尔指导原则 (Turnbull Guidance) 的有关规定带来了一个重大的改变，迫使董事会认真考虑公司所面临风险的性质和范围，不仅如此，这些准则的相关条款还规定了经理及所有雇员所应承担的责任。

但是对大多数组织来说，这些要求仅仅是导致了另一项外围活动，即"坦布尔指导原则"所强制规定的一年一度的风险评估。经验表明，对于大多数公司而言，这一类风险评估活动对于组织运行中的重要决策的影响是非常有限的。例如，你可以比较一下，在过去一年中所召开的董事会会议上，有多少议题是与风险评估有关的。

这些以强制要求为基础的行动，尽管在表面上都符合强制规定的要求，但一般认为只能给组织带来微乎其微的价值。因此，如果我们打算开始重新重视风险管理问题，为什么不在这方面做得更多一些，而不仅仅是被动地服从强制性的要求呢？

打好风险管理的基础

随着企业经营活动的开展，总是有一些很敏感的问题被提出，并且需要我们回答，这些问题可能包括：

- 我们为什么做此活动，它为什么对我们那么重要？

- 目标是什么？

- 潜在的利益是什么？

当问题涉及风险管理时，看起来似乎并不总是有非常明确的答案。如果大多数组织在作出投资决策之前都需要明确回答以上提到的问题，那么，没有明确的管理方法来回答上述问题的情况确实令人感到困惑。

为了能获得真正的价值，组织的目标不能仅仅只是建立在被动服从风险管理的规则上，因此，给上述这些问题一个清晰的答案，是建立针对风险管理的方法的关键。尽管这些答案会因组织的不同而有所不同，但我们可以用下面的理由让你相信，为什么一个更加规范的风险管理方法对你的组织非常重要。

- 无论从组织内部还是从外部商业环境的角度来看，改变的步伐都在加快。现在比以前任何时候都更需要快速、有效地应对商业环境以及组织内部不断变化带来的风险，风险管理变得更加重要。

- 组织声誉和（或）品牌的保护正在变得越来越重要，因此有更多的必要去了解那些可能给企业声誉带来损害的风险。

- 从一个市场要求的角度看，对于意外情况的承受能力是在不断降低的，因此，管理者需要找到更多手段或措施，以确保那些可能会影响他们实现经营目标的关键风险，可以得到识别和有效管理。

尽管风险管理的目标可能有所不同，但我们应该把以下的风险管理目标看做是一种注重实效的风险管理方法的重要组成部分：

- 形成对整个组织中的风险的识别、评估、管理和监测的一整套方法。这需要很多常用的工具和技术，而且需要一种通用的"风险"语言和监测风险的有效结构的支持。

- 建立和促进那种积极识别风险与机遇、积极处理和报告相关情况的企业文化。在重大决策制定过程中，正式的风险评估应该成为日常管理的一部分，让管理风险成为每个人的责任的一部分，并且落实到组织管理的方方面面。

这些更加注重实效的风险管理方法带来的潜在收益有：

- 更少的意外，以及当某些事确实做错后的更快的反应。

- 更加有把握达成经营目标——通过明确经营中的关键风险之所在以及针对性的风险管理来实现。

- 更加有效地配置资源——根据经营中的关键风险和机遇来更好地分配资源。

- 提升"风险"意识。

正如前面所述，那些仅仅从服从规则的强制要求的角度来管理风险，也就是说仅仅进行风险评估的组织，实际上很难获得真正的经营利益。然而，以风险评价为契机，引起对风险管理的广泛关注，然后进一步构建注重实效的风险管理框架，确实是合情合理的做法。实际上，这样做也带来了一个回答反对意见的机会。下面的章节将介绍一种让风险评估与经营活动关联起来的方法。

让风险评估与经营活动相关联

一个使风险管理与经营活动相关的简单办法是，尽量把风险评估与经营计划和经营目标设定联系起来。考虑到风险这个词在商业背景下通常被定义为"那些会影响目标实现的事情的发生机会"，看起来在二者之间似乎有某种自然的联系性。经营计划工作已经有这样的要求，即要求管理者在设定经营绩效目标时识别关键的风险因素。通过把风险评估过程与经营计划工作结合起来，管理者对风险的把握程度可以明显提高，而且那些被识别出来的风险也会被用于高层管理者与执行层管理者讨论面临的问题以及设定可以实现的绩效目标的过程中。

比如说，一个打算扩大生产以便达到一个更高目标的企业，就有可能面对一系列的主要风险，其中的一个风险是有可能无法找到足够的业务发展所需的高技能员工。如果把这个风险因素考虑到经营计划中，就可以在计划中适当安排缓解这个问题的活动，并加强定期的监督和明确的定量考核。

协调评估内容

如果评估风险和确定关键风险的过程是成功的话，对任何一个风险评估过程识别出来的风险都需要区分优先顺序，而且要始终这样做，以确保那些直接影响经营目标实现的风险一定被放在首位。

为了确保做到这一点，就需要使用某种风险评估标准去评价那些风险发生的可能性和影响程度。从根本上讲，风险造成的影响程度可以分为高、中、低三个档次，一套简单可行的风险评估标准的制订，是风险评估方法持续应用的关键（参见图10.1）。

恰当地选择对企业经营影响最大的风险影响程度指标也是很重要的。这里有许多可供选择的恰当指标（比如说，健康方面的指标、安全方面的指标、规章制度方面的指标及顾客方面的指标等）。

这些相关的风险评价标准提供了一种基本的工具来告诉管理层应该如何应对某一

描述风险影响程度的指标					
影响程度 后果	无关紧要	较小的	中等的	较大的	灾难性的
财务方面 (如,利润)	<1%	1%~5%	5%~20%	20%~50%	>50%
声誉方面	致信当地或 行业媒体	当地或行业媒 体的批评文章	当地或行业媒 体的持续的负 面报道	全国性媒体的 短期的负面报 道	全国性媒体 的广泛的负 面报道

资料来源:KPMG LLP(UK)

风险发生可能性的判断标准		
风险水平	可能性描述	风险发生的可能性描述
1	几乎不可能	只在意外情况下发生
2	不太可能发生	在某种情况下有可能发生
3	中等	在某种情况下必然会发生
4	可能发生	在大多数情况下可能会发生
5	几乎肯定发生	大多数情况下肯定会发生

图10.1 风险评估准则的例子

层次的风险,并进一步明确哪些风险是可以接受的,而哪些是必须避免的。而且这些标准也给管理层提供了一种分析框架,告诉他们何时应该采取进一步的管理行动。在此基础上,风险经常被定义为一种可能性/影响程度的矩阵形式(见图10.2)。

建立一个合适的风险管理体系

当已经建立并成功实施了风险评价方法,并且通过经营计划的制订过程搞清楚了风险评价是与经营目标相一致的,我们也许就已经得到了构成风险管理体系的一系列基本要素,包括:

- 一个日常应用的风险评价程序。

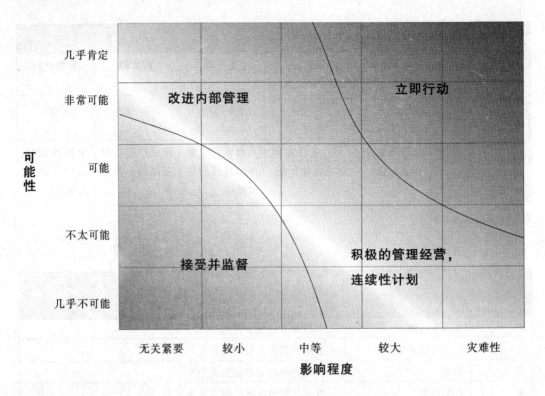

图 10.2　风险的可能性/影响程度矩阵示例

- 作为企业经营计划和目标设定过程一部分的企业整体风险组合矩阵。
- 一个风险管理结构的其他方面，比如说某些常用的风险表述语言，以及不断加强的风险意识。
- 企业战略中针对风险的应对策略，主要是通过对于一些关键问题的争论以达成一致，包括：为什么我们要做这些，为什么它对于我们而言这么重要，什么是我们的目标，会有哪些潜在收益等。

　　这种风险管理体系的建立为组织从整体上协调其他不同的风险管理活动提供了一种机制。以风险评估为基础，并且建立一种强有力的风险管理的实施模式，现在我们就可以回到最早提出的问题上，并且决定我们如何去回答。通过对许多企业的调查工作，毕马威（英国）公司已经定义了风险管理体系中的关键因素，这些能帮助我们把一个理论上的风险管理模式变成切实可行的实际工作。

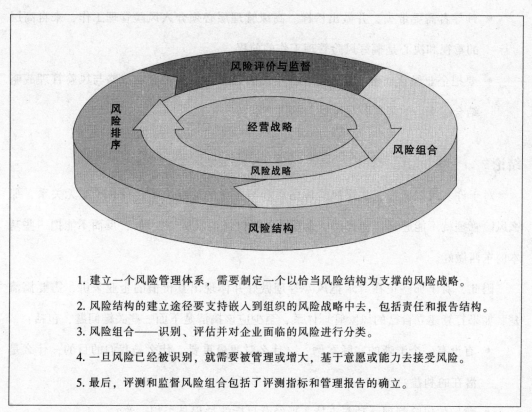

1. 建立一个风险管理体系，需要制定一个以恰当风险结构为支撑的风险战略。

2. 风险结构的建立途径要支持嵌入到组织的风险战略中去，包括责任和报告结构。

3. 风险组合——识别、评估并对企业面临的风险进行分类。

4. 一旦风险已经被识别，就需要被管理或增大，基于意愿或能力去接受风险。

5. 最后，评测和监督风险组合包括了评测指标和管理报告的确立。

图 10.3　毕马威（英国）公司的风险管理体系

以我们的经验，与许多组织有过合作的毕马威（英国）公司已经识别到许多关于风险管理的关键因素，包括：

- 明白你有什么，你需要什么。所有组织已经有了关于风险管理的合适因素，当然有些可能不那么尽如人意，通过认识你的地位，可以阻止你的组织重复地从头开始，同时通过识别那些实施中的障碍来推进风险管理。近期的行动、文化、大宗购买的程度以及切实可行的支持对于风险管理而言也是分析的关键。

- 不能忽视风险管理过程中的变革管理问题。引入一套风险管理体系将会给组织带来一系列的变革。那些没有做好变革管理工作的组织，很难把风险管理完全融入它们的经营当中。

- 领导者需要带头，并做出榜样。高级管理层必须介入风险管理工作，来自高层的重视和决心是搞好风险管理工作的前提。

- 要把企业经营战略与风险管理战略结合起来。只有把企业战略与风险管理战略结合起来，才能得到风险管理的潜在利益。

结论

对于许多组织而言，如果风险评估活动与企业的关键决策过程几乎毫无关系，那么风险管理就不能起到任何作用。企业如果仅仅强调服从"大局"，反而不能把一些基本的东西做好。

因此，对于那些正在寻求把风险管理做好并体现出其价值的企业来讲，需要搞清楚，如果打算建立自己的风险管理体系，至少应该搞清楚下面一些关键问题，包括：

- 有没有一个清晰的实际案例？（什么对我最重要，什么是我们的目的，什么是潜在的利益？）

- 我们的风险管理活动与支持实现经营目标的过程是否相一致？

- 我们是否建立了一套合适的风险管理体系来支持自己的战略和目标？

既然风险管理已经是一个成熟的经营管理工具，那么成长型公司就应该充分利用这些新的风险管理技巧，来推动真正有价值的和成功的企业成长。

电子营销风险

在这个技术时代，企业为了取得持续并且有利可图的增长，必然考虑采取电子营销手段。然而，设计并且实施一套有效的电子营销战略会使你的公司暴露在重要的法律障碍和潜在风险面前。世界上所有国家都已经制定并通过了新的法律来规范所有类型的电子营销，不管是通过广告、文本信息或电子邮件。成长型公司必须留意这些通向成功道路上的潜在陷阱。

美国已经颁布了这样一部具有潜在陷阱的法案——《垃圾邮件法案》，并于 2004 年 1 月 1 日生效，这部新法律不仅规范了垃圾邮件或是主动提供的商业电子邮件，而且规范了被动恳求的商业电子邮件，同时还有其他电子文本类型，这样，任何发送商业电子邮件或文本信息的美国公民或企业员工都会面对这种潜在的民事或刑事责任。

所有商业电子邮件和文本信息的发送者，尤其是关于业务经营增长的，都应该通过最大限度的努力来适应这部新法律，关于这项法律的各种各样的新闻以及网络消息，实际上忽略了重要条款，同时，对这项法案要求的报道也不够全面和准确。然而，该法案的广泛适用范围已被大多数人理解，因此这一章有必要对这部重要的新法案以及它的要求做一个准确的描述。

在该项法案出台之前，发送到美国去的垃圾邮件是被各个州的法律所规范的，诸如加利福尼亚州等一些州实施一种"决定参加"的体系，这非常类似于英国以及欧盟。在这样的体系中，主动发送的商业电子邮件是被禁止的，而且电子营销只能出现在要么得到一个订单取得同意的情况下，要么已经建立了相关关系的情况下。这部新的美国法律采用了一种不同的"选择不参加"的体系，并且优先于大多数州的法律，除了那些在营销电子邮件文本中禁止谎言和欺骗的州。现在，在这个法案下，发送电子邮件的电子营销者在美国不再需要得到每一个订单的同意，可是仍会遇到一些新的可能导致法律责任的潜在危机。

虽然许多评论员和记者怀疑美国政府能否通过下属的联邦贸易委员会来加强这项新法案以对付其他国家的发送者，但是发送者的法律责任潜在发生的可能性依然存在。一个重要的英国代表团最近会见了美国国会的议员，并且一致认为他们两国能够在加强国际贸易监督方面建立伙伴关系。超过 30 个国家的相关政府机构已经成为国际交易监督网络的成员，这些成员同意，在出现违法者本人或者其财产或受害者在另外一个国家的情况下，相互之间提供法律方面和调查方面的便利和支持。而且，国际间的双边合作协议也开始强调交易和客户保护法律的国际执行。在这样的国际执法背景下，成长型公司必须学习所有现行的国际交易法规并且采取合适的方法去遵守它。

新法律中潜在的民事责任

新的法律列举了所禁止的某些发送商业电子邮件和把商业信息传播到无线通信设备上的具体规定，那些主动发出商业电子信息的人必须服从这些新的规定，否则就可能面临联邦贸易委员会或其他联邦政府部门，甚至是联邦检察官或是互联网服务提供商所提出的起诉。但是，按照这个法律的规定，个人不能够作为诉讼主体来提出这方面的起诉。

联邦贸易委员或联邦检察官可以引用这个法律，甚至有权利在无须证明某些行为明确违反了该法律具体条款的情况下，下令中止和结束这些行为。同时，联邦贸易委员或联邦检察官可以对违法所得处以高达250倍的罚款，但最多不能超过200万美元。同时，受害者还可以根据这个法律的规定要求违法者赔偿法庭诉讼费用并赔偿由于违法者的敌意举动或其他不当行为而造成的损失。由于违法者的行为给自己造成不利影响的互联网服务提供商也可以提出类似的赔偿要求，这是此法律的条款所允许的。

按照新法律的规定，联邦贸易委员会对新法律的解释和执行居于主导地位，并且被授权在它认为适当的时候可以修改某些条款。而且，它还被特别授权来列出"不允许发电子邮件的内容清单"。此外，政府还要求联邦贸易委员会向国会提交一个对违反此法律的违法活动的举报者给予奖赏的方案，以及对所有商业电子邮件的具体规定方案。

对所有商业电子邮件的规定

该法案规定所有商业电子邮件和文本信息必须包括一个有效的回复地址或类似的

机制，使邮件的接收者可以在 30 天内提出要求，拒绝接受来自发送者的信息。邮件的发送者或其代理人必须在接到拒绝要求的 10 天内，停止传送信息给接收者。同时，发送者或他们的代理人不可以出售或转让那些接收者的邮件地址给其他人。

此外，这个法律还规定，除非一个接收者对于这项信息已经给予了优先的同意，否则，所有的商业电子邮件必须提供明确的标识，表明它是一则广告，尽管确切的位置或标识的表达没有在法律中详细说明，但所有信息必须包括发送人的有效和真实的邮件地址。

电子信息中不可以包括实质上的虚假标题或发送信息，更确切地说，电子信息所包含的来源地、目的地或路线信息不能故意误导地表达电子信息来自谁、来自什么地方，特别是包含有资金明细或合作关系内容的"交易或合作关系"信息，也不可以包含虚假的信息内容。不仅一个虚假信息的发送者会被认定违反了这项法律，而且在其中做广告的厂商同样可能会面临违反此法律的指控，特别是在联邦贸易委员掌握了广告厂商在虚假消息中进行促销的证据的情况下。而且，商业信息也不可以包括那些会误导接收者的欺骗性标题。

对严重违反该法律的情况，该法律也规定了加重惩罚的措施。这包括发送者使用地址收集黑克软件、采用字典攻击或其他手段自动收集或生成接收者的电子邮件地址等行为，其他严重违反该法律的行为包括敌意不断发送垃圾邮件，或在没有得到授权的情况下向受保护的电脑或网络发送违法电子邮件。

新的刑事责任

新法律的违反者可能会被起诉并且面临监禁、罚款或两者皆有。该法律对采用地址收集软件或其他不恰当手段收集别人的邮件地址和采用计算机的其他犯罪行为也加大了处罚力度。这些行为包括欺骗、类似于网上偷窃的行为和传播淫秽信息等。需要承担刑事责任的情况是指发送者在 24 小时内发送了 100 条违法信息，在 30 天内发送了 1000 条违法信息，或在 1 年内发送了 10 000 条违法信息。

该法律所规定的刑事责任还包括未经授权使用别人的电脑并通过其发送商业电子邮件。发送带有实质性虚假标题信息的消息，可能同样会导致刑事责任。发送者不可以发送以欺骗或误导接收者为目的的电子邮件，也不能提供虚假的消息来源及网络地址的商业电子邮件。同样，那些发送商业电子邮件的人也不能通过两个或更多的在线用户账户或两个及以上的域名（这相对于接收者来说都是虚假的信息）发送信息。发送者也被禁止从两个或更多的互联网 IP 地址来发送商业电子邮件。

进一步地，该法律还要求，除非预先得到许可，否则任何包含"性相关内容"的商业信息都必须有联邦贸易委员会规定的主标题及特殊标识或记号。同样，如果没有接收者的特别要求，包含"性相关内容"的信息只可以包括怎样使用资料的指导及其他法律所允许的信息。违反该项规定的人可能会面临 5 年监禁和罚款。

结论

尽管这一部分仅仅提供了对"反垃圾邮件"（CAN–SPAM）法案的简要介绍，但它提醒我们，进行电子营销时的个人行为不能违反这个法律。在实施新的或是持续存在的电子营销计划时，成长型公司应该特别注意这个问题，尤其是在处理来自或寄往美国的电子邮件的时候。违反这些电子营销的法律可能会导致民事和刑事责任，而且会导致对厂商声誉的损害、收入的减少以及许多其他有害后果。因此，伴随这些新的、广泛的法律责任的新法律的出现，所有商业电子信息的发送者都应该从律师那里获得咨询并努力遵守已颁布的这些法律。

雇员欺骗风险

如果你查字典找欺骗的定义，你会找到：所谓欺骗是指犯罪欺骗、不诚实的计谋或冒名顶替。雇员的欺骗行为在增加，尽管没有任何一个小企业的经理会愿意用这样的定义来描述自己公司的员工，但统计数据表明员工们更多的是在日常工作中实施欺骗行为的。

雇员的欺骗活动可以是各种各样的，从拿办公室的文具和长时间的磨洋工（许多雇主将其看做职业性意外，并且视而不见），到转让股票和把成千上万的英镑从公司账户转移到个人账户等。

刑事起诉不总是发生，许多雇主不想公开暴露自己无能，而只是在企业内部解决这个问题，并且选择简单地从职工名册中删除欺诈者的做法。同时，其他的可能会以此典型来处理，作为一种对其他人的警告。比如说在 2002 年时，一个零售商起诉自己的雇员，是因为他把一盒拆封的巧克力带回家。

在 2003 年的前 6 个月，有一系列记录在案的员工欺骗案在英国法庭上审判。这种起诉案例的数量近年来按照年均 9% 的速度增长，案值平均超过 10 万英镑。尽管平均案值达到 10 万英镑，但总的趋势是小型欺诈案件增多。作案者认为这样他们更不易被追查。

总的来说，在 2003 年的最初 6 个月，英国法庭大约处理了案值总额达到 21600 万英镑的职场欺诈案。小型欺诈案件的增长归因于人们更容易得到信任，他们被鼓励积极举债，而不去考虑是否有能力偿还。一个雇员变得不诚实的可能性的增长，也可能是因为受到企业本身的影响，例如缺乏工作安全感和降低对公司的信任感。

相对于 2002 年，银行欺诈在 2003 年的前半年有近 3 倍的提高，毕马威（英国）公司的研究人员认为，这些欺诈行为很多是由那些懂得企业内部知识的雇员来实施的。这只是冰山一角，许多金融机构都不愿意起诉，当一个所谓的"金融专家"没能执行他自己的建议并且不能搞清楚公司的财务状况时，起诉显然不是一种好的办法。

根据安永公司（Ernst & Young）的报告，经理人最有可能成为公司欺诈的作案者，尤其是那些近期被提拔的，会有更大的风险。2003 年 2 月公开发布的证据表明，55%的欺诈行为据称来自经理人，在世界范围内的 400 家公司里，85%的出问题的经理人上任不到一年。

欺诈行为者 85% 是公司内部的员工，而来自供应商、客户以及有组织的犯罪团伙占到余下的 15%。在过去的一年里，有 47% 的公司报告了 1 起严重的欺诈行为，其中约 1/5 的公司据称多于 10 起，只有 20% 的公司从作案者那里收回了损失，大多数是由保险公司、银行和供应商补偿的。

那些认为自身可以免受这些行为影响的企业管理者应该再次思考，在一个小公司里轻而易举地实施欺诈是家常便饭的事情，因为几乎没有内部控制来对抗这种犯罪，并且记住，你的利润盈余正在变少，只留给你很少的收入来补偿欺诈行为的成本。公司不应该把破产看做是缺乏恰当的内部控制的唯一出路。

对于那些持有"它不会发生在我身上"的想法的人，有必要了解一下，过去一年来媒体报道的案例或一些清楚的证据都表明它完全可能发生在你身上。这些案例包括一个用公司信用卡购买自己婚礼鞋的市场主管，一个逃脱公司审计卖掉了一台笔记本电脑的办公室主管，以及一个商业旅行中让别人为自己的干洗服务掏钱的职员。所有这些欺骗都是小规模的，但根据 Fish4jobs 机构的报告，造成的损失每年总计大约会达到 83100 万英镑。这与少数实际被提交法庭的案件形成了对比。这可能是由于警力资源的缺乏，以及许多公司不愿把这样的事情在公众间传播。

在采购方面进行欺诈，是一种最常见的犯罪行为，成功的作案者会把它当作"垫脚石"，从而走向更严重的犯罪。那些实施欺诈的人一般都被人看好，经常被认为是"可以信赖的人"，这可以由近期的一个女校长的案例来说明，她从学校偷走了 50 万英镑去过一种浪漫的生活，最后被判刑监禁 5 年，而人们对她的看法则变成"自私、做作和虚假"。

2002 年 6 月，一个毛毯零售店的经理对于会计程序表示了一种"公然的漠视"，当他误导审计人员和篡改记录时，给公司留下了一个"虚假财务报表"的名声。这个老板承认了"误导和篡改"的两项指控并被判缓刑监禁。

两个月以前，一个被认为是"冉冉升起之星"的高级经理参与赌博，并且在赛马活动中输掉了超过 700 万英镑的公司资金。

立法抵制雇员的欺诈行为是困难的。因此企业要通过强有力而且适当的内部控制来保护自身。同时，起诉也是一种选择，但雇主将要承担法庭诉讼的成本，而且在一些案件中这些成本可能会大大超过丢失了的股票或资金补偿的价值。

内部控制的薄弱是导致在企业里频繁发生案件的主要因素，雇员与第三方勾结是次要的。尤其是在零售和银行服务部门这样一些类型的行业中，承认雇员欺诈是他们经营中固有的一部分。

那么，企业应该做些什么来减少雇员欺诈带来的影响呢？

- 确保公司支票有两个签名，当超过一定数额时（一般为 2.5 万英镑）。

- 避免有很多银行账户，并且委派独立人员去开展对这些账户的审计。侵吞账款并且转移资金去别处是一种最常见的欺诈行为。

- 手头有现金的时候，在两天之内存入银行，你越是允许雇员长时间接触现金，诱惑越多。

- 小数额的现金由独立的人员经常性地进行检查，因为现金采购是最主要的欺诈行为的一种，经常发生的情况是现金外借以后不被归还。

- 鼓励所有员工每年至少两周连续休假。这样可以把任何可能掩盖职务盗窃行为的程序上的问题调查清楚。

- 委托独立人员进行随机的和突然的审计和存货清查，并且要重点检查那些有吸引力的存货（即更容易卖掉的存货），同时要增加检查的频率。

- 职责分工——确保不要让同一个人同时负责订货、收据确认和支付货款。

- 注意到员工的表里不一，即使有些人看起来是无罪的。

- 制造一种表面上无所谓的气氛，但是要有秘密的和独立的信息来源。

- 对于一些重要的或者有影响的职位，考虑实施一种工作轮换机制。

- 确保没有人在管理一个投标合同和决定产量的重大问题方面大权独揽。

强有力的招聘程序的重要性不能被高估，它仅仅是你防范员工欺诈的第一道防线，但如果你不希望在一开始就对任何新招聘的员工不信任，就不应该只依据本能的感觉，至少要考虑如下情况：

- 证明材料——不要把署名的证明材料当作考察一个新员工是否值得信任的依据，要坚持按照证明材料的描述来考察他是否言行一致。

- 只有在对证明材料感到满意的情况下才可以考虑聘用，如果无法得到证明材料则不能考虑聘用。

- 在没有完全搞清楚新员工的个人背景之前，不要让他开始工作，记住去调查任何疑问。

- 证明材料可能是模糊的，可能只说明了求职者的考勤情况、奖惩情况及上一个工作的起始和终止时间，如果有许多事件需要澄清或有很多疑点，就需要口头调查了解，其他人更多的是在电话上表达他的看法而不会书面上的表达。

- 如果所招聘的是涉及资金管理方面的岗位，应该要求求职者提供三年以上的工作证明材料，这将比只提供前两份工作的证明更有效，例如，搞清楚求职者是否经常习惯性跳槽。

- 如果一个申请者直接来自学校和大学并且不能提供前雇主的证明材料，应要求他提供其他人提供的证明材料。

- 在最少3个月的期限内检视员工的表现。

许多人会认为，如果你有适当的正确的招聘程序，你不需要这么强的内部控制。这是个荒诞的说法，你拥有强有力的内部控制的标志是：

- 我们的高级员工已和我们相处很多年，并且完全值得信任。

- 我们的财会程序是极其坚固的，我们有高质量、专业化的财务人员和法定的审计人员。

- 我们有自动化的工资系统，并且我们的员工几乎不处置现金。

- 我们很细致地挑选员工，这些员工被证明是诚实和完全值得信任的。

有严格的内部控制的企业，其合理的管理制度和实践能够制约欺诈问题的出现，但是它们不能完全根除这种风险。某些警示信号或者可能被忽略了，或者没有被及时地表现出来，更大的风险可能直到太晚了才被发现，而在发现欺诈行为时所采取的应急措施也可能没有及时通知到所有员工。也许内部的"就事论事"的做法被认为是对付欺诈行为的有效工具，但并不是任何一个企业都有这样一种"不责罚"的文化来支持这种做法。

对于每个人来说，实施欺诈的机会都是存在的，这就是为什么有一种保险能够加强你的内部控制，同时起到安全防护作用的原因。这种保险称为"员工忠诚担保保险"，其主要作用是防止企业内的员工自身或与他人勾结导致的偷盗、欺诈、不诚实和敌意行为，并对相应损失进行保险。

这个保险将对聘请审计人员核查实际损失的费用及员工欺诈导致的企业损失进行补偿。而保险条款中将规定企业必须最小限度地采用有效的管理控制措施。然而，任何一个有经验的企业家都应该已经采取了这些控制措施。实际上，这一章里面所列举的那些建议距离任何一家保险公司的要求都还差得很远。

这项保险所涉及的范围不包括那些"无形资产"，例如专利和商业机密。但它确实给企业家提供了合理的防御手段，以防范其财务损失的风险。那些损失很多的企业是这种保险的最大拥护者。因为我们前面所列举的那些数据和案例表明了员工欺诈行为完全可能"发生在你自己身上"。

然而，对于那些仍然认为自己在用人方面"运气好"的人来说，你也不是孤独的。在日本，如果雇主要求雇员提供证明材料，会被认为是对他的极大侮辱。招聘建立在信任和朋友或家庭成员口头介绍的基础上。但是你的企业愿意冒这样的风险吗？

事故风险

2003 年 11 月，"玛丽皇后二号"游轮的航海跳板坍塌，造成 15 人死亡，32 人受伤。其中有一个小孩也是这些受害人当中的一个，他死在法国西部圣那凯尔的一个离干货码头 50 英尺的地方。事故发生后，围绕"工伤事故"的讨论成为公众舆论的焦点。

被认为是库纳德航道上旗舰的这艘造价 5.5 亿万英镑的大船是历史上所建造的最大的游轮，它有两倍于"依丽莎白女王号"的体积，并且由女皇以官方的形式剪彩，于 2004 年 1 月在南安普敦下水。

这是一个突发事件的例子，毫无疑问，健康与安全应该是这样一个大规模工程建造产品优先考虑的问题，然而像这样的悲剧是如何发生的呢？调查人员还没能找出事故原因，但有一点是毋庸置疑的，受害人的家庭和公众需要一个人站出来为此负责。

当悲剧发生时，经理们不可能躲在他们的"团队面纱"后面。那些被曝光的重大责任事故不仅会有损他们的声誉，也会威胁到他们自身的健康。

导致致命伤害的灾难已经引起公众的注意和担心，他们担心企业会不负责任地让公众暴露在不必要的责任风险中。实际上，在过去一年里已经发生了一系列的客运事故（例如哈特菲尔德、索斯沃、塞尔比等地发生的铁路事故，以及海尔拉德发生的悲剧等）。所有相关企业都不可避免地承担了责任。风险管理对每个企业来说都是至关重要的，不仅是在媒体上描述的公共服务和客运提供者。

所有的企业经理人都必须关注责任风险，重视自己对企业员工及存在契约关系的其他人员的健康与安全责任。所有企业都不能"安于现状"，或者认为"那些事故不会发生在我身上"。

实际上，针对由于企业内部管理问题而造成很坏影响的公共事故的媒体批评正在逐步升级。据报道，在哈特菲尔德铁路事故中负有直接责任的 6 个人将会受到故意杀人罪的起诉，而这些指控得到来自铁路工会（RMT）的支持，铁路工会表示：我们一直致力于让那些老板们在由于忽视安全问题而导致死亡与伤害的事故中负起责任。

在海尔拉德公司事故的调查听证会上，谢恩检察官（Justice Sheen）指控说：董事会没有重视他们对于船只安全管理的责任，他们没有认真思考这样一个问题：对于我们船只的安全，我们应给予怎样的重视。经理人对于什么是他们的职责并没有正确的理解。显然他们也没有认真考虑在多佛和扎布鲁克之间经营渡轮业务所面临的巨大责任风险。

尽管有这些批评，但是在重大的公共灾难发生后，还没有任何一个承担责任的公司受到成功的起诉和审判。然而，据报道，涉嫌在哈特菲尔德事故中负有主要责任的铁路公司经理将会受到审判。

目前的法律规定起诉人要能够提供证据证明在公司内部缺乏安全意识，才能表明公司对于导致灾难的活动负有直接责任。对于大型企业而言，要想证明它们由于缺乏"安全意识"而对工伤事故负有责任是一件困难的事情。大多数成功的起诉都是针对中小公司提出的，因为这些公司的经理们很可能因为埋头于日常管理而忽视了安全教育。

埃塞克斯一家公司的两名经理曾被指控对一名15岁的学生的死亡负有刑事责任。这名学生在从事废品回收工作时由于由于水泥粉碎机不正常而导致死亡。尽管起诉说他们非法雇佣这个男孩并使他暴露于危险之中，也没有尽到工作安全方面的责任，但后来两位经理还是免除了杀人的罪名。

在2002年，太尔格拉德英国有限公司（Teglgaard Hardwood UK Limited）的一个18岁的工人因公死亡。他的大脑受到大面积伤害并且很快就死了，这发生在一块9米长的木桩压在他身上的时候（木桩没有被合适地摆放，并且从它的金属捆中脱出）。公司被指控对此工伤事故负有责任。太尔格拉德英国有限公司的经理被处以15个月的监禁，缓期2年执行，并被处以2.5万英镑的罚款。克拉克内尔法官（Judge Tom Cracknel）就此指责说：你们铁石般的冷漠是导致这个年轻小伙子死亡的直接原因。

工作健康安全法案已有 30 年的历史了，最近的修订稿特别指出：企业的雇主应该尽最大努力和可能确保每一个工作的雇员的健康、安全和福利。从经理人职责的角度，此法律专门指出：当违反本法的行为或后果被证明是由于任何一位经理的同意或疏忽而发生的时候，他应该对此负责并被惩罚。

该法案的第二、三部分规定，如果政府的健康与安全部门发现某一个公司不能保证员工的安全，或使公众暴露在可能受伤害的风险面前，可以对该公司提出起诉。当这项诉讼被提交到最高法庭的时候，法官有权对其处以无限额的罚款。

然而，健康与安全部警告说：这种由于违反健康与安全法律而构成犯罪的实际罚款太低了，不能阻止更严重的违法。在 2003 年 6 月，福特公司由于安全问题被罚款 30 万英镑。问题发生在南安普顿的一个工厂，当一名技术人员试着去阻止 30 英尺长的油漆收集器的溢出时掉进了油漆桶。

两名职业经理也因为他们没有确保员工的安全而每人被罚款 5000 英镑。为了应对这种低罚款的批评，检察官麦凯南先生 (Justice Mckinon) 指出：罚款确实很低，但与被告的安全措施有关，罚款决不是对生命损失价值的补偿。

在最近一年中，超过 900 家公司和个人由于违反健康与安全法案而受到起诉。健康与安全部起诉了 22 名经理。他们当中的一半被判有罪，最高的罚款数额为 24 万英镑，这是一件在一个热闹的市中心的脚手架坍塌的事故。

我们在媒体上看到越来越多的忽视健康与安全法规的报道，并且公司经理往往成为被职责的焦点。公司的社会责任问题受到公众关注的程度日益提高，企业应预见这种趋势将继续。

人员健康和安全问题不只是成本和公司声誉的问题，任何企业如果发现自己的健康与安全政策和程序处于政府或公众的密切监督之下，将不得不花费相当多的时间来准备应诉并为自己辩护，并付出法律方面的成本、与律师沟通的时间及大量的管理资源投入。毋庸置疑，埃塞克斯那家企业的两名经理虽然洗清了罪名，但也付出了相当大的法律成本，并不得不耗费宝贵的管理工作时间来为自己辩护。

现有法律缺乏对工伤死亡事故中公司的责任进行有效认定和定罪的具体条款，这个问题已经引起公众的关注。对此英国生活福利大臣布伦特正在提出一个新的公司工伤死亡事故责任法律草案，该草案什么时候变成法律还不太清楚，但现在来看最终它会实现的。

这些做法会更进一步使"法律严格起来"，当事故发生时让管理层承担更多责任，不管是不是因为管理上的原因而造成事故，新的法律都要求管理层承担责任。有关"安全意识"的要求将不复存在，以便于对大公司发生事故的责任进行起诉。

该新法律草案认定的其他刑事责任包括忽视安全造成的工伤死亡事故、缺乏安全保障措施造成的工伤死亡事故及个人的非故意的工伤死亡等。

每个公司经理都有关心员工、社会公众和股东的职责。透明对于股东来说是最重要的。因为它是履行经理职责和法规的必要（加上实施企业过程来迎合法规的需要）。

职责意识的缺乏可能导致悲剧性后果，"自由企业先驱号"沉船事故的悲剧就是如此，他们因为不能严守自己的职责而受到指责，谢恩法官说：公司不会对他们安全管理自己的船只而夸大他们的责任，他们对于职责没有正确理解。

因此，经理的安全与健康职责可归纳为4个方面：

- 守信用，例如管理公司基金。

- 重视技能职责和关注行为——搞清楚行业风险，确保下级经理按照安全标准行事，积极采纳专家的建议。

- 与上级保持沟通。（你知道上级的级别吗？）

- 遵守法律，例如遵守工作健康与安全法案。

如果不能有效地履行这些职责，经理个人就有可能会因为工伤事故而触犯法律。如果布伦特提出的法律草案获得通过，一个企业发生工伤事故时，经理就面临很大的个人法律责任风险。该新法律的引入不应该被看做是"遥远的事情"，它将很快到来，并将显著地影响经理们的责任。

雇主和公众责任保险是强制的，并且能够有效地保护公司免受员工和社会公众的法律行动，然而它不能保护经理个人免于承担法律责任。

有一种经理和官员责任保险可以一定程度上解决这个问题，它不仅对由于失职而导致的责任进行补偿，也包括对针对任何公司经理和官员的诉讼成本的补偿，不管是由于实际的诉讼，还是一起事故环境的调查所引起的成本，但不包括诉讼成功后的罚款。

这种措施应成为每个公司的一层"防护装甲"，它把调查的担子从公司肩膀上卸下，避免了这种时间浪费和成本，否则你是无法承担公司正常经营被打乱的代价的。

最重要的是减少你们遭到工伤事故责任起诉的可能性，尽管保险提供了一个"防护网"，但设立防线的最好办法就是把风险管理列入董事会议事日程的头等大事。

解决健康和安全问题也许被认为是管理"问题"，但实际并不是这样，你只需要保持对这些问题的有效控制并在必要时委托别人来处理。例如，如果你不能及时快速地知道目前的法规变化，因而搞不清楚现有的安全与健康措施是否能有效地保护自己的企业，可以去向第三方专家咨询。

你可以访问健康和安全部的网站（www.hse.gov.uk），或主动联系风险管理专家或健康和安全咨询顾问。他们能帮助你建立和宣传企业的健康和安全制度，能够帮助你找到那些相对便宜的健康与安全培训认证课程，让你学习和引进风险管理知识和技能，获得实在的利益。

针对公司的健康和安全管理需要，董事会应该给自己提出以下问题：

- 在公司里，是否安排合适的人选去处理健康和安全问题。

- 你是否发出明确的信息，对所有管理人员强调这个问题的重要性，并且你是否严格地遵守它了？

- 你的健康与安全政策是如何传达给员工的？

- 你是否有合适的机制保证员工能理解它们？

- 是否很容易就可以实现？

好的健康与安全政策反映了来自上层的强有力的管理。如果公司的总裁在健康与安全方面起带头作用，就给员工一个良好的示范，并最终带来公司业绩的提高。那种把健康与安全工作作为基层运营工作来看待，并且与高级经理无关的想法是不能接受的。

那些制订并实施了强有力的健康与安全计划的企业将被保险公司认为是好客户，并主动提供保险。

在财务困难时期，保险总是首先被砍掉的部分。但如果恰好在这个关键时间，一项事故确实发生，你就可能失去保险公司提供的保护及在应对诉讼方面的帮助和支持。因此经理需要重视保险公司的重要作用。

在某些情况下，公司可能会被要求支付其受到指控的经理进行辩护时发生的成本。按照保险协会相关条款的规定，大多数的"经理及官员保险 (D&O)"可以补偿这些费用。

新法律的实施不大可能改变目前公司处理健康与安全问题的方法，但它会使企业的管理层意识到忽视该问题可能引起的后果。最近发生的事故悲剧已让工伤死亡问题再次成为公众关注的焦点，我们不应该再需要媒体的报道提醒我们把健康与安全放到议事日程的首位。它应该存在于我们的管理思想中，同时应植入到企业文化中，不管工伤死亡责任是否列入法典中，意外事故总是不好的事情，并且会给卷入其中的所有人带来伤害。

商业信息失窃风险

恐怖分子和国际犯罪分子对一个公司和它的雇员构成了明显的威胁，其危险虽然没那么明显，但却是致命的。通过非法手段、弄虚作假或歪曲个人以及公司的资料来获得信息的情况正在增加，但是防止信息欺骗和非法窃听，比如防止安装窃听器的措施，却很少被考虑到企业的安全计划中。技术的发展以及英国法律中私人权利的缺失情况，使得窃听的情形增加，窃听器和电话录音磁带的销售在英国据估计每年增长1000万英镑。英国是数以千计的窃听器的乐园，由此产生的欺骗活动使英国企业每年的费用支出净增加138亿英镑（资料来源：Economic 和 NERA 2000）。

今天在电脑、信息和移动科技领域的进步并不只是提高了个人的能力，以更有效地完成每天的任务。除了所有这些好处外，它还有另一面：虽然技术革命近些年带来了许多进步，开辟了新的商业途径，但这一切并不总是在法律范围之内。还有什么比知道你的竞争者正在进行的计划更简单、更令人满意？还有什么比听到犯错误的伙伴间的交谈更具有决定性意义？还有什么比知道竞争者当前的客户资料更重要呢？白领犯罪正在增加。

简单的 DIY 窃听装置可以在所有的大城市中交易并在几小时内装好，它仅仅只是违反无线电报法——这个法律被认为像是过时的车票。更好的窃听装置价格差异很大，从50~4000英镑不等，它们可以被组装到移动电话中。

跟踪一个电话并非完全合法，但也不算违法。在信息时代，有关隐私的违法通常被认为仅仅是道德问题，如同擅自穿越马路一般。如果你被抓住，只要支付罚款就能平安脱身。

苏联的瓦解不仅仅意味着东方军事协约联盟的解散，同样重要的是因超员而被解雇的训练有素的特工的增加。他们中许多人经过高级训练，有丰富的操作经验，可以从事电子情报收集方面的服务。

从组织及个人那里收集和提供情报是再简单不过的事情，廉价的设备及其有效性以及操作者组装装置的娴熟技巧使得非法收集信息更为简单，利用第三者来安装窃听装置还减少了自己被涉及的危险。

可以雇用代理机构来跟踪移动电话和汽车，这就可以获得诸如客户基本资料及工作模式等方面的重要信息。其他可利用的手段是非法获得银行和电话记录、花边新闻、移动垃圾、支票存根、信件等，或可重新利用的未破碎的文件资料垃圾。一个企业对废物处理缺乏有效的具体控制措施所造成的信息外泄对于企业具有极大的破坏作用，并且会经常导致欺诈、破产及其他无法弥补的损失。

窃听一个企业的典型方法是从管理设施开始的，最有效的进入办公楼的方法是买通那些不在工作时间上班的员工，比如说清洁工或保安人员。这些在夜间进入办公大楼的工人中有许多人都拿最少或接近最少的工资。获得一些额外现金收入对他们可能是相当有吸引力的。他们通常对所服务的组织不够忠诚，也没有道德障碍需要克服，并且对许多人来说这只是一个简单的现金交易，不必多说什么。

而对于一个企业来说，结果有时是致命的，只花费一个清洁工一两分钟时间来安装的窃听器如果幸运的话，也可能需要花费十几年才能被发现。窃听器可以被放在墙壁插座中、在画的后面、在档案里、在柜子里，甚至是在电话系统的硬件中，实际上可以在一个现代办公室的任何地方。现在，仅仅通过使用电话就可以在世界上任何地方来监听电话交谈甚至是房间里的谈话。当一个房间或电话里被探测出有声音或行动时，预先设定的程序装置就会自动拨出一个事先设定好的号码。相机也可以预先架好来监视特定范围内或周围的行动，并把图像自动记录在硬盘上或传送到一个接收者处，这在世界上任何地方都有效。

这种非法窃听的间接后果也是灾难性的。关于组织或个人所处窘境的报道是人们感兴趣的，并且往往认为越多越好。一些不利于企业消息的相关报道能导致企业的股价暴跌，对个人也会产生同样的影响。在今天的经济环境中，一个人或组织是否能够承受那些会威胁到企业未来财务状况和声誉的错误？企业或个人生活细节的曝光可能是灾难性的，我们经历过许多这样的情况，一个企业在被窃听和随后的压力中屈服。

因此一开始就应该考虑安装用于保护个人和组织免于遭受工业间谍和欺诈电子装置侵犯的设施和手段。一个完整覆盖了当前雇员和潜在未来客户的筛查活动也应该随之进行。同时应该补充完善企业信息安全保护程序，并提供一个战略保护伞，在这个保护伞下企业能有效地对付非法窃听和商业欺诈。

高效可靠而且忠诚的雇员是任何组织的成功所必不可少的。然而最近的研究表明，有将近三分之二的求职者提供了某些错误或歪曲的信息，当人们寻找工作时，工作经历、职业资格、工资细节和犯罪记录等个人的详细信息通常是不全面的或被篡改了。不充分和粗心大意的筛选所导致的诉讼不仅对企业本身有极大的破坏作用，也会波及企业组织的各个部分。

当考虑在企业内任命一位新员工担任高级职务时，一个非常值得推荐的办法是让其表现出自身的管理才能。应该考虑对现有雇员以往的雇佣经历进行审查，对于敏感职位的晋升更是如此，需要进行慎重的进一步的审查，这比简单的批准任命更好一点。

审查的内容可以根据客户的需要来决定，这种信息对客户严格保密是非常必要的。在建立与客户的伙伴关系中进行筛选很重要，在开始之前要设计好战略和解决办法，这会使特殊问题和要求得到有效、迅速的解决。

今天的人们已经没有第二次机会可以选择。有效的计划和程序需要从一开始实施，并且要求随着企业的成长和变化持续监控。企业需要关注在当今商业环境中所面对的威胁。更重要的是，需要关注可以缓和这些威胁的步骤，使力量集中于成长和成功而不是危机管理和事后补救，商业欺诈和非法收集信息的问题并没有消失，但企业现在可做的是，积极行动起来保护自己和自己的雇员免于面对这些潜在问题的灾难性后果。

商务旅行风险

雇员对很多企业来说是最重要的资产。对大多数雇员来说，商务旅行是他们必不可少的一项活动，并且有助于他们所在公司声誉的提高和未来利润的实现。

2001 年国际旅客运输调查的数据显示，当年超过 810 万人次的商务旅行属于海外旅行。法国和德国居于最受欢迎的旅游地的首位，北美居第三。

贸易自由主义和正在涌现的市场都对过去 10 年全球旅行的扩张具有推动作用，随着外购业务的持续发展，到印度和其他亚洲国家的商务旅行方兴未艾。

商务旅行曾经被理解为一种奖励，使你可以在短期内游离于办公室之外。然而，随着恐怖分子活动的增加及世界范围内动荡的加剧，伴随这一奖励的危险也远比 10 年前大。

那么，有些什么危险？公司应该做些什么来保护它们的商业利润和雇员的利益？这些风险是来自于国内还是国外？

恐怖主义带来的危险

"9·11" 事件改变了我们对危险的理解，提升了对恐怖主义威胁的关注，这一威胁存在于人们观念的最前沿——世界上没有任何地方可以被认为是真正"安全"的，2002 年 10 月印尼巴厘的大爆炸就是典型的例子。

企业需要确定它们所面临的环境风险，并要熟练掌握可以采用的防范措施。

即使到现在仍被认为是安全的欧洲旅行，也不能草率地贸然进行。英国在海外的利益是恐怖分子的目标。你只需看看香港汇丰银行和在土耳其的英国大使馆被炸就可以知道，一个曾经被视为"安定"的国家能有多快就变为一个"动荡的地区"。

并且，英国是恐怖分子的重要目标并不是一个秘密，所以即使在房间里，旅行者们仍需要提高警惕。

如今，听说外交部正在考虑改变以往对面临危险的海外旅行的英国公民提供的建议。

健康方面的危险

企业必须保证自己的员工不会不必要地遭受病毒疾病的感染，无论是直接的接触还是接触了到国外旅行的同事。由于 SARS 病毒在中国和加拿大的传播，在考虑了被传

染的可能性后，许多商务旅行和社交活动都被取消了。

风险审查

在进行任何国外旅行前，企业需要确信自己对海外旅行的需要比对任何潜在的风险重要。一个面对面的会议怎么可能被一个电话会议代替呢？

当把一个雇员派遣到国外时，企业应该进行风险评估并启动风险管理程序，以适应旅行者的需要。保险公司在同意为大公司的团队旅行计划进行保险之前需要进行风险审查。例如，在被允许进入伊拉克旅行前，旅游者被要求进行化学、武器和战争训练。

一个对海外旅行进行风险管理的企业不仅可以保证获得索赔权利并因而降低交纳的保险费，而且更重要的是，它说明了风险管理对雇员来说价值有多大。它对于旅行的主要目的达成具有持续的支持作用。

虽然保险公司通常会对去"不安定地区"旅游的人们提供旅行和紧急援助，但保险费的价格反映了其蕴含的风险，价格的变化也会公布出来。保险公司要求企业事先提供旅行计划通知书，并希望企业确认其商务旅行非常重要。

皇家太阳联盟对于"不安定地区"的认定是以外交部的指导方针为基础的，其网址（www.fco.gov.uk）是商务旅行者的一个有用的参考工具。因为它提供了一个独立的最新海外旅行威胁的统计资料，列出要避开的地区，提供了按国别分类的忠告及诀窍。

商务旅行包括保护雇员，雇主有义务保护代表他们的雇员拥有在国外获得紧急援助的权利。然而，企业不应自视过高或仅仅依靠保险所提供的"安全防护网"。

雇主有责任关照雇员——加强旅行风险评估和控制是人们的共识。

- 遵守外交部的忠告，看看其网址并避免到任何"高危"地区。

- 评估企业的需要以及怎样处理面临的风险。例如，在尼日利亚，英国旅行者由军队保护并被转移到安全地区的办法值得推荐。

- 重视交通安排——保证你的雇员在机场被所认识的人接走，不要依赖当地的出租车。

- 商务旅行的细节要保密——要求雇员不要向同机乘客透露敏感信息。

- 鼓励职员穿日常衣服——一套西服会标志他们是商务旅行者。

- 确保旅行者注射了要访问国家的预防针。

- 监控健康状况，实施旅行前的健康检查。你关心需要进行规范治疗的雇员吗？你曾为此做准备了吗？

- 确保旅行者知道当地大使馆在哪里及其联系方式。

- 确保有公司的紧急联系号码和紧急援助或保险公司的援助号码。

- 知道所有的旅行细节，如，雇员将去哪里及希望返回的日期和时间。

抱怨

商务旅行者在海外访问时花的钱比别人多是为世人所公认的，并且这种看法得到 2001 年国际乘客运输调查的数据支持，据说，平均每位商务旅行者的花费是 534 英镑。相比之下，度假旅行者每人花 447 英镑，而访问亲戚朋友的旅游者每人只需花 325 英镑。

商务旅行者是小偷的热门目标，这一点都不奇怪。在出差时，行李被盗和钱包丢失是保险公司经常收到的抱怨。

当说到对于花费的抱怨时，北美由于其高额医疗账单和随后的付款成为这一行业的首位，任何一个没有旅行保险就把雇员送到那里旅行的公司将会使自己面临巨额的、本应由雇员承担的、由于事故或生病所导致的医疗开销。例如，一个商务旅行者在纽约的治疗费用可能会超过同等情况下在法国的费用的数倍。这种高价不仅是因为在特定国家医院治疗本身更昂贵，也因为医务人员通常喜欢推荐花费大但也许并非真正需

要的治疗手段。医疗援助公司正对这项运作保持关注，并且正在熟悉这一过程，以保证伤者得到正确的治疗。

神话

公司不想就旅行或紧急援助方面进行支付以保护其雇员时所用的借口何在呢？它来源于一个神话——不需要保险或者某些特殊安排就可以解决旅行风险的神话。

- 我们都在欧洲——我的雇员可以享有 E111 保险——我们不需要担心健康保护的花费。拥有 E111 形式的商务旅行者将获得和当地居民同等健康保护的权利，但这要以当地法律为条件。国与国的健康保护是不同的，并且 E111 只提供了一个费用基准。它并没有考虑到"出院后的护理"费用，并且不对旅行者回国提供资助。因此 E111 不是企业解决旅行问题的灵丹妙药。

- "我们没有风险，我们不需要任何旅行保护，我们已经进行这种旅行很多了。"旅行者通常都很自信，并错误地相信自己没有其他人那么大的风险。然而，你永远不会对事故或疾病的发生时间先知先觉。那些"放松警惕"的人会变得更容易受到伤害。因此不应该冒在国外旅行而没有一些补救或紧急援助措施的风险。

企业感受

如果你认为雇员是自己最大的资产，那么，对代表公司海外形象的职员的商务旅行保护就应该是必要的职责。相关的规定减少了潜在的花费，并为雇员提供了一个旅行的"安全防护网"，同时考虑了如果某一职员不能胜任而派出代替者的费用。这些做法确保了商务活动的持续性并且对其他组织发出了明确的信息——你是有责任心的、专业的，并对你的雇员很重视。

而且，在英国，当这一政策被用来对出差雇员进行风险管理时，这些特性就得以体现。一个"共识"是非常重要的,组织需要通过它掌握法令的变化情况并进行有效的沟通。例如,在 2003 年 12 月后,那些使用"不用手控"工具的公司汽车司机只能用移动电话谈话。那些漠视这条法令的人将会被处以罚款并在其驾照上作记录。

企业必须确保所有雇员的健康和安全,不论他们是在英国国内还是在国外旅行——眼不见,不能意味着心不想。

健康和安全风险

创立和发展一个企业从来都不是件容易的事情——我知道是因为我有这方面的经验。面对诸多的通过销售和营销建立客户基础的挑战,提供持续高质量的产品或服务、激励员工努力工作、迅速获得现金流以及如何保持生存等都是必须面对的问题。以上这些问题再加上很多与会计、税收、法定收益、养老金、就业法令、专门的企业登记、需要的许可证等繁琐法规的要求,它们有时像是企业永远无法越过的栅栏。

对于很多企业来说,障碍和威胁太大,并最终导致企业的失败。而那些成功者也肯定都付出了巨大的努力,并且为了跨越障碍,通常要经历情绪的不断变化。

那么,本部分内容为什么是关于健康和安全的呢?对于一个发展中的企业来说,难道没有更紧要的事情要处理吗?回答取决于你认为自身是什么类型的企业,你希望将来生存多久。假如你不能对员工的健康和安全进行积极有效的管理,你将成为一个管理糟糕的短命企业(很多短命企业可能就是因为这一原因而破产的),因为你没有对企业风险的重要方面进行恰当的管理,也清楚地反映出你对员工价值认识的缺乏。看看这样一些事实:

- 在英国,一年大约有250人在工作中失去生命。此外,每年大约有 15.6 万起非致命的工伤事故报告,估计有 230 万人在由工作所导致或加剧的健康恶化中受害。

- 在英国，健康和安全管理的低效每年导致雇主 33 亿~65 亿英镑的损失。其中 9 亿~37 亿营镑是财产和设备的意外损坏。后者有着共同的根本原因，并且同样会导致对人身的伤害。

也许你会说，我知道你说的这些事情，我明白这种代价，这确实是很可怕，但是保险公司会承担经济上的损失。可惜事实并非如此，许多研究显示，工伤事故或工作中的意外所造成的赔偿损失中，保险条款规定不赔偿的费用往往是保险必须赔偿费用的 8~36 倍。此外，即使你已经购买了雇主的责任保险（按法律规定你必须购买），你应该知道保费在最近几年已经有了很大的提高，赔偿金通过保费的提高转嫁给你，而且你还必须证明自己有资格获得这种保险。如果你的索赔记录太多，你或许还得不到买保险的资格。

事实上，如果你在员工健康和安全管理方面做得很差，再加上很多其他的失控情况，以及上面提及的那些企业面临的问题，就会使你的企业陷入困境。更不用说员工的激励问题、企业文化问题等。而且还有围绕工作安全的许多法律上的要求，这些法律可能让你陷入被指控的困境，失去作为总裁的资格，甚至可能被判决入狱！如果你认为这样对于企业来说不很值得，那么，请为你的雇员想一下，他们可能会受到工伤事故的伤害或他的健康受损，并因此使生活质量遭到不可挽回的破坏。

在我们继续进一步并认真审视你需要去加强管理的议题之前（有确凿的证据表明：工作中或多或少的意外事故通过有效的管理是可预防的），首先从顾客，特别是你个人的顾客（即员工）的角度去看待问题是很有必要的。好顾客不是凭空产生的，他们长期支付应付票据，与你进行重复交易，并视你为一个良好的可以信赖的合作伙伴。出于前面所提及的相同的原因，这些顾客需要和期望高质量的安全管理标准。假如你不能保证实现你对这些标准的承诺，当这些可靠的长期客户面临选择机会时，你会在商场中处于不利地位。

你应该怎么做

安全管理问题与其他的企业管理问题没有什么不同。你需要在安全标准的制订上下些工夫，它们与你的企业有很大关系。形成一个计划，以确保那些标准得到实施。很多标准通过法律形式得到巩固，但也有许多内容需要从公开出版的管理指南中寻求帮助，你可以在本章最后找到一些有用的参考资料。

法律规定，雇主必须指定一个胜任的专家在制订和实施安全标准方面提供建议和协助。在这个方面有个雇员优先原则（没有必要是专任的），但这一原则具有弹性，如果在实际中不可行，就不必如此。在指定一个胜任的人选时，应该看他有没有一些公认的资格证书，比如由职业安全和健康协会国民教育委员会（NEBOSH）颁发的证书或者已经成为职业安全和健康机构（IOSH）会员的资格证明。

假如你的公司雇用五个或更多的雇员，你就需要有一个书面的健康和安全管理制度，列出主要的责任和实际可行的企业健康和安全管理计划。本章末尾列出的参考资料会对你制定管理制度提供帮助，但是请记住，必须确保这些制度能付诸实施。

你必须进行风险评估，对在工作中可能会导致员工受到伤害的活动进行认真检查，并报告有意义的发现，包括那些需要采取符合需要的安全标准的行动。再一次强调，管理指南可以帮助你进行风险评估。

下面列出了存在于很多企业活动中的危险，以及在风险评估中必须考虑的问题：

- 滑倒，旅行，跌落；

- 机械化操作和内部运输；

- 石棉——通常出现在织物制造中；

- 危险物品，如清洁液或溶剂；

- 高空作业；

- 手举或用手进行搬运；

- 重复的长时间的上臂运动，如大强度的键盘使用或持续的生产过程；

- 噪音，振动；

- 电气设备和装置；

- 移动机械；

- 压力系统，如压缩空气产生和储存；

- 建设和破坏活动；

- 火灾；

- 处理员工压力的组织和任务安排。

健康安全法律及其执行

健康和安全法律适用于所有企业，包括个体经营的企业。在营业场所，如商店、办公室，法律通过地方法院执行，但是在其他一些地方，如制造和建筑场所，它由健康和安全执行部门（HSE）执行。巡视员到工作场所查看，检查是否符合适用的法律要求。它包括安全的组织方面，如风险评估、对雇员的适当的培训和对雇员就安全习惯方面提供的咨询，还有身体的防范措施和工作的安全制度，它对于在不同工作中保护雇员很重要。检察员调查了大量的意外事件和投诉，但是只提供建议，希望你理解你需要做的是他们工作职责的一个重要部分。他们的建议可以在相应的地方法院办公室，或通过列示在网站上的健康和安全执行部门办公室获得。他们通常仅仅当你发生严重错误时才执法。健康和安全执行部门也提供被称为服务热线的秘密电信服务，能为你在获得指导和信息来源上提供建议。

你的企业可能需要就强制执行判决进行登记——联系服务热线，就这方面寻求建议。提醒一下，作为一项法律要求，在相应的强制执行判决时，必须报告意外和偶发的与工作相联系的事故类型。

下面的参考书目能帮助你获得先发优势。忽视它们所给出的建议将使你的企业的生命过早结束：

- INDG259：《健康和安全介绍——小企业中的健康和安全问题》——可以从健康和安全执行部门的资料或其网站免费获得；

- 《工作健康和安全必读》——健康和安全执行部门资料；

- 健康和安全执行部门网站——包含大量免费的可下载的传单：www.hse.gov.uk。

- 健康和安全执行部门图书网站：www.hsebooks.co.uk。

11

做家公司赚大钱！

质量管理

质量管理并非总有一个好的名声，其实恰恰相反。它通常被看成下面这些事情的同义词，如堆积如山的文书工作，官僚体制下的官样文章，穿着白大褂、拿着记事夹、测量产品和询问一些令人反感的事情的人。在英国公司董事会办公室里，质量逐渐被承认是贴在墙上的一些认证、降低成本满足顾客需要的东西。审核发放质量认证证书的公司需要通过不定期的抽查对企业进行检查。有意思的是，事实可能远非如此。

质量是企业成功和生存的本质特征。85%的顾客期望更好的服务，这个数字比五年前更多，企业开始认识到顾客的力量不仅仅是喋喋不休的抱怨，而是抛弃企业。企业根据质量而不是价格来形成自己的特色。

事实上，质量管理也就是关于以下方面的问题：谁是你的顾客，目前和未来他们期望从你那里得到些什么东西；关于识别潜在的顾客和市场，他们是如何被说服来使用你的产品或服务的；根据顾客对质量、配送和价格的期望，你是如何将你的产品或服务送到顾客手里的。当然，不要忘记，你要做一个计划满足未来顾客的期望。

但是，更重要的质量管理可能以业绩提高为标准。这就意味着提高质量，改善配送安排，降低产品或服务的价格，改善产品或服务配送体系和过程，提高所有支持这些过程资源的能力，这不仅包括方法、基础设施、机制和原材料，也包括人力资源。

顾客如何定义"质量"

- 可靠性
- 精确性
- 一致性
- 响应性
- 功能性
- 友好性
- 安全性
- 可达性
- 沟通性
- 理解顾客

企业里的每一个人，从高层管理人员到直接面对顾客的员工，都要直接或间接地对产品或服务的质量作出贡献。实际上，企业质量管理的首要任务是定义质量政策、

目标和价值观，然后确保每个人不仅要知道，而且要知道它们的重要性。如果我们不能满足顾客的需求和期望，他们会离开我们。没有顾客，任何企业都生存不下去。

从质量管理到综合管理

传统的质量管理被看做是度量或测试一个产品，确保它符合顾客的质量标准。但是，在21世纪，质量的定义有所不同。它关于以下问题：满足顾客对质量、成本和配送体系的期望。如此这样，按照可持续发展的方式，不会损害环境，不会损坏利益相关者的利益，不会让任何人有被伤害或损害的风险。它提倡公司责任、对社会底层的宣传保护，完全履行法定责任。更简单地说，质量管理是综合有效的管理体系的基础。

质量管理系统是用来指导、控制一个组织的一系列体系之一，所有方法、规章的合适的整合，用来管理产品和服务的配送，确实能使公司在未来成功实现差异化。满足所有利益相关集团的需要是企业成功的根本要求。

因此，企业应该从一个合适的综合管理系统中期望得到什么？它是如何增加产品或服务附加值的？

企业的理念和目标

首先，必须建立一个体系来传达企业的理念和目标。这不仅包括提高企业业绩，还包括提高企业成本运营效率。企业期望更少出现因为如下情况所引发的问题：缺乏一致性和相互的理解认同、非价值增值活动的减少，更有效的对员工的利用，更少的不合格品和顾客抱怨等。

可是企业不应该简单地满足这些利益，企业总体业绩可能对它产生影响的内容包括以下方面：

- 顾客忠诚度、重复购买或者推荐别人购买；
- 例如像收入、市场份额这样的营运结果的增加；

- 对市场机会的灵活、快速的反应；

- 针对组织目标和目的，对员工的理解和激励，对持续改进员工的参与；

- 公司利益相关者对组织有效率、有效果的信心的增加；

- 通过对其他人传递许诺得来的信心的提高，造成与合作者改善的一致性关系。

有效管理风险

也许，质量管理的另一个最重要的好处就是对企业可能面临风险的有效管理。综合管理系统容许企业清晰地识别面临的风险，在适当的位置放置结构化的解决方法以承担一定水平的风险。

当然，企业风险不是简单地局限于自然灾害、化学扩散、毒药和职业健康以及安全问题等，也包括一系列大范围内的威胁，例如：无任何征兆的媒体关注、行业变化、不利的立法、货币价值波动、社会动荡、贸易壁垒、产品责任、恶意的收购、敌意的竞争对手、新的竞争对手、新产品等，此类风险还可以想象出很多。在这些情况下，重要的是采取行动识别所有企业可能碰到的风险，确定它们发生的概率，明确风险发生的后果，以及采取什么措施来规避或减少风险。

通过在综合管理体系中建立规避和降低风险的度量方法，能够监督偶然事件的发生，将成本和风险降低战略的有效性联系在一起，因为在适当位置安排了这种方法，所以企业应该对风险管理有信心。

转向学习型文化

最后，我们提出的综合管理体系应该能够提供一个结构化的平台，在组织内部确立一种学习型文化（或者是机会学习文化）。并且，如果可能的话，还可以把这种文化延伸到企业的合作伙伴那里。

学习型文化

定义学习型文化不容易。如下的例子举不胜举，但是它们提供了作为学习型文化基础需要的对环境的认识，包括如下所示：

- 承认顾客和供应商的重要性，不管是内部的还是外部的；

- 承认沟通的重要性，不管是在组织内部垂直的层次上还是在水平方向的经营过程上；

- 承认人员对组织的重要性和价值；

- 承认雇佣的全体员工是潜在的巨大资源；

- 鼓励员工提出有好的机会的建议，提高业绩或阻止业绩损失的事件；

- 确保错误不会犯第二次；

- 建立一种系统抱怨环境，有时是指无抱怨；

- 确保解决方法和从失误中取得的教训同样重要，在组织内部共享；

- 公认个人是成功实施主动性的源泉。

因此，一个有效的综合管理体系对组织内部的员工意味着什么？他们期望体系给他们传递些什么？

如何理解组织内部的"质量"

- 有效的沟通和最好的经验分享；

- 团队工作和相互帮助；

- 对每项工作详细需求的理解；

- 少浪费时间和精力；

- 对个人的压力要少；

- 工作要像管理层要求的那样被执行；

- 当没有监督的时候，工作能很好地被控制；

- 对企业新进员工或临时工的透明性；

- 在系统要求范围内抓住变革。

因此，我们应该给那些努力将订单配送到顾客手里、寻找并培育新市场、管理一个多样化而且仍然必须赢利的企业的忙忙碌碌的高级经理们提出些什么建议呢?。

首先，一个组织应该设计一个管理体系传达它的理念和目标，确保满足顾客期望。然后，应用最合适的系统模型支持这个贯彻过程，度量这个系统的有效性。

国际质量协会的小企业标准

国际质量协会（IQA）的小企业标准就是公司入门标准，也可以这么说，它是通向更加详细的标准如 ISO 9001:2000 的敲门砖。但是它不是一个需要支付相关费用来通过第三方认证的标准。实际上，这个标准可以从国际质量协会的网站（www.iqa.org）上免费下载，并把它作为公司自身评估工具的实验版本。

它是一个没有必要聘请顾问的帮助就可以实施的标准，不用采用成堆的文书，没有严格的内部审核就可以贯彻实施。

ISO 9001:2000

对一个企业来说，下一步要做的就是按照 ISO 9001:2000 的要求度量企业的管理体系，识别任何可能给企业带来更多价值的机会。通过贯彻 ISO 9001:2000 和 ISO 9004:2000 的原则，公司应该能更加提高它的产品或服务的配送质量，提高生产效率和效果。

国际质量协会在这个领域的贡献就是中小企业质量管理体系（SME），采用 ISO 9001:2000 的指导原则。这本指导手册是由来自质量保证协会、联邦小企业和英国认证机构联合会的代表组成的团队完成的，从相关网站上可以得到。

这里有个基本假设，采用 ISO 9001:2000 标准自动表明需要第三方认证机构的认证。可是，这应该是基于公司对认证的需要，是为了帮助企业实现目标而作的企业决策，应该是在恰当的分析风险和回报后才开始作的决定。

从满足要求到超出期望

我们现在可以考虑这样一个企业，它已经有一个系统和经营过程，能够持续稳定地发送产品和服务，完全能够满足顾客的需求。它已经开始一个新的计划——成为世界级的企业并与它所在领域里最好的企业进行竞争。当然，对这样的企业有很多现成的模型和工具：EQFM 优秀业绩模型、六西格玛管理和平衡积分卡等，这些在目前市场上流行的工具不一而足。在这里，不可能对所有现成的模型和工具作出评论。它们中的每一个都有自己的优势，企业应该应用它们使其适合自身的条件和文化。可以通过网站、成员网络、特殊的利益团体和正在成长的"电子社区"得到质量保证协会的信息和帮助。

质量保证协会

质量保证协会是如何帮助英国企业进行质量管理和提高业绩的？不依赖于任何一个简单的质量理论和实践，质量保证协会用最佳方式提供公正的建议和指导意见，用来提高组织的业绩。它帮助那些为公司成功而烦恼的个人，能使他们开发自身的技能，这样，就能对组织的成功作出更大的贡献。

质量是每个人的事情，就是那些追求个性特色、影响变革、拥有恰当的知识、技能和精力的人所做出的。实际上，质量保证协会能够做的仅仅是帮助组织中的每一个人。

对那些真正有献身精神的个人，质量保证协会提供"质量证书"，一种可以通

过远程学习或参加公认的教育中心的学习所获得颁发的英国国家职业资格（NVQ）四级证书。质量保证协会同时能够提供更多的质量相关课程的培训，如公开学习或集中学习课程。对质量保证协会成员的更多帮助来自于广阔的网络：《质量世界》是一个以最新的质量新闻和质量工作职位推荐为特色的月刊，另一个在线学术期刊是《质量期刊》，另外还有一些针对不同的特殊兴趣团体的资料。

质量保证协会成员计划

质量保证协会对英国的帮助不仅仅局限于个人。加入质量保证协会成员计划描述了一个组织对质量的承诺，它开创了一种多方面的帮助和想法交流网络。

质量保证协会也提供管理咨询顾问的注册和提名服务，通过有合适技能和专业经验的三个注册咨询顾问的考核，就可以获得注册。因为所有的咨询顾问都是被质量管理协会在特定领域认证合格的，可以放心地采用他们的建议。

业务外包

目标和时间表

在我们的经验中，外包成功实施的典型通常有两个特点：清晰而且能够完成的目标和一个现实的时间表。涉及海外业务的业务外包因为距离、语言和文化问题，面临的问题比想象的更为复杂。因此对顾客和供应商双方来说都有一个清晰的目标这一点是很重要的。然而不巧的是，一旦合同签订以后，由于大家都忙于实施，这个清晰的目标通常会被忘记。在新闻发布会上作出承诺的需要可能会掩盖即将到来的真正的任务——通过合同的实施来达成双方合作的总体目标。

维持一个实施外包的现实的时间表是一门艺术。加快交货时间是能够理解的，不管是顾客还是供应商都能从这个交易中受益。可是，你需要避免走得太快，以至于忘记了项目管理的基础，例如潜在利益的评价、过程中的沟通和项目主导权的维持。

管理好供应商

伙伴关系仅仅是外包合同中的漂亮口号，毕竟，你需要建立一种对合作双方都能带来潜在利益的长期关系，可是在实际操作中，采购方（尤其是处于中低级管理水平的企业）通常会发现伙伴关系有点单方面的味道，随着供应商队伍的不断扩大，采购方也进入这样一个采购经理们需要随时跟踪订单的新的转折时期。我们发现，采用项目管理结构，安排有经验的、有商业意识并且独立于职能经理的项目经理来管理外包业务，有利于从采购和供应双方的角度来应对这种转折，更好地达成目标，而且不会让员工们感到他们是被动地去接受这一切。

这种类型的项目结构也能够使你将工作重点放在达成实施目标上，与此同时，也可以确保你的企业能够把握外包的主动权，这是处理好外包过程中可能面临的文化冲突问题的关键。

考虑文化因素

两个组织合作形成一个共同的运营体系会带来与以前的组织不同的文化、价值观和态度。理论上讲，在供应商选择阶段，就应该早早认识到这一点，并为这个做好准备，找到一种恰当的方式来减少可能出现的潜在问题。在寻求新技术和新技能的业务外包中，这一点尤其重要。因为这种外包似乎是在暗示你企业的技能水平比你的合作伙伴的低。在这样的情况下，要及早开始对员工的重新培训和交叉培训，让你的员工看到这种外包交易的潜在利益，而不是感觉到他们是外包交易的受害者，只有这样，才能让他们继续支持你。

改变公司治理模式

你能够看到紧接着外包发生以后的服务方式的变化。这种变化通常表现为注重目标和服务水平的配送体系，由此导致对低于预期业绩的服务水平的谈判，或者由于采购方的需求没有恰当界定而引起的调整合同的协商。

在这种情况下的管理有点不像传统的职能管理，而更多的是需要根据有关商业知识和经验，从外包合同中获得价值。这就有可能需要针对外包职能改变治理模式。例如，你也许会考虑招聘一名采购总管，相对独立于原有的职能管理团队来开展工作，以确保通过合同外包出去的业务的有效性。

在改变治理模式的同时，应该注意避免一个常见的缺陷，即容许你原有的管理团队对采购人员进行宏观管理。因为这种做法可能会抵消业务外包所带来的成本节约的好处，而且可能导致两个组织的关系恶化。

实现潜在的利益

把某些业务外包到像印度和中国这样的国家，所有大小规模的企业都获得了潜在的经济利益，而不仅仅是那些大公司由于把成千上万的劳动岗位外包到海外而获得好处。我们从50~100个样本企业的例子中可以看出，企业从业务外包中获得了成本和服务方面的好处。有效的外包管理实施能够帮助采购者确保海外采购从一开始就运行顺畅，潜在的收益会按时流到你的企业。不过，不要认为这一切都是自然而然的事。减少外包的潜在收益是很容易发生的事，推出许多小型的战术性的项目可能会增加价值，但也会消耗掉新的服务模式所带来的成本节约。不要认为服务提供者会抛弃这样的项目，站在他或她的交易立场上，以一种好的方法维持价值。关键的问题是管理好业务外包的过程，以确保你在转向新的活动并进行投入之前，能够获得实际的现金和服务利益。

首席执行官讨论的要点：

- 你的目标和时间表是不是清晰的、现实的？

- 你是不是有正确的技能管理采购实施和服务分销？

- 你是不是已经处理了文化和变革问题？

- 利益实现过程是不是在恰当的位置？

- 你知不知道如何测度利益实现？

- 代理商模式是否帮助你确保获得潜在利益？

设施管理

无论你来自哪种类型的企业，你也许听说或没听说过"设施管理"这个术语。你有可能认为它与在 IOD 董事长办公室坐在你旁边的那个人有点不同。

英国设施管理学院（BIFM）对设施管理定义如下：设施管理是对以下多种学科行为的整合，一是建筑环境，二是对建筑环境给人和工作场所产生的影响进行的管理。这种描述相当广泛，不过很准确。它确实忽略了活动的范围和复杂性，但是强调了设施管理活动对组织的重要性。因此，是什么成就了你的企业？简单的回答就是潜在的每一件事，而不是企业的核心活动。如果你坐下来思考其真正意思，会发现设施管理对于你的企业来说是一个具有重要意义的环节，可以认为不是很重要，但却必不可少。

什么是设施管理？

那些对设备管理也许只有一点概念印象的人，从一个最简洁的定义开始，看起来是很明智的，不过更重要的是知道设施管理如何影响你的企业成功。

首先，只要企业计划高度集中在企业的核心活动上，不管是什么核心，这个计划可能不具有战略重要性。基础工作对支持企业计划和经营模式是最重要的。如果忽略了设施管理，你的计划将会失败，至少不会高效率地获得成功。

因此，我在谈论什么？最重要的事情有三个，即资产、资源和知识。

资产

最为重要的是你的资产，不管资产是属于你的还是租的，都需要对其进行适当的选择、设计、利用、保养和最后处置。不能有效地做到这些，当然会使你的企业损失巨大。毫无疑问，资产不只是砖块和灰泥，还包括设备、固定资产、零配件、技术和信息，当然还有人，所有这些资产都需要进行有效的管理。

资源

没有适合的资源，企业不会成功。一些潜在性的在设备管理功能范围内的资源将在后面进行罗列。它们包括了很大范围的支持性服务，以恰当的形式和数量支持企业的发展和成长。

知识

不管组织规模的大小，各种形式的知识是企业的关键。这些知识影响深远，当然在组织内也跨越了许多职能界线。

以上所讲的听起来也许非常理论化，不过设施管理如此多样，以至于试图解释它和它所带来的潜力是一件具有挑战性的事，我不可能在有限的章节将它阐释清楚。设施管理将其服务和附加值通过三个不同的层次传递给组织，每一个层次都为最终用户提供了不同的潜力。这可以通过下图得以最好的解释（见图11.1）。

这两个三角形所描述的情况说明了以下两个方面的关系：一是所需要的资源，传递设施管理三个层次的相关活动；二是那些有能力影响组织总体成本的人。

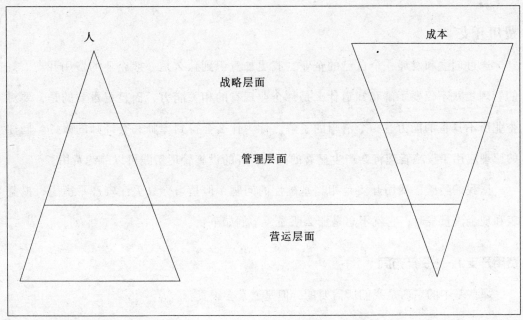

图 11.1 设施管理的三个层次

实践证明，在营运层面，很多人只是进行设施服务的传递。他们通常是接待员、管理员、清洁工、包办伙食的人、机械和电气工程等方面的人。他们影响相关设施成本的能力是有限的。

管理层面的设施管理，其潜力得到了提高，以更少的人员，在流程、遵守法规、维修制度和采购等方面采用了专业的方法。在这个层面需要一些经过培训的、具有胜任能力的专业人士，他们集中精力于那些将产生重要影响的非核心活动上，对大量支持组织核心目标的流程和程序进行管理。

然而，在战略层面，长期的潜力是最要紧的，它将对组织的全面成功产生重要影响。对任何组织的长远成功和失败，这个层面上的好决策起着决定性作用。在这方面有一例子：新设施可能代表某组织所做的最高投资，但却多年不能满足需求。这种资源的浪费可能而且经常是重要的。

费用开支

通过创立和发展一个自己的企业，我更加意识到什么是一般企业的费用开支。好的管理实践不仅要了解和知道什么是你企业现有的相关能力，而且更重要的是，要对企业所不具备的能力有一个清晰的了解。你为什么会得到律师和会计师的服务？同样的原理应用于设施管理将会产生显著的区别，好的设施管理实践可以节约费用。

据我的经验，费用开支是相当基础性的问题，但是当你只关注资产平衡表、损益表和现金流量表时，它就不总是那么明显。举例如下：

费用开支1——资产方面

那些基本的东西是我们所需要的，但是通常会很贵：

- 空间：是否提供空间，租或者买财产……

- 固定资产和零配件：家具、办公设备、地板、装饰、仓库……

- 系统：信息技术、电信、流程……

- 设备：计算机（服务器、个人电脑、笔记本电脑）、软件、办公设备、电信、运输工具……

费用开支2——资源方面

既然企业特殊，就应该对其资源进行计划，以满足企业的需要：

- 支持服务：维持机械、电气、建筑方面的服务。

- 有效利用：电力、电信、煤气、水。

- 人力资源：不管是在组织内还是组织外，都需要人对正确的资源在正确的时间、以正确的方法对其进行整合。

- 财务资源：通常反映在企业的关键之处，然而设施管理可以保证你最好地利用它。

- 空间：要以正确的价格获得正确的地点和正确的类型，说起容易做起难。由于这是你最高的一笔管理费，你应该有效利用它，确保其具有极强的可塑性，以满足未来需求。

- 管理：没有管理的企业将会失败，每个企业都需要良好的管理。设施管理的重点包括：遵守法规、假设、支持服务、人、工作环境和企业组织。

费用开支 3——知识方面

这个驱动会有很多问题，其中一些极其细微，不容易被繁忙的管理者识别：

- 合同：合同是怎么签订的，将显著地影响到实现经济价值的能力。

- 合法：正如人们所说的，法律面前人人平等。面对不断完善的工场法规，不遵守它将会以失败告终。目前有 400 多个工场法规，一些重要的新法规即将出台（如：残疾人歧视行为法、火险评估），忽视它们将会自食其果。

- 信息技术：信息技术可以成就你，也可以毁灭你。它不是阻碍工作，而是为你的企业提供附加值，为你提供各种形式的简单而完美的信息，以找到解决问题的方法。

- 流程：不管是喜欢它还是讨厌它，它都会反映整个公司的效率。从一开始就正确地利用它，你将会在每个工作日受益于它，否则恰好相反。

- 管理：管理不是负担，它通常会在具有良好流程和方法的地方增加附加值。

- 结构：当检查到企业的重要业务无效时，尤其是一个成长中的企业，通常人们所关心的基本问题是：你的组织是怎样构建的，以及各部门是怎样相互影响的。记住，在某一天适合你企业的组织结构，不可能永远都适合你的企业。

利弊

尤其是当能力没有得以发挥时，你失去的会很多。采用设施管理会让你以较小的成本取得较大的回报。

最坏的情况:

- 对任何一个组织来说,设施管理是对传统方式下形成的工作方式的一个挑战。只有那些愿意聆听和改变的组织,才可以因此而获得价值。

- 设施管理至少可以在去除工资之后管理费用最高的领域发挥作用。

最好的情况:

- 设施管理为延长预期寿命,提高资产价值提供潜力(这不仅是假设)。

- 设施管理明显改善这些人的环境:某些顾客、组织员工和你部门的服务提供者。

- 设施管理可以提高成本效益,减小风险,增加员工的经验,改善环境和保证基本利益。

潜在好处

最近的一个项目在遵循标准的前提下,使运营管理费用减少7%,这被认为是一个保守的估计。在这个领域很有可能实现30%的成本节约,根据目标所进行的流程改进也会带来相当可观的长期利润。

然而,更重要的是已确认的成本节约,是在某些国家不遵守法规要求、高风险营运的特别组织取得的。除了一些营运和道德牵连,糟糕的公众关系通常也不会受到企业中的任何人的欢迎。

简单地说,我同意成本可能会被节约的观点。然而,在企业里14年的设施管理实践,为不同规模的组织提供了支持,我清楚地认识到上面所描述的成本节约,大多数企业都可以取得。

设施管理为什么遇到麻烦?

设施管理意味着你的企业将产生第二次最高费用。但是,你的企业可以不花这笔钱吗?你可以不进行设施管理吗?

零库存管理

存货有用，是吗？

当发生不可预期的事件时，存货确实能起缓冲作用，比如，因不合时令的高温天气所引起的高需求，或者在销售预测不准确时提供短期援助。当需要在一个很短的供应商交货期内进行促销，而又没有足够多的时间生产任何货物时，存货显得尤为有用。

旅行时，如果只单纯地带上大量即时货物，那么旅途中采购货物的成本将会很高，甚至超过旅行费用。毕竟，每个星期用 50 升汽油的我们，不会愿意去加油站加 10 次油，每次加 5 升。

然而，据我们的经验，许多企业在战术上都没有使用存货，而是用少量的货物满足短期的流畅需求。由于不良的管理实践，存货历史性地被逐渐建立起来。例如：

- 减轻持续的违反安排所产生的影响；

- 使每个人都不停地生产，无论这个产品是需要还是不需要；

- 通过不停地生产货物来弥补管理费用，尽管在没有销售的情况下，管理费用怎样被弥补还是一个令人困惑的问题；

- 补偿低质量缺陷产品造成的差额。

如果一位慷慨的银行经理以企业的营运资本抵押贷款给企业，那么这样持续被帮助几年，企业也不会有什么改变。当然，问题是机会从不会被浪费。缺乏竞争力的企业最终将会受到惩罚，不过这通常是可以避免的，例如：

- 新鲜食品企业的工作用小时来测量，存货周转超过 100 次。

- 英国较大的汽车制造厂的供应商例行公事地拿订单，在 6~12 小时就可以将产品生产出来并运到指定地点。

他们用自己的聪明头脑解决了许多公司惯例性地用存货掩盖的问题。结果，在这个世界上，他们将顾客服务、新产品引进、质量和成本配合得最好。

如此，如果他们可以做到，许多企业为什么不能做到？答案是复杂的，有很多根源。快速消费品厂家的最常见原因有：

- 不确定，尤其是预测、计划和控制；

- 复杂，尤其是产品投资组合和范围；

- 缺乏标准化，尤其是产品和流程的设计和管理。

批量过程工厂最常见的原因是：

- 不确定，尤其是预测、计划和控制；

- 采购，尤其现场采购需要忍耐；

- 质量缺陷，尤其是由不良的工程变化控制和用已坏的机械和工具制造的产品；

- 大批量，导致在产品和产成品积压。

拥有高效的劳动力利用率，是两种类型的公司存货积压的一个潜在原因。直接的劳动力成本通常还不到产品成本的 10%，为什么还要一直生产？如果你现在不能将产品卖出去，现在就不要生产。这意味着，如果劳动力有一些空闲的时间进行清洗、整洁、收拾工具和对工作场所进行稍微改善，那将是一件很好的事情。如果结论是，直接材料费占产品成本的 70%~80%，那么就集中精力减少存货，不要到了最后才增加价值，而且消除质量缺陷应给与优先关注。

假设过量的存货问题有许多上述各种相互关联的原因，企业应该怎样开始计划一个项目来减少不必要的存货？

在毕马威（英国）公司，我们采用了一种叫零存货的工具，建立一个模型以帮助企业解决潜在的存货问题。它的工作方式与零预算相似，对进行简单的流程再造能产生潜在的利润的重要存货，进行优先分类。对每一个环节，我们都要问：我们为什么需要存货？用扑热息痛片举例如下。

头痛是随机发生的，因此需求曲线可能是平的。如果每天所消耗的数量不变，同时供给大于需求，那么对每天生产的扑热息痛片供需不能平衡将没有原因。供给和需求可以同步。如果产成品商店需要，很小数量的安全存货是可以存在的。如果有许多其他的畅销产品以同样的方式表现，那么可以采取同样的方式进行安排。工厂开始进行固定周期生产，这样能把高效生产出的产品安排好，减少机器和流程的无效力。随着畅销产品订单的逐渐减少，需要合并能力。可能产品销售会比较缓慢，同时没有固定的地点安排。销售疲软时，认为6个星期的存货量还小的话，是会受到惩罚的，每6个星期生产一次也许会更有意义。如果这样的时间安排有破坏性作用的话，可以用三分之一的人来生产。如果这个产品在销售单上显得不重要的话，甚至可以删除它。另一个选择，可能是对产品进行重组，让它与大量产品分享生产特性，使其直接或间接地跟着畅销产品，不过需要对畅销产品的影响尽可能小。

如果用产品做促销活动，那么促销数量应有特定的规定，一旦促销产品卖完，就不再有存货。这种方法促使销售员工仔细思考定价策略，因为只有一定数量的产品可以促销，必须仔细思考怎样把这些产品销售给所有那些想要的顾客，以使每个顾客都有平等的机会。如果只是简单地从每天的常规产品中拿出一些产品，无计划地进行促销，那将是一场灾难，可能导致脱销，而且出售潜在的大量折扣产品，将会导致费用不合理。

对日常需求进行管理将会解决可能存在的质量问题，因为如果有产品退回或存在不合格的产成品，将会受到不利影响。正是问题的高能见度与供给的迅速影响，使得一些很好的计划被很快执行。大量计划来自工作场所的员工，他们最了解企业的流程，同时也最了解企业内部的弱势。

随着日常生产标准化，应该将重点放在计划上，确保流程完善，不出错。典型地，与供应商制订一个计划，以标准化流程和保证质量。同时，对内部的流程进行再检查，减小出错的风险。有许多基准公司在流程完善方面做得非常好，例如，制药公司高度规范，可能是公司中最可信的。

对许多企业而言，促销活动受贸易活动的驱动。例如，在超市的促销周期是非常短的，这种情况下比较重要的事情就是对需求水平进行正确的预测。如果很多库存单元（SKUs）都由同样的基础原材料组成，那么预测个别库存单元的产成品，进一步支持需求波动小的流程，将会因促销活动而变得困难。卫生纸就是一个很好的例子，需要对纸的厚度、压花、长度、颜色进行预测，因为库存单元可能非常易变。纸厂的需求是很平的，积累所有库存单元预测错误的影响，使价格最高的机械的效率得以提高。在这个例子中，我们可以根据造纸厂的卷轴水平对需求进行预测，再将卷轴存货分成顾客所需求的单卷纸。于是，使该造纸厂从简单地为存货而生产，变为根据订单中的卷纸和包装进行生产。

当然，处理能引起日常生产波动的变化也是很重要的，比如浪费、质量差、已坏的工具、不良的管理和监督、没有真正理解顾客需求，不过不管怎样，公司不应该这么做吗？

有许多方法可以帮助减少隐蔽的不确定性，例如：

- 全面生产性维护，提高设备的有效性；

- 改善，将公司层的改善计划放在首要位置；

- 依靠技术，消除各种形式的浪费。

一个基本原则是，任何形式的原材料，处于加工过程或是还未装运的产成品，都花费了企业的资金。企业为原材料、空间、人工搬运、储仓、保险、损失和产品过时付费。

供给过程就像水管。企业需要一个放大了的管子，不能供给过剩，也不能供给过少而不能满足市场的需求。寻找一个可以使供给和需求平衡的管子，保持稳定的原材料流，在正确的情况下抵达市场。如果可以实现，企业费用将会大幅下降，企业也将会变得有竞争力和受尊重。

电子商务

自从问世以来，互联网持续快速成长达 12 年，互联网作为一个整体越来越多地被应用于人们以及企业的生活中。

很难相信，比尔·克林顿当选美国总统时全世界只有 8 个域名在使用，而今天有 17.4 亿域名在使用。这显示了互联网的发展是如此深远和快速。

今天，因互联网的成本节约、市场扩大和管理柔性化所带来的巨大收益简直是不可忽视的。将来的国内、国际贸易将因此而不断发展和壮大。

互联网市场对所有企业开放，不考虑企业规模的大小。小企业可以同跨国公司在平等条件下竞争，不需要为办公地点支付昂贵的费用，也不需要大量的销售人员和管理人员以及无止境的广告费用。

网站首页类似于街头上的新店面，它可以根据企业的目标市场以及企业的性质，以许多不同的形式、特有的设计、主题、颜色和影响力表现。首页将你公司的情况告知于许多人，这些人在这之前也许从未听说过你的公司。这些浏览过公司首页的人会有意识、无意识地，对你的公司以及公司的产品或服务作出临时的判断。因此，公司网站的首页具有至关重要的作用，正如街头店面的橱窗。

可行性

网站建立和发展所需要的费用不是昂贵得难以接受，公司的站点应该被认为是公司不可缺少的一部分，应该以高标准加以改进和维护，而不是被简单地看做公司的一个有用的附加设施。忽视一个良好的发展和维护的网站所带来的巨大潜力，不仅仅是一种浪费，更为严重的是，这将把不断扩大的、具有潜力的可获利领域拱手让给竞争对手。

网站的市场率变化很大，这主要取决于站点的需求、目标、特色和内容，其中站点成本最大的影响因素是设计公司所收取的小时费和项目费。对一个专业的设计者，小时费可以从大约 30 英镑变化到 100 多英镑。

站点的固定营运费用一般会比较低，这通常包含每年的主要费用、域名费、信用卡支付服务以及 SSL 安全认证的成本，如果需要，还包含接受以信用卡或借记卡在线订货的费用。对小企业来说，营运费用在每年还不足 1000 英镑的情况下，就可以将在线费用支出维持在一个最小的范围内，同时使边际利润得以提高。

通过网站来销售你的产品和服务，可以减少现有销售渠道的负担，从而节约大量费用。例如，可以节省店面扩建的费用、连锁店开分店的费用以及一个公司在另一国家建立办事处的费用。作为一个网站，可以真正为世界上 60.5 亿用户提供全球性服务，其中有 19 亿用户来自欧洲。

灵活性

可更新的网站所具有的简便和速度，是其进行在线交易和销售的巨大优势之一。与传统的广告方式和信息传播途径相比较，网点可以进行即时更新，网上的信息一经发布就可以立即收到全球性的反应。

有了现代的互联网技术，事实上没有任何东西可以限制目标的实现。比如在网上拿订单、处理信用卡业务、为供应商传递订单信息、开具发票和送货，许多企业均不需要员工的介入，几个月内就可以回收施行这套系统的成本。现在，使现存商务系统具有更高水平的整合能力是可能的，比如集成会计系统、CMS 软件、电话系统和许多其他的公司数据库。真正有了这个可扩大和可集成的系统，许多情况下，在任何一个地方经营企业完全可能。

专门制作一个站点来实现某一精确需要也是可能的，不管这个需要是什么。处理网上订购和意见征询的过程是自动的，比如，客户发出订货单，经信用授权机构确认后将订单发给供应商，最后供应商会自动发回客户的应付账款收据以及发票。供应商可以将产品直接发送给客户，不需要网站公司提供任何存货以及卷入产品的包装或发货过程。站点所有权人需要对这套商务系统进行基本管理，既然它将超出许多新的互联网商务的需求。这可证明在自动化经营网上业务和减少员工需求的情况下，一个网站能走多远。

营销工具

万维网开辟了一整套新的高成本效益的营销途径，通过搜索引擎和目录免费快速注册，将产品放置在联营图表、标题广告或立体广告以及与合作站点的廉价的互补站点上。

网站不仅是对传统的广告方法的一种竞价选择，而且也被看做是一种智慧的和更公平的选择，只有当某个人真正链接到广告商的网站上并访问，才会为此付费。因此，你只为每个访问者支付费用，而不是投放一个固定的广告费用和从其中得到的响应数量得出开始的费用。

访问者通过目标广告，如 Google 的广告语，进入某站点，每个访问者将被收取10~20便士。与传统广告方法下的收费相比较，这个费用是相当低的。在线销售具有较快的速度进行编辑和对外公布信息，网上广告通常可以随时进行编辑。

总结

既然万维网只有 12 年的有效发展，还处于成长初期，那么我们将很清楚地认识到它还有许多需要改进的地方。随着时间的推移，宽带的限制条件减少以及用户数量的持续增长，万维网将会得到巨大的发展。在接下来的 5 年中，预计互联网运输量每年翻一番。在国内、国际贸易均高速发展的市场上，发展在线电子交易没有比这更好的时机了。

随着实体店面向电子商务的持续转变，那些仍然不情愿尝试电子商务的企业，或者那些在网站制作和运行方面缺乏专业和有效方法的企业，将存在被竞争对手超越的风险。随着电子商务的好处被各种规模的企业快速和经济地运用，任何一个工厂、公司应该问自己一个重要问题：你的网站向你说明了什么？

六西格玛和收益增长

世界各地的公司证明了六西格玛战略对改进流程、降低成本和增加利润的作用。人们已明显地意识到，对实现、保持革新和提高收益，六西格玛是一种多功能的企业管理系统。

六西格玛指标

六西格玛是一种以统计为基础，以客户为中心的战略，界定、测量、分析、改进和控制 (DMAIC) 生产和商贸流程。为此，六西格玛的最终绩效目标事实上是提供无缺陷的产品和流程（六西格玛的测评目标是将每百万次运作所存在的不合格数控制在 3.4 及以下）。

六西格玛效果

摩托罗拉在质量改进方面首先使用了六西格玛管理法则，并在电子产品上取得了竞争优势。联合信号公司（霍尼韦尔）将六西格玛计划聚焦到成本降低上，用 4 年时间节约 200 亿费用。1990 年通用电气公司在六西格玛管理法则上的成功，使其他组织也开始接受和使用六西格玛法则。通过六西格玛计划节约了几十亿欧元。

六西格玛是一种计划驱动方法。通过两年典型的任期，这些经过培训的六西格玛领导者，称之为黑带，用 8~12 个高影响力的项目来支持组织的所有经营目标。六西格玛计划在制造企业平均每年节省大约 25 万英镑，在商业流程项目中平均节约大约 30 万英镑。这意味着每个黑带在他或她的任期内将平均为企业节约 200 万英镑（25 万×4

道化学公司	2 0 亿美元（16 亿英镑）	4 年
杜邦公司	2 0 亿美元（16 亿英镑）	4 年
福特汽车公司	14 亿美元（12 亿英镑）	3 年
通用电气公司	120 亿美元（98 亿英镑）	5 年
霍利维尔公司	22 亿美元（18 亿英镑）	4 年
东芝公司	17 亿美元（14 亿英镑）	3 年

个项目/年×2 年）。

六西格玛突破战略

　　组织的更重大目标将会被实现，当六西格玛与组织的系统集成在一起时，比如在整个价值链中减少浪费，禁止因不良设计而导致的问题发生。这个战略性的全面处理办法被称作突破性战略，包含了六西格玛、精益生产、六西格玛设计和变化管理。六西格玛突破性战略为优化流程、削减浪费、实现革新和成长以及完成文化变革提供了一系列应用方法。

　　今天，这些领导企业，如杜邦、道化学、菲利普、西门子、美林证券、索尼和威斯汀豪森等公司混合应用六西格玛、精益生产、六西格玛设计和变更管理以创造价值和增长年销售额。

- 用六西格玛优化流程：六西格玛战略通过数据驱动和问题解决系统来减少差异和优化流程，以提高客户满意度。定量绩效改进通过六西格玛流程来完成：界定顾客的需求，测量流程变量，分析数据，改进流程和控制关键变量，最后达到持续获利。

- 用精益生产来减少浪费：精益生产原理的应用帮助减少制造和服务流程中的无附加值活动。精益生产的有效执行能灵活地根据顾客的需求提高加工速度和改进加工流程。

- 用六西格玛设计进行革新和成长：六西格玛设计，使革新和成长专注于开发让重要客户的需求达到六西格玛水平的产品和服务。六西格玛设计对以下公司尤为有益：因较低的顾客满意度和较低的边际利润，需要对其现有产品和服务进行根本性的再次设计；需要将新产品和服务引入一个有客户基础的市场；需要创造出前所未有的产品和服务。

- 用变更管理进行文化变革：文化变革的实施需要考虑到组织领导以及员工的需求，用常见的语言、工具和方法来解决问题。成功的变更管理创造了一种以顾客为中心的优秀文化，并通过授权管理者，以团队合作、事实求是的方法来完成日常事务。

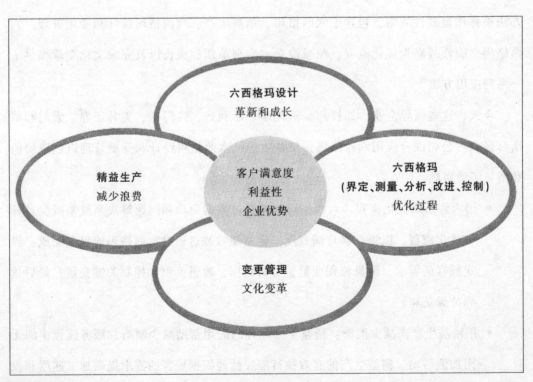

图 11.2

企业成长和创新中的应用

传统上，六西格玛和精益生产战略，被应用到企业的营运部门，以减少变化和浪费，通常在成本节约方面取得显著效果。在过去几年，六西格玛作为公司级战略增加了企业利润，提高了企业的市场份额，实现了企业的变革和维持企业收益的持续增长。为此，六西格玛和精益生产战略现在被应用到企业的上游过程，比如销售、签订合同、客户及供应商关系。另外，六西格玛设计还被用在那些能提高企业价值和竞争优势的新产品和服务上。

上游流程的六西格玛应用

《财富》50强中的一家公司的首席执行官实施六西格玛战略10多年了，最近他被问道："假如你可以重做一次，与第一次相比会有什么不同？"他快捷地作出回应，他认为他会加强销售方面的培训，通过传统的六西格玛项目来扩大市场份额和增长收益。

以顾客需求为基础的六西格玛战略，被以新的方法应用在上游过程的战略变化中。通过以下方式提高工厂的生产力和信誉：准确的销售预测，客户关系处理，为利润最大化进行的定价策略分析，通过销售原材料、履行订单、品牌效应、客户和供应商关系来创造和估量投资回报。

- Bombardier公司现在处于实施六西格玛法则的第7年，最初它将其商务改进努力放在现金流、降低成本、成本改善、成本规避和效率改善上。现在它将六西格玛项目聚焦于增长项目，以提高销售量和销售边际。

- 一个《财富》1000强公司利用六西格玛提高其领导水平，增加创收和目标实现率（销售封闭），改善其当前3.5%的实现率，扩大增长和收入。六西格玛项目使无附加值的工作以及缺陷品降低75%，改善客户关系，并在一年之内取得显著的收益增长。

- 另一个全球 1000 强公司应用六西格玛在某地区赢得了新的业务和许多有限账户 (15)，这可以判断出每年有 100 万英镑的销售潜力，固定回报率达 30%。六西格玛项目使无附加值工作和缺陷产品减少量达 60% 以上，改善了客户关系处理过程，因此在一个季度内节约了 42 万英镑。

- 一个全球 100 强医疗保健公司用六西格玛法则改善了其销售的有效性职能。有一个例子：一个销售绩效最差的团队，经过六西格玛法则培训后，将六西格玛法则精确地应用到其日常销售业务中。结果这个团队的成员成为销售部门最棒的销售员和最好的生产者。

- 通用电气公司认为："六西格玛是站在顾客的立场上，一切为了顾客 (ACFC)。" 六西格玛领导者将直接面向顾客解决问题。前任首席执行官杰克·韦尔奇认为，六西格玛"站在顾客的立场上，一切为了顾客"的原则能帮助顾客获得几亿美元的营运利润，同时让通用公司赢得顾客的忠诚、亲近和信任。

六西格玛设计

传统的六西格玛项目减少了产品缺陷和创造了节约（通过现存的问题流程），六西格玛设计防止了缺陷，同时直接保证了收益的增长。这是因为六西格玛设计给顾客提供了几乎完美的产品和服务，并且让顾客在适当的时间首先得到它。

六西格玛设计，是积极地将以成果为导向的构思和集成方法结合在一起，将顾客期望和企业能力融于新产品和服务之中，应用系统和科学的方法进行革新，利用流程性能和稳健原则将变化所产生的影响最小化。

利用六西格玛设计实现收益增长至少在三个领域是可能的：

1. 对现存产品或服务赋以新的特点以拥有更大的市场份额，扩大顾客群体，同时让已有顾客更加满意。

2. 重新设计产品或服务以再次获取顾客忠诚和提高获利能力。

3. 新产品或服务设计充斥于市场，获取新的业务和顾客。

越来越多的领导企业报道其通过利用六西格玛设计，取得了显著的收益增长：

- 通用电气公司的医疗系统设备部门在六西格玛设计方面有着重要的经验。在六西格玛设计实施的第一年，该部门有 7 个不同产品采用了六西格玛设计方法，获得顾客的空前赞美。第三年，通过六西格玛设计生产的产品销售额超过 50%。

- 一个较大的法国化学药品公司意识到它将面临一个棘手的明天，由于其处于激烈的全球市场竞争中，主要是因为中国竞争对手利用了便宜的成本结构，尽管通过六西格玛和精益生产改进，这家法国公司还是很难将其价格大幅降低以保持竞争力。面对这个挑战，这家公司对整个公司进行六西格玛设计部署，将新的特征加到一些原有的产品中，重新设计某些流程和产品，同时每年都创造出许多很好的新产品。经过一年的六西格玛设计应用，这家法国化学药品公司的收益取得了空前增长。

- 一家跨国公司报道说，联合运用六西格玛和六西格玛设计战略将会取得快速成长。该公司利用六西格玛设计推出了许多稳定的、被顾客广泛接受的新产品，与只实施六西格玛项目相比较，其六西格玛设计项目带来的收益增长平均达 130 万英镑，节约成本 25 万英镑。

- 联合信号公司（霍尼韦尔）利用六西格玛设计，每个季度实现 14% 的增长，每股价格涨了 520%，介绍新产品的时间减少了 16%。霍尼韦尔黑带项目在轮机充电机系统流程上的改进，吸引了 4 个新的自动顾客，这些顾客三年以后的收益将增长 300%。

在上游过程，甚至更大的收益增长，都可以通过六西格玛和精益生产以及六西格玛设计得以实现，杜邦公司就是一个典型的例子。从传统的六西格玛方法上收获了成本生产力后，杜邦公司将六西格玛应用到销售上。仅用了一年时间，公司价值增长 1200 万英镑。在接下来的一年里，该公司使其年销售额较好的项目的收益翻了一番。

现在正处在杜邦公司实施六西格玛项目的第五年，公司将利用六西格玛设计集中精力提高收益。

具有前瞻性的公司认为拥有集中权利比较重要，这样就可以决定那些较少又很关键的具有巨大影响的事情，并集中稀缺资源加以解决。不管企业是专一的还是多元化的，综合应用六西格玛、精益生产、六西格玛设计和变革管理能确保企业拥有竞争优势、成本生产力和增加收益。总之，给企业带来全面的转变。

　　本书由世界著名管理企业和财务咨询公司毕马威 (KPMG) 公司和英国董事会编著，并由欧洲最大的独立商务出版公司 Kogan Page 出版。

　　参加本书翻译工作的有：云南大学工商管理学院硕士研究生刘晓波（翻译第 3、5、6 章）、吕永琦（翻译第 4、8、9、10 章）、安茂如（翻译第 2 章）、吴登群（翻译第 11 章），云南大学工商管理学院教师尹晓冰翻译了第 7 章并承担了译稿的初审工作，高核教授翻译了全书余下的部分并对全书进行了最后审校定稿。

精品管理图书推荐

全球商学院权威管理教程，国际商业管理人士成功指南

《局——CEO 面临的 69 个关键问题》

约翰·赞坎　著

欧阳春媚　董中　译

出版：中国市场出版社

定价：60.00 元

CEO 的职责：

◆ 确保良好的公司管理

◆ 了解公司内部的运营环境

◆ 解决变革对公司造成的影响

◆ 与董事会达成一致，实施有效的企业战略

……

　　遵循商学院的经济教学模式，采用了广为人知的政治、经济、社会、技术分析框架（PEST），广泛涉及竞争、创新、决策、资源、财政、风险等各类相关要素，为 CEO 及其他高级管理人士提供了最佳实践指南，是 CEO 走向成功的必备指导。

《创新管理与新产品开发》

(第 3 版)

保罗·特罗特 著

吴东 等 译

出版：中国市场出版社

定价：68.00 元

◆国际知名出版机构授权出版
◆全球商学院核心管理教程
◆《金融时报》权威真实案例
◆最新前沿理论和发展动态
◆商业人士成功的必备指南

- 创新是提高企业竞争力的最前沿问题。
- 创新管理和新产品开发是经营性组织获得竞争优势的主要决定因素。
- 全面引入创新管理的观念，把创新置于战略和管理的视野中。
- 立足创新、技术和新产品三个关键领域，为管理者提供管理创新过程的实用工具。

《精英团队》

安迪·博因顿
比尔·费希尔 著

杨颖 译

出版：中国市场出版社

定价：48.00 元

国内首次独家隆重推介精英团队成功管理理念

◆非凡的音乐剧制作团队
◆激情洋溢的发明团队
◆百折不挠的探险团队
◆杰出的爵士乐创新团队
◆知名的全球化商业团队

- 培养团队文化，确立团队目标，领导团队行动。
- 拓展顾客，拓展团队，实现宏伟目标。
- 培育内部人才市场，为创立精英团队提供有利条件。
- 协调空间、程序和时间，鼓励团队成员贡献创意。

《战略行动》

让-弗朗索瓦·费黎宗 著

赵清源 译

出版：中国市场出版社

定价：60.00 元

◆为什么一个集体拥护某项计划？
◆为什么一个当局要树立威望？
◆为什么一个社会集团兴隆发达？

- 一个企业或团队应怎样进行组织以实施好一项集体行动？
- 如何基于共同的行动规则去落实一项团体行动？
- 一个社会集团内部，如果某些规则未被确立与实施，其战略行动则形同虚设。
- 战略是贯穿所有集团行动的线索，但却没有什么人可以完全掌握它。
- 战略是从走完一条道路时所获取的经验中产生的一门艺术。

◆战略筹划应以实现战略设想的具体目标为目的。

《关键管理比率》

夏兰·沃尔什 著

吴雅辉 译

出版：中国市场出版社

定价：80.00 元

为管理人员、营销经理、财务专家、决策者、投资分析师提供关键的管理比率数据

◆全球 200 家企业的分析数据
◆27 种企业常用的管理比率
◆4 种影响企业价值平衡的变量
◆9 种衡量企业绩效的关键指标
◆3 条现金流量管理的财务准则

- 管理比率是管理工具，也是衡量业绩的标准。
- 管理比率可相互作用，驱动企业实现价值。
- 促使管理者掌握决定企业经营绩效的核心比率。
- 有助于管理者快速制定战略决策和掌握管理手段。

《关键管理模型》

史蒂文·坦恩·哈韦 等 著

李志宏 译

出版：中国市场出版社

定价：60.00 元

◆ 全球 70 位顶级管理咨询师
  的核心理念

◆ 最具影响力的 56 个关键的
  管理模型

◆ 企业管理思想和管理实务的核心

◆ 提升企业绩效的管理工具与实践

　　56 个经典的管理模型，从作业成本会计法到价值链分析，从持续改善、管理费用价值分析、标杆分析等重要管理工具，到贝尔宾、汉迪、科特、明茨伯格等管理大师提出的经典模型

　　5 大类模型，包括战略管理模型、组织管理模型、基本流程管理模型、职能流程管理模型以及人员管理模型，帮助管理者理解不同模型的真谛

《零售管理》

[英] 保罗·弗里西 著

文红 吴雅辉 译

出版：中国市场出版社

定价：68.00 元

**富兰克林管理研究院
常务副总裁吴树珊推荐**

◆ 全球知名零售企业的战略核心

◆ 权威而资深的专业论述

◆ 国际知名企业的典型案例分析

◆ 全球动态的前沿展望与探讨

◆ 零售理论与管理实践现实结合

◆ 核心战略与实施的全面操作指导

● 以领先的零售专家和实践人员的知识和经验为基础

● 结合实际案例研究和分析

● 全面阐述了零售管理这一全球知名零售企业的战略核心问题

● 概括出零售的主要战略功能

● 提出了有关零售管理的全面的策略性和操作性的方法

商学院基础管理丛书

《服务管理》

巴特·范·路易

[比]保罗·格默尔 著

洛兰德·范·迪耶多克

吴雅辉 王婧 李国建 译

出版：中国市场出版社

定价：80.00 元

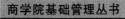

**北大光华管理学院张红霞
教授、江明华教授隆重推荐**

◆ 《财富》500 强成功经典

◆ 全球 MBA 核心教程

◆ 国际权威出版机构推荐

◆ 典型核心案例经典分析

● 全面而深入地洞察了服务管理行业

● 探索了当今经济领域内服务的本质和重要性

● 深刻分析了服务管理的三个核心分支

● 提供了典型的实际案例分析

● 突出了与服务本质相关的要素和对服务管理起重要作用的要素

《市场营销原理与实务》

(第 4 版)

丹尼斯·爱迪考克

艾尔·哈里伯格 著

卡罗兰·露丝

杨蕊 于干千 译

出版：中国市场出版社

定价：98.00 元

◆ 国际权威出版机构独家授权出版

◆ 全球商学院核心课程

◆ 市场营销领域权威著作

◆ 高级商业人士进修的必备指南

● 市场营销无处不在。

● 市场营销：在正确的时间，在正确的场合，以正确的价格，提供正确的产品。

● 市场营销是财富的开始……

● 企业的成功依赖于市场本身和其产品与服务所能提供给顾客的满意程度。

《公司战略》（第 4 版）

理查德·林奇 著

文红 陈涛 杨晶晶 译

出版：中国市场出版社

定价：98.00 元

《财富》500 强成功经典

◆全球 MBA 核心管理教程

◆权威出版机构推荐授权

◆提供大量经典的核心案例

◆立足国际化视角权威分析

• 阐述战略分析、战略制定、战略实施三个核心领域。

• 描述如何识别组织目标，并通过制定计划和行动实现目标。

• 关注公司未来发展方向：目标、愿景、资源及与环境的关联。

• 帮助组织实现价值增值、全面战略管理和有效的组织运营。

《运营管理》（第 4 版）

奈杰尔·斯莱克

斯图尔特·钱伯斯 著

罗伯特·约翰逊

熊晓霞 谢明 熊晓雯 译

出版：中国市场出版社

定价：98.00 元

《财富》500 强成功经典

◆权威出版机构独家授权出版

◆全球 MBA 核心管理教程

◆国际知名企业经典案例分析

◆前沿理论与动态实践密切结合

• 运营管理是企业竞争力的关键所在。

• 运营职能在企业组织中处于核心地位。

• 运营管理可以为企业带来更高的收益。

• 运营管理能够降低企业的经营成本。

• 运营管理对企业的长期成功有重要战略意义。

《零售》（第 5 版）

罗杰·考克斯 著

保罗·布里顿

吴雅辉 李可用 邢丽娟 译

出版：中国市场出版社

定价：60.00 元

零售传递顾客价值和实现企业目标

◆零售是独特和动态变化的行业

◆零售是连接生产与消费的纽带

◆零售是众所关注的焦点和核心

◆零售管理是零售企业的战略核心

• 对零售的各个方面、零售管理的基本要素和零售组织的活动进行深入探讨。

• 从理论和零售商业环境的战略执行的角度进行全面阐述。

• 提供有关零售的运作系统的出色指导。

• 总结出了进行商业管理所必需的技巧。

• 为从事零售和需要了解零售运作方式人提供了有价值的指导工具。

《营销学最重要的 14 堂课》

弗朗西丝·布拉辛顿 著

斯蒂芬·佩蒂特

李骁 李俊 译

出版：中国市场出版社

定价：98.00 元

◆涵盖最新的营销实战案例

◆探讨知名企业的营销理念

◆阐释市场营销的现实应用

◆提供营销问题的解决方案

• 市场营销广泛涵盖了重要的商业活动。

• 市场营销在正确的时间和地点为顾客提供所需的产品。

• 市场营销把焦点集中在顾客或产品与服务的终端消费者上。

• 市场营销确定或满足顾客的需求，从而实现组织盈利、生存或发展的目标。

• 市场营销有助于企业获取和保持竞争优势。

《局Ⅱ——做家公司给你赚》出版销售信息

欢迎洽谈出版发行事宜

中国市场出版社：中国经济、管理、金融、财务图书专业出版社

中国市场出版社发行部　010-68021338

中国市场出版社读者服务部　010-68022950

中国市场出版社网站　www.marketpress.com.cn

中国图书团购网：中国企业图书采购平台，为学习型组织服务

www.go2book.net

当当网　www.dangdang.com

全国各大新华书店

各大城市民营书店

北京卓越创意商务管理顾问中心　zhuoyuechuangyi@sina.com

对本书有任何意见和建议请与我们联系：marketing_skills@sina.com